평범한 주부였던 제가
사업가가 되었습니다

꿈이 있는 엄마로 살아가는 인생 2막 이야기

평범한
주부였던 제가
사업가가
되었습니다

정문교 지음

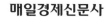

매일경제신문사

프롤로그

사랑, 그리고 영원한 이별

2015년 대구에 위치한 K대학병원 입원실.

창가 쪽 병상 위에 꺼져가는 한 생명이 있었다. 이틀 전 말문을 닫아버리고 희미해진 의식을 간신히 잡고 있었다. 간간이 찾아오는 통증에만 온몸을 비틀며 반응을 보여주고 있었다. 기계의 산소포화도는 점점 더 수치가 낮아져가고 발끝부터 몸이 차가워지고 있었다.

마지막 인사를 위해 가족 친척들이 입원실에 한 분, 두 분 모였다. 종합병원의 입원실은 늘 공간이 부족해 한 사람이 퇴원하면 또 다른 환자가 기다렸다는 듯이 바로 자리를 채우는 곳이다. 하지만 남편의 마지막 임종 순간은 입원실 내 다른 병상의 환자들이 약속이나 한 듯이 동시에 퇴원을 했다. 6인의 환자들이 함께 쓰는 다인실이지만 그날은 단 한 명의 환자도 없었다. 오로지 남편과 우리만의 공간이 되어버렸다. 남편을 안고 나의 팔을 베개 삼아 몇 시간을 그렇게 있었다. 어린 두 아이와 나를 두고 쉽게 떠나가지 못하는 순간이었다. 나는 힘들게 버티고 있는 남편의 얼굴을 쓰다듬으며 말했다.

"아이들 잘 키워놓고 훗날 당신이 있는 그곳으로 만나러 갈게. 이제 고통 없고 편안한 곳으로 가도 돼."

나의 말을 듣고 얼마 지나지 않아 남편의 숨은 멈추었다. 미련과 아쉬움에 다 감지도 못한 눈을 나의 손으로 감겨주었다. 20여 년의 시간을 함께했던 나의 남편은 그렇게 우리 곁을 영원히 떠났다. 그후, 7년의 시간이 흘렀다.

절망을 다시 희망으로

인생을 살아가는 동안 절대적으로 필요한 것은 바로 '희망'이라는 두 글자다. 어제보다 더 나은 내일이 분명 올 것이라는 희망이 있기에 우리는 오늘을 살아가는 것이다. 수많은 역경과 고난 속에서 희망을 잃어버리고 살아온 과거의 시간을 돌아보면 죽음보다 힘겨운 시간이었다. 우리가 키워놓은 빚이라는 괴물에게 뒷덜미가 잡혀 자유를 잃어버렸던 시간. 간암을 선고받고 두 번의 수술을 받으며 무너져가는 남편을 옆에서 지켜봐야만 했던 시간. 그 순간에 나는 어디에서도 희망을 찾을 수가 없었다. 마음이 한없이 약해지고 힘들어 무당을 찾기도 했다. 용하다는 이야기가 들리면 어디라도 찾아갔다. 그리고 한 가닥 희망을 찾기 위해 굿을 하기도 했다. 그 모든 것이 부질없는 짓이라는 것은 얼마 지나지 않아 느낄 수 있었다. 돈을 쓰고, 마음을 크게 다치고 깨닫게 되는 어리석음의 시간이었다.

절망의 끝에서 나를 버틸 수 있게 만든 힘은 나의 가족들이다. 두 아이의 엄마이기에 버틸 수 있었다. 그리고 나의 부모님의 딸이었기에 또한 버틸 수 있었던 시간이었다. 때로는 가족으로 인해 큰 상처를 받기도 하지만, 세상 그 누구보다 큰 버팀목이 되어주는 것 또한 가족이다. 너무 가까이 있어서 함부로 하는 관계, 그래서 제일 많이 상처를 주고 또 상처를 받는 관계가 바로 가족이다. 하지만 벼랑 끝에서 울고 있을 때 손 내밀어 잡아주는 사람도 다름 아닌 가족이다. 나는 큰일을 겪으면서 가족의 소중함을 누구보다도 많이 느끼게 되었다. 부모님이 오래오래 나의 곁에서 함께하시길 오늘도 기도한다.

남편과의 약속을 지키는 사업가로

남편은 "아빠는 다시 태어나도 너희들 엄마랑 살고 싶어"라는 말을 두 아이에게 마지막 유언으로 남겼다. 나는 옆에서 아무말 없이 듣고만 있었는데, 이제야 생각하니 남편의 그 말은 아이들이 아닌 나에게 했던 말이었다. 그리고 나에게 듣고 싶었던 말이 무엇이었는지도 이제야 느낄 수가 있다. 7년 동안 남편은 수도 없이 나의 꿈속에 찾아왔다. 우리에게 잊힐까 봐 두려웠던 것일까? 책을 쓰는 동안 나는 내내 남편과 함께 시간을 보냈다. 그 시간은 미처 몰랐던 남편의 또 다른 모습을 지금에서야 다시 느낄 수 있는 소중한 시간이었다.

"세상에 당신이 만들어놓은 제품을 알리고, 반드시 당신 이름을 세상에 알릴게."

남편에게 내가 한 약속이다. 세상에 없던 제품이 탄생될 때는
누군가의 피와 땀, 그리고 눈물이 그 속에 반드시 녹아 있다. 남
편의 피와 땀, 그리고 눈물이 녹아 있는 제품을 나는 대한민국
시장에 알리고 있다. 누군가에게는 별것 아닌 하찮은 제품일지
라도 나에게는 세상 최고의 제품이다. 뼈를 갈아 넣는다는 것이
어떤 의미인지를 남편을 통해서 봐왔기 때문이다. 아무런 지식
도 없이 무에서 유를 만들어내는 과정을 나는 지켜보았다. 밤을
새우며 기계와 싸우고, 한숨을 쉬며 때로는 넋두리까지 하는 그
모습을 하나도 놓치지 않고 모두 다 지켜봤다. 그래서 나는 열심
히 남편이 만든 제품을 세상에 알리고 있다. 나와 아이들을 지키
기 위한 처절한 몸부림의 결과물이기 때문이다. 특허를 획득하
고, 그 기술을 접목시켜 세상에 없던 제품을 그렇게 힘들게 남
편은 세상에 남겨놓았다. 나에게 커다란 달란트를 남겨놓은 채
자신은 먼 길을 떠나버렸다.

수많은 점을 찍고, 점과 점을 이어서 선을 만들고, 이제 선과

평범한 주부였던 제가 사업가가 되었습니다

선을 이어 면을 만들어나가고 있다. '우리나라 모든 승강기 바닥은 남편의 제품으로 시공되어진다'라는 꿈을 꾸며, 이미 그렇게 되었다고 늘 상상한다. 나의 상상이 분명 현실이 된다는 믿음으로 나는 사업가의 길을 묵묵히 걸어가고 있다. 용기를 잃고, 길을 헤맬 때도 있지만, 다시 일어나 그 길을 걸어가고 있다.

나의 또 하나의 바람은, 나 스스로 누군가에게 희망을 주는 희망 메신저의 삶을 살아가고 싶다. 나는 절망 속에서 길을 잃고 있는 이 땅의 엄마들에게 희망을 선물하는 메신저의 삶을 꿈꾼다. 점점 더 큰 꿈을 가지고, 꿈이 있는 행복한 엄마의 모습을 나의 아이들에게 보여주며, 나는 오늘도 나의 삶을 살아가고 있다. 누군가는 살아보지 못한 소중한 오늘이라는 시간을 살아가고 있다.

나의 첫 책을 나의 남편 정성윤 님에게 바칩니다.

– 정문교

차 례 CONTENTS

1 장

평범한 주부였던 제가
사업가가 되었습니다

01
스물여섯 살 철부지의
도피처, '결혼'

2월인데도 눈발이 날리고 매서운 바람이 불던 날, 나는 결혼식 준비를 위해 동트기 전 새벽녘에 미용실로 향했다. 그날의 행사를 위해 준비할 게 많아 서둘러서 움직인 것이다. 전날 밤 한숨도 못 잔 탓에 신부 화장이 제대로 먹힐 피부 상태도 아니었다.

엄마 손을 잡고 울기도 많이 울었던 밤이었다. 결혼식을 앞둔 새 신부의 마음이 다 그런 것일까? 나는 결혼식을 준비하며 설렘 가득한 새신부의 마음이 아닌, 내일이면 도살장으로 끌려가는 소가 된 기분이었다. 어디론가 도망가고 싶은 마음이 굴뚝같은 밤이었다.

'나의 이 선택이 과연 잘한 선택일까? 내일이면 이 집을 떠나 이제 엄마, 아빠, 동생들이 아닌, 남편이라는 사람과 다른 집에서 살아야 하는구나' 만감이 교차하며 수많은 생각을 하느라 나는 뜬눈으로 밤을 꼬박 지새웠다.

나의 아버지는 굉장히 권위적인 분이셨다. 고등학교에 다닐 때까지 나의 행동반경은 집, 학교, 독서실, 간혹 친구의 집 정도였다. 그 외는 집 밖을 잘 나가지 않았다. 아버지께서 싫어하는 행동은 하지 않는 그런 딸이었다. 다만, 아버지의 바람만큼 공부를 잘하지 못했다는 것이 단점이었다.

그렇게 무서운 아버지께 혼나는 것이 두려워 일탈은 생각할 수도 없는 환경에서 학창 시절을 보냈다. 고등학교 때는 야간 자율학습을 마친 늦은 시간에 승용차로 나를 데리러 와주시던, 때로는 무척이나 가정적인 아버지셨다. 친구네 집보다 좋은 승용차를 타고 학교 앞에서 기다리시던 아버지의 모습은 딸의 어깨를 으쓱하게 해주기에 충분했다.

스무 살이 되고 대학생활을 하면서 나와 아버지의 심한 갈등은 시작되었다. 공부를 잘하지 못했던 만큼 4년제 대학은 다 떨어졌다. 그러다 아버지가 선택해준 대구보건전문대 안경광학과를 다니게 되었다. 아버지는 졸업만 하면 안경원을 차려주겠다고 하셨다. 그런 아버지의 강요에 나는 내 의지 없이 안경광학과에 원서를 넣고 합격해 학교에 다니게 되었다.

대학에 들어가자마자 나는 수업을 마치면, 과 친구들과 어울려서 술도 마시고, 놀러도 다니며, 잦은 학교 행사에 참여하는 등 신세계를 맛보았다. 이른바 캠퍼스 낭만을 즐긴 것이다.

하지만 권위적이고 강압적인 아버지의 눈에 장녀인 내 행동은 절대로 용납될 수 없는 것이었다. 그런데도 나는 겁도 없이 그런 생활에 빠져 있었다. 내가 밖에서 뭘 하는지 아버지는 절대 모르실 거라고 착각했다. 결국, 아버지는 통금시간을 10시로 정해놓으셨다. 그 이후, 내가 늦으면 대문을 걸어 잠그는 아버지와 어떻게 해서라도 아버지의 감시와 강압에서 벗어나려 했던 스무 살 딸의 지루한 싸움이 시작되었다. 아버지와 나 사이에서 엄마와 동생들의 마음고생이 얼마나 심했을지 이 글을 쓰고 있는 지금도 무척 미안한 마음이 든다.

이호상 작가의 《디지털 자녀와 아날로그 부모》에는 '올바른 부모 리더십 4단계'에 관한 내용이 있다. 자녀교육에 필요한 4단계 중 1단계는 권위의 단계, 2단계는 자율의 단계, 3단계는 정착의 단계, 마지막 4단계는 응용의 단계라고 한다. 이 중 나에게 필요했던 단계는 3단계인 정착의 단계, 즉 스스로 자신을 통제하고, 스스로 책임지는 단계였다. 이제 막 사춘기를 벗어난 열아홉 살에서 스물두 살 정도의 자녀에게 필요한 단계다.

'알고도 속고, 모르고도 속는다'라는 말이 있다. 부모는 자녀의 행동을 보면, 참인지 거짓인지 다 알 수 있다. 3단계 시기에는 그 어느 때보다 더 알고도 속아주어야 한다. 믿음과 용기를 주고 격려해주어야 한다. 그리고 인생의 목표를 정하는 데 조언을 아끼지 말아야 한다. 인생의 목표가 희미하게라도 정해지기 시작해 그 길을 가기 위해 공부하고 노력하는 시기이기 때문이다. 한 단계, 한 단계 계단을 오르듯 자신의 길을 찾아가는 그러한 시기다.

나의 아버지는 1단계인 권위의 단계에만 머물러 계셨다. 사소한 잘못까지 무조건 지적하고, 한 번도 칭찬해주시지 않는, 그것이 최고의 교육 방법이라 생각하시는 분이셨다. 칭찬하면 아이의 버릇이 나빠질까 봐 칭찬을 아끼셨다. 대신 잘못했을 때는 무섭게 혼내는 게 당연하다고 생각하셨다.

나는 졸업하기만 하면 안경원 사장이 된다는 생각에 열심히 공부하거나 노력하지 않고 시간을 낭비했다. 아버지는 내게 그저 아버지께서 주는 것만 받도록 강요하셨지, 그것을 받기 위해 어떤 노력을 해야 한다고는 가르쳐주시지 않았다. 아버지는 그 누구의 도움 없이 힘들게 자수성가하신 분이다. 그 때문에 자식인 우리도 그냥 알아서 다 할 것이라고 생각하신 것 같다.

자녀 양육 방법에 대해 교육받으신 적도 없고, 사랑받으며 어린 시절을 보내신 적도 없으셨던 나의 아버지. 그러니 자신의 자식들도 어떻게 키워야 하는지 방법을 잘 모르셨구나 싶다. 이를 나는 먼 훗날 아이들을 키우고 부모교육 공부를 하면서 알게 되었다. 그래서 나는 결혼을 앞둔 예비신혼부부는 의무적으로 부모교육을 받고 수료증을 받아야만 결혼할 수 있는 제도를 만들어야 한다는 생각을 늘 하고 있다.

시행착오를 겪으며 자기 생각과 경험에 따라 아이를 키우는 것은 너무나 위험하다. 아이의 성장 속도는 우리의 생각보다 훨씬 빠르다. 그 성장 속도에 맞는 자녀 양육을 위한 부모교육은 선택이 아닌 필수사항이다. 반드시 제도화되어야 할 과제인 듯하다.

아버지와의 갈등은 졸업 후 내가 첫 취직을 했을 때도 계속되었다. 안경광학과 재학 중 다행히 국가고시에 합격해 안경사 면허증을 딸 수가 있었다. 우리는 의사, 변호사, 판사, 그리고 안경사라고 스스로 우리의 격을 높여가며 농담 아닌 농담을 하곤 했었다.

'안경사 면허증'을 따고 졸업 후 곧바로 안경원에 취직했다. 안경원은 그 당시 꽤 늦은 시간까지 근무했다. 하지만 근무시간에 비해 여자들의 급여는 굉장히 적었다. 늦은 근무시간에 직원 회식이라도 있는 날이면 어쩔 수 없이 귀가가 많이 늦어졌다. 그때마다 아버지의 불화살은 또다시 나와 엄마에게 비 오듯 쏟아졌다. 어느 조건 하나 아버지 마음에 드는 것이 없었기 때문에 그런 직장은 당장 때려치우라는 말씀도 빈번히 하셨다. 나의 직장생활을 한낱 푼돈을 벌려고 다니는 애들 장난 취급하셨다. 그 당시 나를 향한 아버지의 말씀과 행동은 20대 초반인 내가 감당하고 이해하기에는 너무나 힘들었다.

부모에게 전혀 사랑받고 존중받지 못하고 있다는 생각에 나는 외로움과 슬픔, 그리고 절망에 빠져서 뒤늦게 사춘기를 겪어야만 했다. 중학생 때 겪었어야 하는 사춘기를 나는 스무 살이 지나서 굉장히 아프게 겪었다. 아버지와 나 사이에서 힘들어하시며 엄마도 나를 무척이나 원망하셨다. 내가 아버지가 시키는 대로 하지 않아 그 원망을 매일 엄마가 듣고 있다고 생각하셨던 것이다. 두 분은 나로 인해 자주 부부 싸움을 하신다고 했다.
아버지와의 잦은 부부 싸움으로 힘들어하는 엄마를 보며 나는 더욱더 마음이 힘들었다. 아버지는 늘 엄마에게 딸자식 잘못 키운다는 비난을 쏟아부으셨으니, 엄마의 마음고생도 이만저만이 아니었을 것이다.
하루하루 마음이 힘들고 견디기가 어려워져 가출을 생각하기도 했다. '내가 이 집을 벗어날 수 있는 길은 없을까?' 하고 고민하게 되었다. 아버지의 고집과 비난, 질타, 그리고 엄마의 원망에 내 자존감은 하루하루 바닥으로 떨어지고 있었다. 밖에 나가서야 숨을 쉴 수 있었고, 마음이 행복했다. 그러다 집에 들어올 때가 되면 또다시 가슴 위에 돌덩이가 얹힌 느낌이었다.

힘들게 20대 시절을 보내고 있을 때, 나는 남편을 만나게 되었다. 같은 직장동료였던 남편은 근무처는 달랐지만, 가끔 업무차 오가며 볼 수 있었다. 볼 때마다 말 한마디, 작은 행동들로 내게 관심을 보였고, 그 느낌이 나를 늘 설레게 했다. 누군가에게 관심받고 사랑받는다는 그 자체가 내게 행복이었던 것 같다.

근무시간 외에 따로 한 번, 두 번 만남을 가지며 서로에게 호감을 느꼈다. 유선 전화기만 있던 시절이기에 내 방으로 전화기를 들고 들어와 몇 시간씩 아버지 몰래 통화하며, 우리는 사랑을 싹틔워갔다. 그러던 어느 날, 그가 경상도 남자 특유의 무뚝뚝한 말투로 이렇게 말하면서 내게 청혼했다.

"내한테 시집 온나. 그 순간 불행 끝, 행복 시작이다. 앞으로 50년 동안 우리 함께하자."

'불행 끝, 행복 시작'이라는 말이 내게는 그 어떤 말보다도, 그 어떤 선물보다도 크고 값지게 느껴졌다. 그 흔한 장미꽃 한 송이 준비하지 않고, 달랑 입으로만 한 그 남자의 청혼을 난 그렇게 마음으로 받아들였다. 물론 그의 앞에서는 "일주일 생각해보고 대답할게"라고 했지만, 이미 철부지 아가씨는 마음을 정해놓고 있었다. '저 남자한테 시집가야지!'라고.

매일이 행복하게 느껴지지 않았던 20대 시절, 나는 내가 원하면 뭐든 다 들어주실 것처럼 말씀하셨던 아버지의 그늘에 있었지만, 지옥 같았던 그 그늘이 내 불행의 원인이라는 생각이 들었다. 그러다 그 지옥이 내게는 진정한 천국이었다는 것을 몇 년이 지나 내 몸과 마음이 온통 피투성이가 되었을 무렵 깨닫게 되었다.

그 당시 스물여섯 살 철부지의 눈에는 그 천국이 전혀 보이지도, 느껴지지도 않았다. 그렇게 나는 아버지를 벗어나 지옥을 탈출하고자 겁 없이 결혼을 하게 되었다. 결혼식이 끝나고 집으로 돌아온 아버지는 내 방에서 그리도 많이 우셨다고 한다. '이렇게 남의 집으로 보낼 딸이었는데, 내가 왜 그렇게 마음고생을 시켰을까?' 후회하시며 하염없이 우셨다고 한다.

02
화성에서 온 남자,
금성에서 온 여자

결혼하고 나의 신혼생활은 여느 신혼부부들처럼 깨가 쏟아졌다. 보통은 신혼 때 많이 싸운다는데, 우리는 진짜 잉꼬부부처럼 살았다. '절대로 부부 싸움은 안 할 거야' 이렇게 착각하며 행복한 날들을 보내고 있었다. 얼마 지나지 않아 나의 이 생각이 얼마나 큰 착각인가를 알게 되었다. 잉꼬부부란, 함께 했던 긴 시간 속에서 사랑과 희생의 결과물로 얻어진 타이틀이라는 것을 그때는 몰랐다. 사랑보다 더 중요한 것은 상대를 인정하는 것이다. '틀리다'가 아닌 '단지 나와 다를 뿐이다'를 인정하는 태도라는 것을 먼 훗날 깨닫게 되었다. 서로 다름을 인정하는 연습을 꾸준히 한다면, 아마도 이혼하는 부부는 훨씬 많이 줄어들 것이다. 그래서 부부교육은 우리나라의 건강한 부부, 건강한 가정을 위해서 꼭 필요하다.

나는 술을 좋아하지 않는다. 가끔 기분 좋을 정도로만 마시곤 한다. 나에게 술은 분위기 좋고 맛있는 음식이 있을 때 함께하는 양념 같은 것이다. 하지만 남편은 술을 마시기 위해 누군가와 약속을 잡고, 술을 마시기 위해 음식을 시켰다. 남편에게 술은 메인요리였던 것이다. 결혼 전에도 몇 번의 경고를 했었다.

"나를 선택할래? 아니면 술을 선택할래?"

돌아오는 대답은 늘 한결같았다.

"미안하다. 줄여볼게. 직장생활 하려면 어쩔 수 없잖아."

이 말을 듣고 나는 '진짜 줄이겠지. 나를 사랑한다면 나의 마음을 알고 줄이기 위해 노력하겠지'라고 믿었다.

하지만 결혼 후 남편의 술자리는 도가 지나칠 만큼 더 늘어나고 있었다. 직장생활을 하던 때라 상사 때문에 어쩔 수 없이 마신다고 하지만, 그 모든 게 핑계로만 느껴졌다.

남편은 요즘 시대에는 상상할 수도 없는 직장생활을 했다. 자기가 모시던 바로 위 직속 부장님의 말은 곧 법이었다. 무조건 예스맨이 되어 부장님이 하라면 하는 그런 충성스러운 직원이었다. 직장이라는 새로운 조직에 몸담게 되면 모든 것이 낯설다. 그 조직의 문화를 배워야 하고, 익혀야 한다. 그 시기에는 나의 생각보다는 조직의 생각에 나를 맞추는 것이 기본이다. 어느 정도 시간이 지나고 직장 내에서 인정을 받고 나서야 내 생각과 요구를 드러낼 수 있다. 직장에서 부장의 인정을 받고, 사장의 인정을 받기 위해 남편은 나름대로 열심히 직장생활을 해 나갔다. 부장님과 매일 함께 술을 마시며 그 조직의 문화를 받아들이고 있었다.

내가 남편을 높게 평가한 것은 빠른 행동력, 성실하게 직장생활하는 모습과 떡 벌어진 넓은 어깨, 그리고 유머 있는 모습이었다. 남편의 떡 벌어진 근육질 어깨는 무조건 믿음이 가게 하는 그의 트레이드 마크였다. '나를 공주처럼 살게 해주겠구나' 하는 근거 없는 나만의 믿음이었다. 신혼 때는 말 그대로 공주 대접을 받았다. 내가 원하는 것은 무조건 예스였다. 첫째 딸이 태어났을 때는 세상에서 가장 자상한 남편이자 아빠였다. 아이가 보고 싶어 퇴근하면 바로 집으로 오고, 좋아하던 술도 거의 먹지 않았다. 저녁에 아이 목욕도 주도적으로 다 해주었다. 목욕시킬 물을 아기 욕조에 받아놓고, 혹여 뜨거울까 봐 물 온도까지 꼼꼼히 체크해주는 아주 자상한 아빠였다. 때로는 유난스럽다고 할 만큼 남편은 딸에게 지극정성이었다.

아빠에게 딸은 무조건 사랑이다. 일찍이 스무 살에 나를 낳고 바로 군대에 가야만 했던 우리 아버지. 아내와 핏덩이 자식을 남겨놓고 군대에 간 그 심정이 과연 어땠을까? 딸의 사랑스러움을 느껴볼 겨를도 없이 군 생활에 3년을 바쳤던 우리 아버지셨다. 하지만 열 달을 배 속에 품고 있던 모성애와 부성애는 다르다. 남자는 어느 날 갑자기 품에 안은 새 생명이 신기하기만 할 것이다. 이 아이가 나의 분신이라는 생각이 들고, 진정한 부성애가 자리 잡히는 데는 분명 시간이 필요할 것이다. 그렇게 부성애가 뭔지도 모르고 지내다가, 3년 뒤 제대하고 네 살이 된 딸을 보았을 때 얼마나 서먹하셨을까? 그리고 처자식을 먹여 살려야 하는 생존경쟁 속에서 딸에게 눈길 한번 줄 수 없었던 시절이었다. 머리로는 이해가 되지만, 마음으로는 이해하기 싫은 나의 아픈 어린 시절이다. 내가 받아보지 못했던 아버지의 사랑을 남편은 한없이 딸에게 쏟아부었다. 난 그 모습을 보는 것만으로도 행복했다. 내가 못 받았던 아버지 사랑까지 한꺼번에 다 받는 듯한 그런 시간이었다.

둘째 아들이 태어나고 남편의 기쁨은 배가 되었다. 집안의 장손이었기에 아들을 은근히 기다렸던 것이다. 남편은 갓 태어난 아기를 보며 말했다.

"빨리 커서 아빠랑 목욕 가자. 아빠 등 밀어줘."

황당하게 들리는 말이지만 남편 또한 아버지에게 사랑받지 못하고 자랐기 때문에, 남편의 말속에는 많은 뜻이 담겨 있었다. "아빠는 할아버지 같은 아버지가 되지는 않을게"라는 말처럼 들렸다. 아버지와 목욕 가는 날이 죽기보다 싫었다고 자주 말하곤 했다.

눈에 넣어도 안 아플 아들이 태어나고 얼마 지나지 않아 남편은 또다시 슬슬 예전의 생활로 돌아갔다. 말도 안 되는 평계를 대고 술을 마시고, 귀가 시간이 점점 늦어지기 시작했다. 아기의 목욕은 언제나 나의 일이 되어버렸고, 두 돌을 갓 넘긴 딸의 독박육아까지 해야 해서 점점 지쳐갔다.

그날도 남편은 술을 마시고 늦게 귀가를 했다. 술에 취해서 바로 잠이 들고 얼마 후, 아들이 그날따라 밤새 많이 울고 보챘다. 계속되는 아이의 울음에 남편은 화를 내기 시작했다. 잠을 잘 수가 없다는 이유였다. 아기가 왜 이렇게 우는지 함께 걱정은 못 해줄지언정 신경질적으로 화를 내는 남편이 그렇게 원망스럽고 미울 수가 없었다. 결국 아이를 등에 업고 새벽녘에 나는 바깥으로 나와버렸다. 아이도 재우고 서러운 내 마음도 가라앉히기 위해서였다. 아이를 업고 많이 울었던 새벽이었다.

지금 생각해보면 남편에 대한 나의 배려가 없었다는 생각이 든다. 남편은 다음 날 출근해야 하는데, 잠을 잘 수 없는 상황이었다. 내가 아이를 안고 옆방으로 갈 수도 있었는데, 그랬더라면 남편도 화내지 않고 잘 자고, 다음 날 내게 더 미안한 마음을 가졌을 것이다. 당시에는 '아이 둘 키운다고 나 혼자서만 이렇게 고생하고, 나 혼자 낳은 아이들도 아닌데…' 하는 속 좁은 생각이 지배적이었다. 서로에 대한 배려가 없이 자기중심적으로 변해가는 우리 부부는 그렇게 점점 더 '화성에서 온 남자와 금성에서 온 여자'가 되어가고 있었다.

'남자와 여자는 태생부터 서로 생각이 다르다'는 관점의 책이 그 당시 서점가에 베스트셀러로 올라 있었다. 수많은 부부와 커플들이 그 책의 저자에게 교육을 받고, 이혼 직전까지 갔던 관계가 다시 회복되었다는 사례도 많이 들었다. 결혼 전에 우리도 그 책을 읽고 서로의 다름을 조금이라도 인정하고 이해하려고 했더라면, 부부 싸움의 절반 이상을 줄일 수 있었을 것이다. 또 마음의 상처도, 서운한 마음도 많이 없었을 것이다. 그 책의 인기는 시대가 바뀐 지금도 여전한 것 같다. 그만큼 남자와 여자는 연구 대상이다.

첫째 딸을 낳았을 때 이야기로 다시 돌아가본다. 첫아이 임신 소식에 장손이신 시아버지는 은근 아들을 기대하셨고, 나 또한 아버님과의 좋은 관계를 위해서 아들을 마음속으로 기대했다. '남편분 장남이시죠? 좋으시겠어요.' 초음파를 보던 분만실 의사의 말이었다. 그 의사의 말에 나는 당연히 아들이구나 확신했다. 하지만 낳고 보니 딸이었다. 약간의 서운함이 아주 살짝 스쳐갔다. 조선 시대도 아닌데, 첫딸을 낳고 나는 시아버지께 은근 설움을 받았다.

출산 후 21일 만에 집안에 제사가 있었다. 아직 친정에서 몸조리 중이었는데, 제사를 지내러 오라는 말을 전해 들었다. 완전히 회복도 안 된 몸으로 아버님 말씀을 거역할 수가 없어서 시댁으로 갔다. 물론 시어머니가 계셨으면 그런 일도 없었겠지만,

새 시어머니가 계셨던 터라 아버님의 말씀이 곧 집안의 법이었다. 처음으로 손녀를 안고 가서 보여드렸지만, 아버님의 반응은 냉담했다. 한번 품에 안아보시지도 않고, 아기 낳고 몸조리하느라 고생했다는 그 흔한 인사말도 해주시지 않았다. 스물일곱 살 어린 마음에 얼마나 서운했겠는가? 어른답지 못한 아버님의 행동에 나는 또다시 마음을 다쳤다.

그날 아버님은 아이를 낳고 부기가 빠지지 않은 상태에서 어쩔 수 없이 입고 간 고무줄 통바지까지도 지적하셨다. 뭐 그런 바지를 입고 왔냐는 핀잔 섞인 말씀이었다. 도저히 참을 수가 없어 저녁에 퇴근해서 온 남편 앞에서 눈물을 흘렸다. 나의 눈물에 화가 난 남편은 바로 아버지에게 불같이 화를 내며 당장 집을 구해서 이사 나가겠다고 통보했다. 그리고 아이와 나를 데리고 그 자리를 나와버렸다. 그때 우리는 아버님께서 결혼선물로 장만해주신 2층 주택 집에 살고 있었다. 시댁과는 걸어서 5분 거리에 있었다.

내가 남편 앞에서 눈물을 흘렸던 것은 위로를 받고 싶은 나의 마음 표현이었다. 하지만 남편은 내가 아버님과 더는 이렇게는 못 살겠으니 결단을 내려달라는 뜻으로 받아들인 듯했다. 결국 우리는 살던 집은 그냥 비워둔 채, 갓난아기와 결혼 전인 시동생까지 함께 데리고, 시댁과 버스로 1시간 이상 떨어진 방 두 칸짜리 작은 빌라로 이사했다.

그 후 부자 관계는 다시 억지로 회복이 되었다. 하지만 자동차도 없이 아이 업고 1시간 거리를 오갔던 나는 얼마나 힘들었을까? 그 후로는 남편 앞에서는 속상할 때 눈물을 흘릴 수가 없었다. 내 생각보다 상황을 확대 해석해서 문제를 크게 만들어 놓았기 때문이다. 그 결과는 항상 나의 짐이고, 나의 몫이 되어 버렸다.

훗날《화성에서 온 남자, 금성에서 온 여자》를 읽고, 남편이 왜 그렇게 내 생각과 다른 행동을 해서 나를 더 힘들게 만들었는지 알게 되었다. 어떠한 문제를 대하는 태도가 남자와 여자는 천성적으로 다르다는 것을 시간이 한참 지나서야 알게 되었다. 그래서 우리는 죽을 때까지 공부해야만 하는 것이다.

03
알고 보니 꿈도 없고,
야망도 없던 남자

       남편과 나의 결혼 전 목표는 주얼리 매장과 안경원을 오픈하는 것이었다. 나에게 안경원을 차려주시겠다던 아버지의 결혼 전 약속은 결혼과 동시에 시아버지에게로 넘어가버렸다. 아버님은 몇 년 뒤, 남편과 내가 함께 각자의 매장을 갖고 운영하길 바라셨다. 하지만 나는 결혼과 동시에 경력 단절녀가 되어버렸고, 남편만 대구에서 꽤 이름난 주얼리 매장에서 근무하며 일을 배우고 있었다. 몇 년 뒤 매장을 가질 거라는 꿈을 꾸며 직장에 다녔다.

  우리에게는 시아버지께서 장만해주신 집이 있었고, 남편의 급여도 결혼 전보다 올라 부족하다는 생각 없이 생활했다. 내 집 마련의 꿈을 안 꾸어도 되고, 주얼리 매장도 '아버님께서 해주시겠지' 하는 마음에 월급 일부분만 저축하고 있었다. 그 어떤 목표도 세우지 않고 하루하루 시간을 보내고 있었다. 간절함이 없는 목표는 절대로 이룰 수가 없음을 우리는 둘 다 알지 못했던 시절이었다.

1997년, IMF로 우리나라가 한 차례 큰 어려움에 맞닥뜨렸을 때였다. 온 나라가 금 모으기를 하며 나랏빚을 갚으려고 하나가 되었던 그 시절, 남편이 목표로 생각했었던 주얼리 매장은 점점 더 전망이 없어 보이기 시작했다. 결혼 예물로 몇 가지씩 하던 보석 세트를 모두 줄여가는 분위기였다.

그때 친정아버지께서 당신이 운영하시던 건축자재 도매업을 그대로 인수할 생각이 없냐고 제안하셨다. 물론 공짜로 주시는 것은 아니었다. 일부 금액을 아버지께 드리고, 직원들과 보유한 자재와 집기, 그리고 깔려 있는 미수금까지 전부 떠안는 조건이었다. 나는 "망하더라도 젊을 때 망하는 게 낫다. 기회가 왔을 때 우리 한번 해보자"라며, 아무런 경험도 없는 남편을 설득했다.

대구에게 제일 큰 건축자재회사로 키우겠다는 큰 꿈과 목표를 세우고 시작했어도 어려운 일이었다. 나는 '망하더라도'라는 부정이 가득한 말을 먼저 내뱉었다. 그런 나의 말을 듣고 남편은 전혀 생각지도 않았던 건축자재회사 사장이 되고자 결심했다. 주얼리 매장은 그렇게 머릿속에서 지워져버렸다. 두 명의 경리와 영업사원 및 배달기사, 그리고 남편까지 총 일곱 명이 움직이는, 결코 작은 규모라 할 수 없는 회사였다. 제약회사에 잘 다니고 있던 시동생까지 '형님과 함께 회사를 키워보자'라는 나의 권유에 함께하게 되었다.

어릴 때부터 나는 늘 부모님의 일을 어깨너머로 보며 자랐다. 실내 인테리어 공사, 신축 아파트 현장 내부 공사, 거기에 건축 자재 도매업까지, 내게는 낯설지 않은 일이었다. 결혼 전, 잠시 아버지 회사에서 근무한 적도 있었기에 생소하지 않았다. 하지만 보석을 만졌던 남편에게는 모든 게 낯설고 생소하기만 했을 것이다.

무엇보다 힘들었던 것은 아버지 밑에서 근무해오던 기존 직원들의 태도였을 것이다. 업계에 대해 아무것도 모를 거라는 생각에 사장님이라는 호칭을 쓰면서도 뒤에서는 비웃었을 것이 눈에 선하게 그려진다. 그들에게 사장은 여전히 우리 아버지셨지, 나의 남편이 아니었을 것이다. 남편이 나에게 회사 일을 말하지 않아 그때는 남편이 어떤 어려움을 겪고 있는지 나는 전혀 몰랐다. 하지만 이 글을 쓰고 있으니 그때의 상황이 직접 눈으로 보는 것처럼 선명하게 그려진다. 내가 나이를 먹고, 세상 보는 눈이 조금은 더 커졌다는 증거일 것이다.

둘째가 태어나기 전 아버지 회사를 인수하고, 1년이 지난 뒤 새로 이사 간 아파트에서 아이의 돌잔치를 하게 되었다. 요리사까지 부르고, 집에서 하는 돌잔치치고는 크게 했다. 32평 신축 아파트라 나는 마냥 좋아만 했었다. '자금력이 되니까 집을 사는 것이겠지'라고 생각하며 남편을 믿었다. 새 아파트임에도 내부 마감자재도 다시 다 바꾼 후 이사를 하게 되었다. 시아버지께서 우리 앞으로 등기해주신 주택 한 채와 새로운 아파트 한 채, 우리는 그렇게 집을 두 채 가지게 되었다.

건축자재 도매업은 특성상 현금 흐름이 많다. 단가가 세기 때문에 매월 수금하는 돈의 액수도 큰 편이었다. 도매업을 해본 적이 없는 남편은 돈이 들어오면, 본사 공장에 자재대금을 결제하기보다는 우선 쓰기에 바빴다. 직원들 급여, 회사운영비, 나에게 주는 생활비, 그리고 남편의 카드값 등등이 그 내역이었다. 남편의 술값으로 나가는 카드값도 점점 더 늘어나고 있었다. 금액에 비해 실제 마진은 훨씬 적었지만, 남편은 이를 생각하지 않고 전부 남는 장사인 것처럼 돈을 쓰기 시작했다. 한마디로 돈 관리가 전혀 되고 있지 않은 것이었다. 집도 공장에 결제해줄 돈을 어음을 끊어주고 그 돈으로 산 것이었다.

또 하루는 승용차를 바꿨다고 나에게 전화가 왔다. 새로 뽑은 차를 타고 지금 집으로 갈 테니까 시승하러 내려오라는 것이었다. 중고 소나타를 타던 남편은 그 당시 부의 상징이었던 검은색 다이너스티로 바꿔서 타고 왔다. 크고 좋은 차를 타고 왔지만, 나는 전혀 기쁘지 않았다. 오히려 알 수 없는 불안감에 점점 마음이 조여오기 시작했다. 그래서 나는 남편에게 우리가 이런 차를 살 돈이 있기는 하냐고 따지듯이 물었다. 그때 남편은 "돈은 벌면 되지. 인생 뭐 있나? 짧고 굵게 사는 거지"라고 아무렇지도 않게 말했다.

남편은 그렇게 허황한 말을 내게 하고 웃는 것이었다. 버는 돈보다 쓰는 돈이 더 많아졌고, 본사에는 어음을 결제해주어야 했다. 그러면서 할인율이 줄어들어 마진은 더욱더 줄어들고 있었다.

허리띠를 졸라매고 바닥부터 배운다는 자세는 온데간데없고, 남편은 어쩌다 얻게 된 대표라는 직함에 맞는 라이프 스타일을 먼저 즐기려 한 것이다. 배워야 할 것들이 너무나 많았지만, 남편은 노력을 게을리했다. 그리고 돈을 계획 없이 쓰고 있었다.

한편, 영업사원들은 물건을 팔고 매출을 올리기에만 급급했다. 시동생을 제외한 그 누구도 깔린 미수금을 회수하는 데 집중하지 않았다. 사장이 닦달하지 않으니 거래처 미수금은 계속 늘어가고, 받아온 어음도 늘어가고, 부도나는 어음도 늘어나고 있었다. 지금은 시장에서 어음을 거의 쓰지 않는다. 현금 아니면 카드 결제가 주를 이룬다. 하지만 2000년 초반에는 규모가 있는 회사라면, 당좌어음과 가계수표를 한 번에 열 장씩 은행에서 발급받았다. 수많은 부실기업을 양산한 원인이 바로 이 어음인 그런 시절이었다. 남편의 회사에도 부도난 어음이 산더미같이 쌓이고 있었다. 물론 집에서 아이들만 키우던 나는 이러한 상황을 전혀 알 수가 없었다. 단지 알 수 없는 불안감만 커지고 있었다.

그렇게 시간은 흘러 첫째를 어린이집에 보내게 되었다. 아이를 어린이집에 보내고 나면, 동네 엄마들은 하나둘씩 그중 한 집으로 모이기 시작한다. 아침부터 점심까지 수다를 떨고, 몇몇은 점심까지 해 먹고 또 수다를 떨곤 했다. 그러다 아이들이 돌아오면 그제야 각자의 집으로 돌아갔다. 나도 몇 번 같이 어울렸지만, 그런 모임이 전혀 재미있지도 않았고, 흥미도 느낄 수 없었다. 이야깃거리는 전부 신랑 욕, 아니면 시댁 욕이었다. 마음에 남는 것이 없는 여자들의 질 낮은 수다였다. 나는 돌이 지난 둘째를 등에 업고, 오전 시간에 동네의 조용한 컴퓨터학원에 등록했다. 아이를 데리고 가도 수업이 가능한 그런 조용한 학원이었다. 내가 학원에 다니자, 동네 몇몇 엄마들이 나를 따라 학원에 등록하기도 했다. 그때 '한글문서 만들기'를 배울 수 있었다. '배워놓으면 다 쓸 때가 있겠지'라고 생각하며 오전 시간을 보냈다.

동네 사람들은 나를 무척이나 부러워했다. 총 세 개의 동으로 구성된 작은 아파트이다 보니 금세 주변에 누가 사는지 알게 되었다. 당시 또래 아이들 엄마들은 겨우 24평 아파트를 대출 끼고 장만해서 이사를 온 상태였다. 그런데 나는 32평형에, 좋은 차에, 남편은 뭔지 몰라도 자기 사업을 하는 것 같이 보였으니 작은 동네에서 여자들의 부러움을 사기에 충분한 조건을 갖추고 있었다.

하루는 경비아저씨께서 나에게 "혹시 남편분 직업이 형사이십니까?"라고 물었다. 짧은 머리에 카리스마를 내뿜는 눈빛, 거기에다 근육질 어깨가 그런 느낌이 들게 만들었던 것 같았다. 난 아니라면서 그냥 웃고 지나쳤는데, 며칠 뒤 같은 라인에 사는 꼬마한테서 "아줌마, 아저씨 깡패죠?"라는 질문을 듣게 되었다. 나는 그제야 남편이 동네에서 어떤 평을 듣고 있는지 알 수 있었다. 며칠 전 경비아저씨의 질문도 같은 의미의 질문이었던 것이다. 검은색 각진 승용차와 남편의 이미지가 사람들 눈에는 음지에서 일하는 사람으로 보였던 모양이었다.

모래 위에 성을 쌓고 있던 남편은 그 성의 성주인 양 약간은 거만해 보이기고 하고, 사람들이 쉽게 다가가지 못하는 이미지를 풍기고 있었던 것이었다. 나 또한 그 성의 안주인이 된 것처럼 우리는 그렇게 살고 있었다. 지금 가진 것이 전부라고 생각하고, 영원할 것이라 착각했던 것이다. 꿈도 없고 야망도 없이 하루하루 주어진 시간과 돈을 물 쓰듯이 그렇게 쓰고 있었다.

'우주는 내가 생각하는 나의 소망을 이루어주기 위해 움직인다'라고 한다. 그래서 우리는 무의식으로라도 부정적인 말이나 생각을 해서는 안 된다. 그 시절, 우주는 내가 무의식적으로 내뱉었던 한마디 말을 이루어주기 위해 움직이기 시작했던 것이다. '망하더라도 젊을 때 망하는 것이 낫다'라는 바로 그 한마디 말. 그리고 '짧고 굵게 살자'라고 했던 남편의 그 한마디를 우리의 소망으로 알고, 우주의 기운이 모이기 시작한 것이었다.

우리가 그때 더 크고 간절한 소망을 가졌었더라면 우주는 분명 그 소망을 이루어주기 위해 기운을 모으고 움직였을 것이다. 이 엄청난 우주의 비밀을 이제는 알기 때문에 나는 꿈속에서라도 내가 원하는 것을 얻는 꿈을 꾼다.

04
간절함 없이 시작한
네트워크마케팅 사업

둘째가 돌이 지나 20개월 정도 되었을 무렵이다. 평소 친분이 있던 아파트 상가 세탁소집 언니가 세탁물을 들고 집에 왔다. 아이들과 씨름하며 사람이 그리웠던 때라 나는 언니에게 차 한잔하고 가라고 붙잡았다. 언니도 시간 여유가 있다고 해서 우리는 커피를 한잔 마시며 이런저런 살아가는 이야기를 나누었다.

얼굴은 알고 지냈지만, 우리 집에 처음 와본 언니는 집이 너무 예쁘다며 칭찬을 아끼지 않았다. 남편분의 세탁소 일을 도와주며, 열심히 사는 언니는 옷 수선을 직접 하기 위해 여성문화센터에 다니며 재봉도 배우고 있었다. 무엇보다 늘 밝게 웃는 모습이 무척 보기 좋은 그런 언니였다. 언니의 활발함에 비해 세탁소 사장님은 수줍음이 많고 조용하신, 한마디로 조선시대 선비 같은 분이셨다. 서로의 빈틈을 너무나도 잘 메워주며 열심히 살아가는 모습이 참 보기 좋았던 부부였다.

　이런저런 살아가는 이야기를 하다가 언니가 요즘 새롭게 배우러 다니는 일이 있다고 말을 꺼냈다. 새로운 것에 호기심이 많았던 나는 무슨 일이냐고 물어보았다. 언니는 자신이 직접 사용해본 제품이 좋으면 주위에 광고하고 전달해 돈을 벌 수 있는 일이라고 했다. 생전 처음 듣는 이야기를 언니는 나에게 해주었다. 나는 호기심 가득한 눈빛으로 듣고 있었다. 내가 써본 물건이 좋다고 주위에 아무리 광고해도 광고비는 TV에 출연하는 연예인들만 받아가는 것으로 생각하며 살아왔다. 그런데 그 광고비를 소비자인 나에게 최대 35%나 돌려준다는 것이었다. 세상에 그런 일이 어떻게 가능하냐며, 나는 언니의 말에 더욱더 귀를 쫑긋 세우게 되었다.

　결혼 전, 아버지 회사에서 건축자재 유통 일을 경험했지만, 내 상식으로는 있을 수 없는 이야기를 언니는 하고 있었다. 창고에 재고를 최소 몇천만 원씩 보유하고, 시설 투자에, 종업원 인건비, 그리고 시설 유지비에 담보 제공까지 많은 돈을 투자하고도 30% 마진을 남기는 것이 어려운 것이 현실이다. 그런데 아무것도 투자하지 않은 소비자가 35% 마진을 갖는다고? 난 너무 흥분되어서 언니에게 따지듯 "어떻게 그런 일이 가능하냐?"라고 물었다. 나의 물음에 언니는 같이 사업설명회에 가보면 이해가 더 잘될 거라고 했다. 당장 며칠 뒤 언니와 함께 가보기로 했다.

나는 나 자신을 신중한 가마솥형이라 생각하고 살았다. 하지만 나의 지난 과거를 글로 적는 작업을 하고 있는 지금, 내가 양은냄비형이라는 것을 깨닫게 된다. 누구나 음식을 빨리 끓이기 위해 양은냄비를 사용한 경험이 있을 것이다. 금세 음식이 후루룩 끓어오르고, 그러다 금세 식어버리는, 가격도 싼 그런 냄비 말이다. 내가 그런 스타일이었다는 것이 조금 부끄러워지는 순간이기도 하다.

글을 써보면 제삼자의 관점에서 나를 바라보는 눈이 생긴다. 또한, 상대에 대해서도 제삼자의 눈으로 이해하게 된다. 그래서 우리는 글쓰기를 해야 한다. 글을 써봄으로써 다친 나를 위로하거나, 나의 잘못을 반성하기도 하는 그런 기회가 주어지는 것이다. 독자분들도 꼭 글쓰기를 해보시라고 추천해드리고 싶다. 특히 인생의 절반을 살아온 나와 같은 중년이라면, 더욱더 글쓰기가 필요한 때다. 50년 동안 수없이 다친 마음의 상처에 연고가 꼭 필요하기 때문이다. 글쓰기는 인생 2막을 제대로 살아나가기 위한 최고의 처방이라 생각한다.

언니를 따라 처음 가본 H사의 사업설명회는 그야말로 환상적인 마케팅이었다. 나처럼 어린아이를 키우는 가정주부도 누구나 무자본으로 쉽게 할 수 있고, 금방 부자가 될 것 같은 그런 마케팅이었다. 2000년 초반, 우리나라에는 이제 막 네트워크마케팅이라는 새로운 유통회사들이 하나둘씩 생겨나고 자리를 잡아가고 있었다. 외국계 A사와 국내회사 H사가 서로 자신들의 마케팅이 완벽한 마케팅이라 목청을 높이던 그런 시절이었다. 특히 H사는 '국산 제품을 애용하고 유통시켜야 우리나라 제조회사가 살 수 있다'라는 슬로건을 내세워 회원들의 애국심을 건드리며 마케팅을 하고 있었다. 몇 번의 교육에 참여하며, 나 또한 애국심으로 불타오르고 있었다.

두 돌도 안 된 아들을 등에 업고 교육에 참석하며, '나도 남편에게 도움이 되는 아내가 되어보리라'라는 각오를 다지게 되었다. 온갖 허황한 생각들로 가득 차 뜬눈으로 밤을 지새웠던 적도 많았다. 지금 생각하면 웃음만 나오는 그런 날들이었다. 그런 나를 보며 남편은 "그냥 주는 돈 받아서 집에서 애들이나 잘 키우지", "살림이나 더 잘하지"라고 말하며 비웃었다. 하지만 그 당시 생활비가 들어오는 날짜가 차츰 늦어지거나 몇 차례에 걸쳐서 들어오기도 해서 나는 차츰 불안해지기 시작했다. 그 불안한 마음을 열정이라는 이름으로 덮기 위해 나는 더욱더 열심히 회사 교육에 참석했다.

그곳에서 나는 처음으로 '자기계발'이라는 교육 과정에 참석하게 되었다. 사업자가 되기 위해서 꼭 수료해야 하는 7주 과정이었다. 일명 '하이마스터스쿨'이었다. 학교에 다닐 때도 한번 받아본 적 없는 수업이었다. 나의 꿈, 목표를 찾고, 그 목표를 향해서 내가 지금 해야 할 일의 우선순위 정하기, 그리고 내가 버려야 할 것들 등등 아주 알찬 교육 과정이었다. 인생을 살아가는 데 가장 기본이 되는 '자세와 태도'에 관한 교육이었다.

그때 처음으로 접해본 책들이 자기계발 관련 도서였다. 《카네기 인간관계론》, 《아카바의 선물》, 《놓치고 싶지 않은 나의 꿈, 나의 인생》 등등 수많은 도서를 과정마다 과제로 받았다. '사랑이 충만한 마음으로 하루를 시작하라'라던 《아카바의 선물》 1장은 아직도 잊히지 않는다. 얼마나 삶을 윤택하게 해주는 글인가를 그때는 못 느꼈다.

남편에게 사정사정해서 겨우 허락을 받아 아이들을 맡기고, 일요일마다 수업에 참석했다. 하지만 수업은 1주 차부터 막히기 시작했다. 1주 차의 과제는 나의 꿈을 정해오는 것이었다. 학창 시절, 국어 선생님께서 꿈이 뭐냐고 질문하셨을 때 나는 "영부인이 되는 것입니다"라고 답했다. 그렇게 유치하기 짝이 없는 대답 이후에 처음으로 접해본 '나의 꿈 찾기'였던 것이다.

내가 원하는 집, 내가 원하는 차, 내가 원하는 돈 등등 다양한 자신의 버킷리스트를 사진과 함께 파일로 만들어서 들고 가는 것이 과제였다. 집에도 만족하고, 차에도 만족하고, 돈은 조금 더 벌면 좋겠고, 부모님은 나보다 훨씬 잘사시니까 용돈 드릴 일도 없고…. 아무리 생각해도 간절하게 떠오르는 것이 없었다. 나에게는 그 어떠한 것도 가슴을 뛰게 하는 것이 없었던 1주 차 수업이었다.

수업은 1주차부터 7주 차까지의 과정이 순차적으로 맞물려 돌아가는데, 나는 1주 차부터 막혀버리고 만 것이다. 큰 감동 없이 형식적으로 파이팅을 외치며 그렇게 과정이 끝났다. 그 과정을 보내며 열정이 터져버릴 듯 행동하는 사람들을 보면서 이상하다고 생각했다. '저것은 가식적인 행동일 거야' 하며 감흥 없는 나를 합리화했다.

그렇게 7주 과정이 끝나고, 이제 행동력으로 보일 때가 왔다. 명단을 만들어 약속을 하고, 내가 하는 일을 누군가에게 알려야 했다. 만만한 사람들이 동네 엄마들이었다. 카탈로그를 들고 그녀들의 집을 방문하면 하나같이 "다은 엄마가 뭐가 아쉬워서 이런 일을 하고 다녀? 그냥 집에서 편하게 살림만 하면 되지"라고 말했다. 그런 말을 들을 때마다 나는 "응. 안 해도 되는데, 여기 교육이 너무 좋아서 들으러 다녀. ○○ 엄마도 집에 있지만 말고 나랑 공부하러 다니자"라고 말했다. 이런 말로 나를 포장했으니 어떻게 그 일을 잘할 수 있었을까. 지금도 초보 사업자분들은 분명 '교육이 너무 좋아서'라는 말을 하고 다닐 거라고 확신한다.

간절한 목표 없이 시작한 일은 점점 내게 부담으로 다가오고 있었다. '칼을 뽑았으니 무라도 썰어야 하는데…'라는 심정으로 계획도 없이 하루하루 시간만 흘려보내고 있었다. 누가 하라고 등을 떠민 것도 아닌데, 남편에게 큰소리친 것이 부끄러워서라도 그만둔다는 말을 못 하고 있었다.

남편의 술 사랑은 그 당시 더욱 심해지고 있었다. 하루가 멀다고 술을 마시고 늦은 귀가를 하곤 했다. 그러고는 다음 날에는 숙취로 괴로워하며 출근도 제대로 하지 못했다. 괴로워하며 누워 있는 남편을 볼 때마다 나는 마음속에 '그런 식으로 해서 사업이 잘되면 내 손에 장을 지진다. 분명 망한다'라는 생각의 씨앗을 심고 있었다.

남의 집 이야기하듯이 그렇게 남편에 대한 미운 마음을 무서운 부정의 씨앗으로 마음속에 심고 있었다. 얄팍하게 배운 리더십의 잣대로 남편의 행동을 판단하기 시작한 것이었다. 그 잣대를 기준으로 삼으며 나의 말속에는 은연중에 남편을 무시하는 느낌이 깔리게 되었다. 말투도 그렇고, 눈빛은 더욱더 그러했다. 그것이 화근이 되어 결국은 부부 싸움을 크게 하게 되었다. 술에 취해 늦게 들어온 남편의 심기를 긁었던 나는 그날 불같이 분노하는 남편의 모습을 처음으로 보게 되었다. 남편도 그 당시 마음에 여유가 없었다는 것을 훗날 알게 되었다.

새벽녘 온 아파트가 떠나갈 듯 화를 내는 남편을 아래층 부부가 와서 말리기까지 했다. 그 틈을 타서 나는 아이들을 데리고 친정으로 피신했다. 살림살이가 부서지고, 폭행까지 당한, 지금도 생각하면 무서운 그런 밤이었다. 나도 놀라고, 아이들도 놀랐다. 밤새 떨며 서로 안고 울었던, 아이들과 나에게는 지옥 같은 밤이었다.

다시는 그런 행동을 하지 않겠다는 각서를 남편에게서 받고, 나는 아이들과 다시 집으로 돌아왔다. 차에서 내린 후 집 안으로 들어가지 않겠다고 울었던 둘째 생각이 난다. 세 살 난 아이는 그날의 공포를 그대로 기억하고 있었다. 그때의 일은 나와 아이들, 그리고 남편 자신에게도 큰 상처가 되어 오래도록 기억에 남았다. 그런 상처를 입고 돈을 벌어보겠다던 나의 일탈은 다시 제자리로 돌아오게 되었다.

간절함이 없었으니 쉽게 제자리로 돌아와버린 것이다. 며칠 전, 아들과 오랜만에 식사를 같이했다. 성공을 꿈꾸는 스물네 살 아들에게 '가장 중요한 것은 네 인생의 내비게이션에 가고자 하는 목적지를 명확히 지정하는 것'이라고 강조하며 밥을 먹었다. "그냥 하루하루 충실히 살 거야"라고 말하는 아들에게 그것보다 더 중요한 것은 간절한 목표라고 나는 힘주어서 말했다. 아들이 엄마의 말을 얼마나 이해했을지는 알 수 없다.

20년이 지난 지금, 나는 그때 적을 수 없었던 나의 꿈 목록을 다시 적어가고 있다. 가슴이 뛸 정도로 간절한 나의 꿈들을.

05
빨간불이 켜져버린
재무제표

내가 어릴 때 나의 부모님은 늘 함께 일을 하셨다. 그렇게 지금은 대구에서 이름만 대면 많이들 아는 인테리어 회사로 성장했다. 동생들이 아버지의 뒤를 이어 회사를 운영하고 있다. 내가 어릴 때는 '○○지업사', '○○지물포'라고 불리던 작은 가게였다. 아버지는 눈만 뜨면 자전거를 타고 공사할 집을 찾아서 다니셨다. 대문 앞에 모래만 있으면 무조건 벨을 눌렀다고 한다. 한마디로 무데뽀 정신이셨다. 엄마는 작은 점포 안에서 벽지, 종이 장판, 비닐 등 여러 가지 자재를 판매하셨고, 점포 안에 딸려 있는 작은방에서 우리 4남매를 키우셨다. 갓 태어난 막내부터 초등학교 3학년이었던 나까지 네 명의 아이들이 그곳에서 자랐다.

자전거를 영업 무기로 열심히 다니셨던 아버지의 바지는 얼마 안 가서 금세 엉덩이 부분이 해지곤 했다. 그렇게 열심히 피땀 흘려 우리 4남매를 키우셨다고 요즘도 가끔 그때를 회상하신다. 방이 딸려 있던 작은 점포 한 칸에서 시작해서, 현재 대구 수성구(서울의 강남급)에 빌딩을 지으신 아버지를 나는 많이 존경한다. 자수성가하신 아버지의 노력을 장녀인 나는 다 보고 자랐기 때문이다. 아버지는 부모님에게 물려받으신 거 하나 없이 동네에서 부자 소리 들을 정도의 부를 이루어놓으셨다. 물론 두 분이 함께 일을 하시면서 부부 싸움 하시는 모습도 여러 번 보았다. 마흔 살이 넘어가자 엄마는 전업주부로 살림만 하셨고, 아버지는 직원을 여러 명 두고 사업을 계속하셨다. 나는 한 해, 한 해 성장하고 계셨던 아버지의 모습을 보며 자랐다. 아버지의 성장하시는 모습이 곧 우리의 미래 모습이라고 생각했다.

결혼 후 나도 엄마처럼 남편의 그늘에서 아이들을 키우고, 취미생활을 하며 그렇게 살아갈 것이라고 생각했다. 사치스럽지는 않지만, 우아하게 살아가야지 생각했다. 하지만 결혼 7년 뒤 나는 남편의 회사로 출근을 하게 되었다. 나의 평범한 바람이 저 멀리 도망가는 순간이었다. 남편이 나에게 회사로 출근해서 경리 업무를 좀 봐달라고 이야기했다. 평소 문제가 많음을 느끼고 있었기에, 아이들을 유치원에 보내고 나는 바로 출근을 했다. 두 명의 경리가 업무를 보고 있었는데, 한 명의 경리가 갑자기 회사를 그만둔다고 했기 때문이다. 새로운 경리가 들어올 때까지라는 조건이었지만, 어느새 그 조건은 연기처럼 사라져버렸다. 이 글을 쓰고 있는 지금까지도 나는 출근을 한다. 바뀐 것은 경리에서 회사 대표가 되었다는 것이다.

나는 출근해서 경리에게 업무를 배우고, 회사의 전반적인 재무 흐름을 하나둘씩 이야기를 들었다. 그제야 회사의 문제가 심각함을 알게 되었다. 업무를 파악하며 며칠이 지나자 경리가 나에게 "이제는 사모님이 회사에 꼭 나오셔야 해요"라고 말했다. 결혼 전, 내가 아버지 회사에서 전반적인 업무를 보았던 것을 알기에 나에게 간곡히 부탁했다. 내가 나오면 상황이 좀 달라질 거라고 생각했던 모양이었다. 그때의 경리가 지금은 나의 사촌 동서가 되었다. 그 시절에 남편의 사촌 동생과 연애를 하고 있었고, 둘은 결혼까지 생각하고 있었던 것이다. 그래서 남의 일 같지 않게 업무를 보았고, 회사의 문제점을 안타깝게 생각하는 마음이 나에게 고스란히 전해져왔다. 그리고 몇 달 뒤, 여직원이었던 동서도 회사를 그만두었다.

그 당시, 남편의 명의로 되어 있었던 집은 두 채였다. 공장에서 물건을 받으면, 월말에 결제하는 시스템이었다. 그래서 두 채의 집은 모두 제조회사의 담보로 설정되어 있었다. 명의만 남편명의지, 실제 주인은 갑인 제조회사였다. 을인 남편은 본사에 담보물을 제공해야만 자재를 받고 사업을 할 수가 있었다. 자금 흐름이 원활하다면 걱정할 것이 하나도 없는 시스템이다. 하지만 남편의 회사는 그렇지 않았다. 남편 회사의 빚은 생각보다 훨씬 심각했다. 매달 돌아오는 어음도 많았다. 또한 신용보증기금에서도 운영자금을 최대로 대출받았고, 주거래 은행에도 대출채무가 상당히 있었다. 한마디로 남편은 빚더미 위에 올라앉아 있었다. 장부를 보면 볼수록 나는 한숨만 늘어나고, 나의 얼굴에는 웃음이 사라져가고 있었다. 근심 걱정이 가득했다.

감당하기 힘든 이자를 매달 내느라 직원들의 급여도 제대로 줄 수가 없었다. 세 명이었던 영업사원은 시동생만 남겨두고, 모두 퇴사를 시켜야만 했다. 일곱 명으로 시작했던 사업은 결국 남편과 나, 시동생, 그리고 배송 담당 직원 한 명만 남게 되었다. 말 그대로 가족 사업이 되어버렸다.

그 와중에 거래처에서 받아 온 어음은 상당수 부도가 났다. 어음 결제를 한다는 것은 그 업체도 재무제표에 빨간불이 들어온 상태라는 뜻이다. 그 당시, 우리 같은 중간 유통업체는 본사와도 을의 위치, 거래처와도 을의 위치였다. 본사에는 제품을 받기 위해 머리를 숙여야 했고, 거래처에는 우리의 제품을 팔기 위해 또 머리를 숙여야 하는 입장이었다. 이러한 이유로 본사에는 담보 제공을 했지만, 우리는 거래처에 그 어떤 요구도 할 수가 없었다. 어음을 주면 그냥 받아오고, 약속된 날짜가 되면 돈이 제대로 은행으로 입금되기만을 학수고대하고 있었다. 4시가 넘어가고 은행에서 부도처리 되었다는 연락이 없으면, 그때가 되어서야 안심했던 그런 날들이었다.

사업 초기부터 영업을 하러 다니지 않았던 남편은 그 지경이 되어도 거래처를 다니지 않고 있었다. 정확히 말하면 영업을 한 번도 몸으로 직접 배우지 않았기에 7년이 지나도 시장에 나갈 용기가 없었던 것이다. 좁은 시장 바닥에서 어려워져가는 회사의 사장이라는 사람들의 수군거림을 들을 자신이 없었을 것이다. 어느 업종을 막론하고, 사람들은 삼삼오오 모이면 남의 말을 많이 하는 습성이 있다. 점점 자신감과 용기를 잃어가던 남편은 남들의 시선을 미리부터 걱정하고 있었다. 결국 밖에서의 모든 영업은 시동생의 몫이 되었다. 그리고 사무실 안에서의 업무는 모두 나의 몫이 되어가고 있었다. 남편은 무늬만 사장인 자리에 앉아서, 본사에서 담당 이사님이 오면 죄인처럼 늘 머리를 숙이고 있었다. 남편은 어디에서도 당당하게 설 수 있는 자리가 없었고, 우리 세 사람은 희망 없는 날들을 하루하루 힘들게 버티고 있었다.

시동생은 타고난 영업인이었다. 대학 졸업 후 제약회사 영업을 처음 시작했다. 부지런함과 사교성으로 제약회사에서 영업실적을 꽤 잘 내고 있었다. 하지만 접대가 많은 제약회사의 특성상 거의 매일 정신을 못 차릴 만큼 술을 먹고 들어왔다. 남편과 시동생은 늘 간 건강에 신경을 써야만 했다. 건강검진을 하면 술, 담배를 끊고, 운동하라는 주의를 받았다. 하지만 자의든, 타의든 술을 많이 먹어야 하는 직업적 특성 때문에 결국 시동생은 제약회사를 그만두었다. 돈은 남들보다 좀 더 받았지만, 도저히 몸이 버틸 수 없겠다는 불안을 느낀 것이다. 형님과 새롭게 회사를 시작해서 키워나가겠다는 꿈을 안고 사표를 쓰고 나왔지만, 현실은 후회만 남게 되었다. 누구보다도 성실히, 그리고 열심히 일하며 거래처에서 수금을 해서 돌아왔다. 그렇지만 늘 밑 빠진 독에 물 붓기가 반복되는 현실에 시동생도 많이 지쳐가고 있었다. 결혼하고 신혼이었던 시동생에게 제대로 월급도 못 챙겨줄 때는 정말이지 얼굴 볼 면목마저 없었다.

두 형제 사이는 점점 멀어져갔다. 어머니가 일찍 돌아가시고, 서로 의지하며 살았던 형제였다. 함께 대화도 잘하고, 형제간 우애도 돈독했던 사이였다. 하지만 형님은 동생 앞에서 떳떳하게 큰소리칠 수 없는 지경이 되어버렸다. 그리고 형에 대한 동생의 원망도 더욱 커지고 있었다. 두 형제는 서로의 눈길을 피하기 시작했고, 대화하지 않게 되었다. 그 둘 사이에 있었던 나는 늘 가시방석이었다. 나 역시 시동생의 눈을 바로 볼 수가 없었다.

사람이 살아가는 데 절대적으로 필요한 조건은 바로 '희망'이다. 어제보다 오늘이 낫고, 오늘보다는 내일이 더 나을 것이라는 희망을 안고 우리는 살아간다. 그렇지만, 빚이라는 괴물에게 뒷덜미가 잡히고, 우리는 자유를 빼앗겼다. 그리고 희망마저 빼앗기게 되었다. 우리가 키워놓은 그 괴물 때문에, 내일이 전혀 희망적이지가 않았다. 그 어떤 꿈도 꿀 수가 없었고, 우리는 캄캄한 동굴 속에 갇혀버린 것 같은 삶을 살아가고 있었다. 빚에 목이 조이고 희망이 없어지고 있던 그 순간, 우리의 사랑은 더욱 빠르게 저 멀리 도망을 가고 있었다.

가고자 하는 목적지를 정해두고 그 목적지를 향해서 나아가는 동안 많은 고난을 겪는다. 숱한 고난을 이기고 목적지에 다다르면, 이루어냈다는 크나큰 성취감과 그에 맞는 보상을 받게 된다. 가고자 하는 목적지가 없는 상태에 갑자기 찾아오는 것은 '시련'이다. 우리가 겪었던 것은 바로 '시련'이었다. 그로 인해 점점 더 질병이 깊어지고 있었다. 그것은 '가난'이라는 이름의 질병이었다.

06
평범한 주부였던 제가
사업가가 되었습니다

　　'여자는 결혼 전에는 아버지 그늘, 결혼 후에는 남편의 그늘, 그리고 노후에는 아들의 그늘에서 산다'고 한다. 요즘 세상에 이런 말을 하면, 아마 손절을 당할 정도의 구시대적인 표현이다. 하지만 나도 이런 생각에서 크게 벗어나지 않았다. 아버지 그늘에서 잘 살고 계시는 엄마의 모습을 늘 봐왔던 영향이었다. '돈은 남자가 버는 거야'라는 생각으로 살았기에 아무 경험도 없는 남편을 믿고, 그냥 회사를 맡기는 실수도 저질러버린 것이었다. 처음부터 함께하며 모든 관리를 함께했더라면 이지경까지는 되지 않았으리라. 후회의 시간을 끝도 없이 보내고 있었다. 나 또한 돈 관리를 잘하지는 못했지만, '필요 없이 새는 돈은 막을 수 있었겠지' 하는 후회였다. 후회해도 이미 때는 늦었다. 요즘 말하는 '늦었다고 생각할 때가 진짜 늦은 때'라는 것을 나는 그때 알게 되었다.

회사에서는 점점 존재감을 잃어가고 있던 남편이 어느 날 뭔가를 들고 왔다. 흥분된 목소리였다. 우리가 취급하고 있던 제품인 PVC 타일에 그림이 인쇄되어 있었다. 작은 타일 한 장을 들고 와서 나에게 새로운 제품이 될 것이라고 이야기했다. 거기에 대박 날 제품이라고까지 했다. 아무리 봐도 이해를 못 하는 나에게 남편은 열심히 설명했다.

우리가 취급하고 있었던 바닥재에 소비자가 원하는 문양이나 이미지 인쇄가 가능한 기술이라고 말했다. 일반적 인쇄 기술은 사람들이 신발을 신은 채로 밟고 다니면 금방 인쇄 면이 다 벗겨진다. 하지만 남편이 설명하는 그 기술은 사람 몸에 문신하듯이 인쇄가 되는 새로운 기술이라고 했다. 그래서 바닥재에 적용되는 것이라고 설명했다. 들은 적도, 본 적도 없는 인쇄 기술을 남편은 흥분해서 나에게 설명했다.

시중에는 벽지, 나무, 컵, 티셔츠 등 많은 제품들이 인쇄되어 나온다. 그렇지만 바닥재에는 없었다. 남편은 그렇게 1%의 가능성도 없는 기술을 바닥재에 접목시키기 위해, 혼자 흥분하고 꿈을 꾸기 시작했다. 바닥재에 도화지처럼 마음대로 그림을 그릴 꿈을 꾼 것이다. 마이클 조던(Michael Jordan)이 이쪽에서 공을 던지면, 저쪽에서 공을 받는 모습을 형광으로 인쇄해 불을 끄고도 볼 수 있도록 하거나, 아이들 방에 뽀로로가 뛰어다니는 제품도 만들겠다고 했다. 흥분된 목소리로 이야기하는 남편을 나 혼자 응원했다. 세상 사람들이 모두 안 된다며 손가락질을 하더라도 나는 남편을 응원했다. 함께 살았던 시간 동안 미래를 생각하며, 어떤 일에 흥분하는 모습을 한 번도 본 적이 없었기 때문이다. 나의 응원에 그때부터 남편은 제품개발자의 길을 걷게 되었다.

꼭 성공해서 빛을 보자며 남편을 응원하기는 했지만, 나의 한숨은 점점 더 깊어져만 갔다. 빚이 빚을 낳듯이 우리의 빚은 더욱더 늘어만 갔고, 급기야 본사에서 더 이상 외상으로 물건을 줄 수 없다고 통보해왔다. 당장 선결제해줄 돈이 없는 상태에서 본사가 우리에게 보내온 통보는 사형선고 같은 것이었다.

결국, 본사의 회장님을 뵈러 갈 수밖에 없었다. 제발 살려달라고 찾아가서 무릎이라도 꿇어야 할 상황이었다. 회사에는 남편도 있고, 시동생도 있었지만 정작 회장님을 만나러 간 사람은 바로 나였다. 4,000만 원이 적힌 어음 두 장을 들고 나는 충청도 음성으로 가게 되었다. 그때 나와 함께 먼 길을 동행해주었던 분이 지금도 함께 같은 사업을 하고 있는 P사장님이다. P사장님은 남편의 기술로 개발된 제품이 출시되면, 영업을 하기 위해 우리를 찾아와 사무실을 함께 쓰고 있었다. 그때 당시, P사장님도 형편이 말이 아니었다.

남편과 P사장님은 힘든 시기에 동병상련의 처지로 서로를 의지하고 있었다. 용기가 바닥난 남편과 시동생을 대신해 먼 곳으로 인질처럼 길을 가는 내 모습이 얼마나 처량했을까? P사장님이 선뜻 운전을 해주겠다고 했다. 남편과는 사회에서 만나 형, 동생 하는 사이였기에, 나를 형수라고 불렀다. 지금 이 글을 쓰며, 그날의 동행에 다시 한번 깊이 감사를 전한다. 주부였던 내가 중견기업의 회장님을 뵈러 가는 것은 상당히 용기가 필요한 일이었다. 그때 내 옆에서 용기를 주었던 그 고마움을 10년이 더 지난 지금도 잊을 수가 없다. 휴지 조각 같은 어음 두 장을 들고 갔기에 더욱 용기가 나지 않는 그런 길이었다. 하지만 밀알 같은 용기라도 나는 내야만 했다. 나의 가족 때문에라도 그 길을 가야만 했다.

도착해서 곧 회장님의 방으로 안내를 받았다. 반갑게 맞아주셨지만, 눈은 아주 매섭기만 했다. 얼굴에는 기름기도 흐르고, 체격도 좋으신 전형적인 회장님의 모습이셨다. 남편이 새로운 제품을 개발하고 있다는 것을 회장님도 아시고 계셨다. 비전이 있을 것이라고는 물론 생각하지 않으셨다. 나는 눈에 보이지 않는 비전을 회장님께 열심히 설명해드렸다. 진땀을 흘리며 이야기하는 나에게 회장님께서 안쓰럽다는 듯 한마디하셨다.
"정 사장님께서 따님이 여기 온 것은 알고 계시나요? 아버지께서 따님을 도와주지 않으시나 보네. 아버지에게 찾아가서 도와달라고 이야기해보세요."

친정아버지를 말씀하시는 것이었다. 처음부터 친정아버지와 거래를 시작했던 회장님은 여전히 아버지의 영향력을 기대하시며, 우리에게 제품 공급을 해주고 계셨던 것이다. 딸이 망하는 것을 그냥 보고 있지는 않으리라는 생각을 하셨던 것 같았다. 나는 아버지는 모르시는 일이라 말씀드리고, 어음 두 장을 회장님께 전해드린 후 방을 나왔다. 아주 간곡히 받아주실 것을 부탁드리며 그렇게 다시 대구로 돌아왔다.

대구로 오는 길 내내 나는 한마디도 하지 않았다. 쏟아지려는 눈물을 억지로 참고 내려왔다. P사장님도 내게 한마디 하지 않고 내 어깨만 다독여주었다. 나는 그렇게 점점 더 침몰하고 있는 배의 선장 노릇을 하고 있었다.

그날의 용기로 우리는 수면 위에서 잠시 숨을 쉴 수 있는 시간을 벌게 되었다. 본사는 결혼하면서 받았던 우리의 집 한 채를 담보로 들고 있었고, 어음이라는 이유로 제품의 단가도 높여서 우리에게 공급하고 있었다. 나의 노력에 감동해서 어음 두 장을 입금 처리한 것이 아니었다. 현금 결제라면 모두 할인을 받았을 금액이 어음이라는 이유로 미수가 되어 장부에 남아 있었던 것이다.

상황이 숨을 쉴 수도 없을 만큼 나쁘게 돌아가고 있었다. 그렇지만 남편에게는 계속 제품 개발에만 집중하라고 이야기했다. 회사는 내가 어떻게라도 끌고 나갈 테니 빨리 결과를 내는 것에만 신경을 쓰라고 힘을 실어주었다.

남편에게는 큰소리쳤지만, 난 하루하루가 굉장히 힘이 들었다. 지금도 어음이라는 말만 들어도 치가 떨린다. 그만큼 무섭고 두려웠다. 남편에게 큰소리치고 나서 내가 했던 것은 전화 걸기였다. 어음이 돌아오는 날이면 아침부터 나는 어김없이 전화기를 붙잡고 있었다. 주위 지인들에게 모자라는 돈을 빌리기 위해서였다. 은행 대출도 더 이상은 불가능했고, 사채가 아니면 그 어디에도 돈을 빌릴 곳이 없었기 때문이다. 아무리 힘들어도 사채는 쓸 수 없다는 생각이었다. 전화기에 저장되어 있는 지인들에게 차례로 전화를 걸었다. 일주일만 쓰고 갚을 테니 돈 좀 빌려줄 수 있냐는 나의 부탁에 순순히 지인들은 돈을 빌려주었다. 200만 원, 300만 원, 500만 원, 금세 2,000만 원이 통장으로 들어오고, 나는 그날의 어음을 막을 수가 있었다.

지금 생각해도 내가 잘했던 것은 나를 믿고 돈을 빌려주었던 나의 지인들에게 단돈 10원도 실수를 하지 않았다는 것이다. 다음에 또 빌리더라도 꼭 약속한 날짜에 돈을 갚았다. 그분들께도 이 글을 통해서 다시 한번 감사함을 전한다. 나를 믿어주셨던 그분들의 마음이 그 당시 내가 버틸 수 있었던 힘이 되었기 때문이다.

어음이 돌아오는 날이면 어찌해서라도 막아내는 모습을 보여주니 남편은 점점 더 나를 믿고, 급기야는 신경도 쓰지 않는 상태까지 가게 되었다. 나 또한 크게 기대하지 않았기에 실망도 하지 않게 되었다. 사람이 죽으라는 법은 없다는 것이 이런 것인가 하는 생각을 가끔 하게 되는 시절이었다. 물론 오래가지는 않았다.

하나의 희망은 남편의 제품 개발이었다. 특허청에 특허 신청을 해놓은 상태였고, 특허가 나오기만을 기다리고 있었다. 특허만 나오면 예전에 결혼 공략으로 남편이 나에게 말했던 '불행 끝, 행복 시작'이라는 말이 꿈이 아닌 현실이 될 것이라 믿었다. 절망 속에 느껴지는 한 줄기 희망은 우리가 살아가는 힘이 되어주었다.

가능성이 제로라고 말하는 시동생의 투덜거림, 미친 짓 한다고 뒤에서 말하는 거래처 사람들의 수군거림, 누구도 손뼉 쳐주지 않는 그런 날들이었다. 하지만 귀를 닫고 못 들은 척하며, 남편은 묵묵히 자신의 상상 속에 빠져 하루하루 힘들게 버티고 있었다. 침몰을 앞둔 타이타닉호의 선장이 구조선을 만났 듯이 남편은 그렇게 한 가닥 희망으로 살고 있었다.

그렇게 우리는 몇 년 뒤, 과천과학전시관에 화성의 표면을 인쇄한 제품을 넓게 깔았다. 화성관의 문을 열고 들어가면 바닥부터 화성에 온 듯한 느낌이 들도록 만들었다. 남편의 상상이 현실이 된 순간이었다.

세상의 모든 새로운 것은 누군가의 상상에 의해서 만들어진 것이다. 에디슨(Edison)의 상상으로 전구가 개발되었고, 비행기가 하늘을 날며, 코카콜라가 전 세계인의 음료수가 된 것 역시 상상이 만들어낸 결과물이다. 누군가의 상상력과 반드시 이루어진다고 믿는 믿음이 합쳐졌을 때, 세상에는 새로운 것이 탄생한다.

뒤로 물러설 곳이 없을 만큼 낭떠러지 바로 앞까지 다다랐을 때, 나는 남편의 상상력을 믿으며 그 믿음으로 하루하루를 버티고 있었다.

'이루어질 결과를 의심하지 말고 믿고 상상하라.'

이것은 세상의 성공 비밀 중 하나다. 남편은 자신이 하는 행동이 성공의 비밀이라는 것을 모르고 있었다. 허황한 짓이라고 손가락질하고 비웃는 사람들 앞에서 어린아이처럼 자신의 상상을 말하고 대박을 꿈꾸었다.

그리고 그사이, 평범한 주부였던 나는 힘들게 사업가가 되어가고 있었다. 나는 아이들의 엄마이기에, 아이들을 지켜야 하기에, 힘을 낼 수밖에 없었다.

07
30대, 꿈이라는 것을
처음 가져보다

내가 30대 후반 무렵, 대구에 있는 영진 전문대학 (현 수성대학) 평생교육원에 '자기경영 리더쉽 과정'이 개설되었다. 평소 알고 지내던 지인분께서 직접 주관하셨던 과정이었다. 힘든 일상으로 마음이 지쳐가던 시간이었기에, 나는 그 과정이 너무나 궁금했다. 또한, 내가 아시는 교수님께서 직접 하시는 과정이라 더욱 관심이 생겼다. 예전 30대 초반에 우연히 접했던 '자기계발' 교육 과정을 들으며, 기간은 얼마 되지 않았지만 나는 그때의 교육을 잊지 않고 늘 목말라하고 있었다. 그래서 사업체 대표 또는 임원들을 위한 '카네기교육' 과정에도 관심을 가졌었다. 하지만 고가의 비용 때문에 포기해야만 했다.

다람쥐 쳇바퀴 도는 듯한 나의 삶에서 발생하는 대부분의 문제해결 원동력은 짧게 배웠던 자기계발 과정 덕분이었다. 그렇게 잠시 경험했던 H사에서의 교육은 오랫동안 나에게 큰 힘이 되어주었다. 어떠한 문제와 마주하게 되면, 나는 문제를 피하기보다 해결책이 뭘까 생각하는 습관을 가질 수 있었다. 매사에 긍정적인 자세로 접하는 습관도 그때 만들어진 것 같다. 그래서 나는 누군가 네트워크 사업을 한다고 하면, 다른 것은 몰라도 교육 프로그램은 참 좋은 것 같다는 말을 많이 하게 되었다. 그 목마름 때문에 지인이 리더십 강의를 개설한다는 말에 망설임 없이 달려가게 되었다.

그 당시는 전문대학마다 평생교육원을 만들고, 여러 개의 교육 과정을 개설하던 시대였다. 그런 평생교육원의 프로그램을 활용해 나의 지인이신 교수님께서도 학교에 과정을 개설하게 되었다. 자기경영 과정 7주, 리더쉽 과정 7주 해서 총 14주의 과정으로 수업이 진행되었다. 함께 과정에 참여한 사람들 속에서 나의 경험과 생각을 발표하고, 컴퓨터를 활용해 과제를 올리기도 했다. 그때 당시 컴맹이었던 내가 과제 제출을 위해 인터넷에 업로드하는 등, 매주 신세계를 접하는 느낌이었다. 매주 수업이 끝나면 평균 4~5개 정도의 과제가 우리에게 주어졌다.

둘째가 갓 돌이 지났을 때 업고 다니며 배웠던 컴퓨터 수업이 조금 빛을 보는 듯해 더없이 기뻤다. 과제를 올리면 서로 격려의 말을 남겨주고, 칭찬을 아끼지 않는 문화가 굉장히 기분 좋았다. 결혼 전에도, 결혼 후에도 칭찬에 굶주려 있던 나에게 당시의 칭찬 문화는 신세계였다. 고래도 춤추게 만든다는 칭찬은 나도 춤추게 만들었다. 물론 어떤 날은 어렵게 마무리를 지었던 과제가 저장되지 않고, 컴퓨터에서 싹 사라져버린 경험도 있었다. 함께하던 다른 분들에게 물어물어서 과제를 올리곤 할 만큼 인터넷을 사용하는 것이 서툴렀던 때였다. 지금 생각하면 웃지 못할 추억이다.

그 과정에서 처음 접했던 생소한 용어들도 많았다. 유비쿼터스 시대, 블루오션, 레드오션 등의 새로운 사회용어들이 교재 속에 많이 수록되어 있었다. 시대의 변화에 대한 강의가 많은 부분을 차지했기 때문이다. 시대 변화에 함께할 수 있는 자기경영이 기본으로 되어야 한다는 것이 강사의 교육 의도였다. 농경사회, 산업사회, 지식사회, 그리고 다시 새롭게 접하는 마음사회, 그 속에서 꼭 필요한 것이 감성리더십이라고 강조하셨다. 나의 열정을 불러일으키기 충분한 교육이었다.

힘들었던 현실에서의 도피처가 되어주었기에 나는 당시 무척이나 열심히 참석했다. 일상에서는 힘들고 때로는 비참함을 느꼈지만, 일주일에 한 번 참석하는 수업 시간이 되면, 나는 또 다른 나의 모습을 볼 수 있었다. 현재보다 더 나은 삶을 살기 위해 변화를 한없이 갈망하는 바로 그런 모습이었다.

교육을 받던 중 새로운 과정이 추가로 개설되었다. 부모교육 전문가 과정, 자녀교육 전문가 과정이었다. 부모와 자녀의 관계 개선을 위한 과정을 배우며, 나는 나의 과거 아픔을 끄집어낼 수 있었다. 그리고 그 아픔을 치료할 수 있는 계기가 되어주었다. 처음으로 나에게 숱한 아픔을 주었던 나의 아버지를 이해하는 마음이 생겼다. '나의 아버지 또한 자식에게 어떻게 표현해야 하는지 배워본 적이 없는 분이구나' 하는 것을 느끼게 되었다. 세상에 문제 부모는 있어도 문제 자녀는 없다는 말을 접하게 되었다. 그러면서 사회의 문제아를 바라보는 시각을 바꿀 수 있었다. 세상 모든 문제아의 뒤에는 바로 문제 부모가 반드시 있다는 사실을 교육을 통해서 알게 되었다.

나의 아버지를 이해하는 마음이 생기면서, 내 아이들에게 접근하는 나의 태도도 바뀌고 있었다. 즉흥적인 감정 표출이 아닌, 상황을 생각하며 '나 메시지' 화법으로 바꾸려고 노력하는 엄마의 모습을 보일 수가 있었다. 남편과의 대화 속에서도 '나 메시지' 화법을 해보려고 노력했다. 하지만 그 노력은 통하지 않았고, 어느 순간 할 말이 있어도 말을 아끼며 입을 닫는 내가 되어가고 있었다. 생각이 바뀌지 않는 남편에게 나의 변화된 말투가 쉽게 전달될 리가 없었다. 부모교육은 부부가 함께 듣고, 노력해야만 효과가 배가 된다는 것을 시간이 갈수록 느끼게 되었다. 또한, 상대에게 바뀌길 강요하기보다는 내가 바뀌어가는 모습을 꾸준히 보여주는 것이 효과가 크다는 것도 시간이 지나고 나서야 알게 되었다.

그 과정을 배우고 연습하는 동안 내가 가장 흐뭇하게 느꼈던 순간이 있었다. "엄마가 우리 엄마라서 참 좋다"라는 말을 아이들이 나에게 해준 것이다. 몇 년 전부터 동네에서 알고 지내던 가정이 있었다. 아이들의 나이도 비슷하고, 두 부부의 나이도 비슷해 우리는 금방 친해질 수 있었다. 자주 만남을 가지며 함께 여름휴가도 가게 되었다. 그러면서 서로가 살아가는 모습을 많이 엿볼 수가 있었다. 하지만 볼수록 그 집 아이들의 엄마는 굉장히 다혈질이었다. 평소 기분이 좋을 때는 아이들에게 엄청 다정다감한 모습이었다. 반면, 자신의 감정 조절이 잘되지 않는 날이면, 아이들에게 엄청난 욕설과 함께 심하게 난폭한 성향의 괴물로 돌변하는 것이었다. 그런 모습을 본 우리 아이들은 시간이 갈수록 그 집의 아이들을 불쌍히 여겼고, 급기야는 그 엄마를 이상하게 보기 시작했다. 그 친구들과 자신들을 비교하며, "엄마가 우리 엄마라서 참 다행이고 너무 좋다"라는 말을 나에게 해주었다.

결국, 그 부부는 이혼을 했고, 예쁘게 자라던 두 아이들은 어느 날 천덕꾸러기가 되어버렸다. 엄마의 손길이 닿지 않아 머리를 엉망인 채로 다니던 막내딸의 머리를 어느 날 내가 만져주었다. 마음이 무척 아팠던 기억이 난다. 지금은 그 아이들이 성인이 되었는데 과연 어떤 모습, 어떤 생각을 가지고 자랐을까 많이 궁금하다.

자녀교육 전문가가 되기로 마음먹고, 나는 열심히 책을 읽으며, 강의 연습도 하면서 꿈을 키워갔다. 자녀가 바뀌기 위해서는 부모의 변화가 선행되어야 한다는 것을 알게 되었다. 그래서 또다시 부모교육 전문가 과정도 열심히 공부했다. 처음 나의 꿈을 발표하는 자기계발 과정에서 나는 간절한 꿈을 정할 수가 없었다. 그로부터 10년 뒤, 나는 처음으로 나의 꿈을 생각하게 되었다.

자녀교육·부모교육 전문 강사, 그리고 전문 상담사라는 꿈을 가졌다. 선생님은 이론 공부를 하며 스펙을 쌓기보다는 현장에서 부딪히며 경험을 쌓는 것이 진정한 전문가로 가는 길이라고 늘 말씀하셨다. 그 말씀에 용기를 내 둘째가 초등학교 5학년 때 담임선생님께 말씀을 드리고, 아이들을 위한 수업을 하게 되었다. 1시간 정도의 수업이었다.

수업 주제는 '칭찬'이었다. 아이들의 언어가 점점 더 거칠어지고 있는 사회 분위기 속에서 내 아이들만이라도 예쁘게 말하고, 서로 칭찬해줄 수 있는 마음을 갖게 해주고 싶었다. 옆 친구의 장점을 찾아서 구체적으로 칭찬하는 시간도 가졌다. 재미있게 나의 말에 호응하고, 집중해주었던 그 아이들의 눈빛을 아직도 잊을 수가 없다. 그런 시간을 통해 나의 마음도 점점 치유되어가고 있음을 느낄 수가 있었다.

'새 술은 새 부대에 담아야 한다.'

기존의 낡은 생활 습관을 버리고, 과감히 새로운 습관을 만들어야 새로운 나의 모습으로 탄생할 수 있다. 그때 나는 분명 새 술을 만들고 있었지만, 새 부대로 옮겨 담지를 못했다. 현실이라는 높고, 두꺼운 담을 뛰어넘지 못한 것이다. 내 주제에 무슨 부모교육을 하며, 무슨 자녀교육을 하러 다닌다는 것인가? 나는 현실로 돌아오면 빚에 눌려서 기가 죽어 있었다. 미래의 빛나는 내 모습을 상상하는 힘도 많이 부족했다. 현실만 보고 문제해결 하며 살기 바빴기 때문에, 나는 간절히 원하는 꿈을 꿀 수가 없었다.

하지만 아무리 힘든 현실의 벽이 앞을 막고 있어도, 나의 꿈과 나의 찬란한 미래를 믿는다면, 그리고 이미 이루어진 것처럼 감사의 기도를 매일 한다면, 머지않아 상상하던 모습은 곧 나의 모습으로 이루어진다는 것을 나는 알게 되었다.

08
가난한 현실보다 더 위험한 것은
가난한 생각

'책 속에 길이 있다.'
'하루라도 책을 읽지 않으면, 눈에 가시가 돋는다.'
'독서는 간접 체험을 하는 것이다.'

우리는 어릴 때부터 끝도 없이 독서의 중요성에 대해서 듣고 자란다. 그 영향으로 나는 많은 책을 사게 되었고, 책꽂이에 꽂아두고 전시했다. 주문한 책이 집에 도착하면 아들은 "엄마, 새로운 수면제 왔네"라며 놀리곤 했다. 좀 두꺼운 책이 오면 "베개 대신 쓰면 딱이겠다"라는 말로 나를 웃게 했다. 책꽂이에 꽂혀 있는 책의 양만큼 나의 내적·외적 성장이 이루어졌다면, 나는 이미 오래전에 성공자의 길을 걸었을 것이다. 눈으로 보고, 머리로 읽은 책은 나의 마음을 움직이지 못했고, 나의 행동을 바꾸지 못했다. 수많은 자기계발 도서를 접했지만, 그 책 속의 글들이 나를 바꾸어주는 것은 때가 되었을 때에야 가능했다. 간절함이 가득한 마음으로 책을 펼쳤을 때, 책 속의 글은 더 이상 글이 아니었다. 그 글은 나에게 새로운 스승이 되어주었다.

고이케 히로시(小池浩)의 《2억 빚을 진 내게 우주님이 가르쳐 준 운이 풀리는 말버릇》이라는 책을 읽었다. 두껍지 않은 한 권이었다. 첫 페이지를 보는 순간부터 나는 몇 시간 동안 눈을 뗄 수가 없었다. 그리고 마지막 장을 덮었다. 100억 부자가 되고 싶다는 간절함이 생기고, 나도 반드시 이룰 수 있다는 신념이 마음속에 자리 잡기 시작했다. 그 책은 과거 빚이라는 괴물에게 뒷덜미가 잡히고, 자유를 빼앗겼던 그 시절, 우리 부부의 모습을 다시 보여주는 거울이었다. 책을 읽는 내내 나의 지난 모습을 보게 되었고, 많은 반성과 생각을 할 수가 있었다. 결혼을 하고 10년이 넘는 시간 동안 우리에게 주어졌던 많은 것들을 모두 잃게 되었던 이유는 바로 가난을 부르는 습관적인 말버릇과 행동 때문이라는 것을 깨닫게 되었다.

나는 한 번씩 눈에 보이지 않는 어떤 텔레파시가 통하는 듯한 경험을 하곤 한다. 예를 들면, 한참 동안 연락이 없던 지인을 머릿속에 떠올려볼 때가 있는데, 그럼 다음 날 그 지인에게서 느닷없이 전화가 걸려온다. 그 순간 무척 놀랍기도 하고, 당황스럽기도 하다. 이런 경험을 누구나 한 번씩은 해보았을 것이다. 그 경험은 나의 머릿속 생각이 눈앞의 현실이 되는 순간이다. 처음 경험하는 순간이 전혀 낯설지 않은 경우도 있다. 데자뷔는 전생의 경험을 다시 접하는 것이라고 말한다. 이런 경험을 통해 '우리의 삶은 눈에 보이지 않는 어떤 공식과도 같은 흐름으로 되어 있을 것'이라는 생각을 하곤 했다. 이렇게 정리되지 않은 막연한 나의 생각을 깔끔하게 정리해놓은 것이 바로 이 책이었다.

책을 읽는 내내 내가 습관처럼 가졌던 내 생각들이 그대로 현실이 된 것을 확인할 수가 있었다. 소름이 끼치는 순간이었다. 책을 통해 우주는 나의 바람을 이루어주기 위해 움직이고 있었다는 것을 알게 된 것이다. 그것이 긍정적 바람이든, 부정적 바람이든 가리지 않았다는 것이 중요하다.

남편이 자주 술을 먹고 들어와 다음 날 일어나지 못해 출근을 하지 못할 때면, 나는 어김없이 이런 생각을 했다. '도대체 저런 정신상태로 무슨 사업을 하노? 맨날 술 먹고 못 일어나고 사업이 잘되면 그게 이상하다. 안 망하면 진짜 다행이다.' 나는 늘 남편의 사업이 망하는 것을 걱정했다. 걱정스러워서 한 말이고 생각했지만, 우주는 그것이 나의 바람이라 여겼고, 현실로 보여주었다. 또한, 남편은 대출도 많이 받고 여기저기서 겁 없이 많은 돈을 빌렸다. 과한 대출에 걱정이 되어 내가 한마디하면, 남편은 늘 "빚을 낼 수 있는 것도 능력이다"라는 말을 했다. 능력 없으면 제도권에서 절대 대출을 해주지 않는다며, 자신의 능력 때문에 해주는 거라고 했다. 틀린 말은 아니지만, 그렇다고 맞는 말도 아니었다. 대출이라는 제도를 잘 활용하면 사업에 좋은 약이 되고, 디딤돌이 되지만, 그렇지 않을 경우는 큰 바윗돌이 되어 우리의 삶을 송두리째 부숴버린다.

나에게 늘 입버릇처럼 말했던 '인생 뭐 있나? 짧고 굵게 사는 거지'라고 했던 남편의 말도 우주는 바람으로 인식했다.

월말이 되면 거래처에서 수금을 많이 했다. 은행으로 송금도 하고, 현금으로 몇백만 원씩 다발로 들고 오기도 했었다. 그 많은 돈을 감사와 사랑으로 귀하게 여겼으면 어찌 되었을까? 돈을 보며 나는 '어차피 내 손에 남지도 않고, 다시 다 나갈 돈'이라 생각했다. 그래서 소중하게 다루지도 않았다. 그리고 '나의 주머니는 돈이 잠시 거쳐가는 정거장'이라는 표현까지 했다. 책을 읽는 내내 어리석었던 나의 행동들이 하나하나 떠올랐다. 우주는 나의 주머니를 결국 정거장으로 만들어주었다. 나의 바람이라 생각하고, 나의 말을 그대로 이루어준 것이었다.

좋은 지갑, 깨끗하게 정돈된 환경 속에 소중하고 귀한 대접을 받은 돈은 더 많은 돈을 불러 모은다는 것을 나는 알지 못했다. 명품지갑을 들고 다니는 사람들을 사치스럽다고 생각하고, 그런 명품을 꿈도 꾸지 않는 나는 검소하다고 생각했다. 나의 이런 마음을 우주는 다 알고 있었던 것이었다. 수많은 돈은 계속 정거장이었던 나의 주머니를 거쳐 빠져나가기만 하는 상황이 반복되었다. 이 모든 상황이 우리가 우주에 주문한 것이라는 것을 책을 통해 뒤늦게 깨닫게 되었다.

식당에 가게 되면 명확하게 메뉴를 정하고 주문을 해야만 내가 원하는 음식이 나온다. 스테이크를 주문하더라도 정확하게 어느 정도 굽기를 원하는지, 스프는 어떤 종류의 것을 원하는지, 그리고 후식으로는 무엇을 원하는지, 이 모든 것을 명확하게 전달해야만 그것이 주방에 잘 전달되는 것이다. 주문을 마치면 맛있게 잘 구워진 스테이크가 곧 나올 것이라는 상상을 하며 기다린다. 정확하지 않으면 덜 구워져서 피가 뚝뚝 흐르는 스테이크를 받게 되거나 엉뚱한 후식이 나올 수도 있다. 우리의 삶도 그러하다. 내가 원하는 삶을 명확하게 우주에 제대로 주문해야만, 우주도 나의 주문에 맞는 결과를 주는 것이다.

현실이 힘들다는 이유로 나는 한 치 앞의 미래도 생각하지 않고 살고 있었다. 단지 현실만 바라보고, 현실을 투덜거리는 말과 행동을 계속했던 것이다. 그리고 남편의 탓이라 생각하고, 남편을 미워하는 마음도 수없이 가졌다. 우주는 나의 투덜거리는 말과 행동, 그리고 미움이 나의 바람이라 생각하고 그러한 삶의 결과물을 나에게 보내준 것이다. 가난한 현실보다 더 무서웠던 가난한 내 생각들이 만들어낸 결과를 나는 살고 있었다.

내 생각이나 바람을 알고 있는 우주라는 신의 영역이 있다는 것은 너무나 소름 끼치고 무섭다. 하지만 반대로 생각하면, 그러한 우주는 간절하고 정확하게만 전달하면, 모든 것을 이루어주기 위해 움직이는 알라딘 램프 속의 요정과도 같은 것이었다.

내가 이 책을 읽고 생각한 것은 '이제부터라도 무조건 이대로 실천하자'라는 것이었다. 책은 읽고 느끼고 실천했을 때에야 그 빛을 발한다. 우리는 실천하지 않는 독서를 하며 많은 시간을 허비하면서 살고 있다. 단지 독서를 했다는 결과만을 생각하며 늘어나는 책의 숫자를 보며 자기만족에 빠져 살고 있다.

나의 두 아이에게도 이러한 우주의 진리를 꼭 알려주고 싶다는 간절한 마음이 들었다. 성인이 된 아이들에게 말로 전달하고자 하면 잔소리가 될 것을 잘 알기에, 엄마인 나의 책 속에 그 바람을 간절히 적어본다. 나의 아이들은 나와 같은 어리석은 실수를 절대 하지 않기를 바라는 마음이다. '가난한 생각을 마음속에 심지 않고, 부자의 생각을 심어야만 결국 부자의 삶을 살아간다'라는, 어찌 보면 너무나 단순한 이치를 아이들에게 꼭 전해주고 싶다.

세상의 모든 사람이 우주의 원리를 이해하고, 우리가 늘 반복적으로 저지르고 있는 실수를 하루빨리 멈출 수 있다면 얼마나 삶이 풍요로워질까? 나는 한 사람이라도 더 많은 사람들이 이 진리를 깨닫기를 간절히 바란다. 그리고 실천하기를 바란다. 빚에 눌려서 자유를 잃고, 희망을 잃어가는 많은 사람들이 이 진리를 알고 변화되어가기를 간절히 바라는 바다. 나는 희망을 잃은 사람들에게 이러한 성공 메시지를 전달하고픈 삶을 살고 싶은 꿈이 생겼다. 내가 좀 더 일찍 이 책을 만나고, 책이 주는 메시지를 실천했더라면 하는 아쉬움이 남는다.

　희망이 없다고 생각한 시절, 나는 간혹 철학관을 찾아갔다. 때로는 점쟁이도 찾아갔다. 철학관에서 사주팔자를 보고, 무당을 찾아 점을 보면서 많은 돈을 허무하게 써버렸다. 지금은 그들에 대해 우리의 공포를 이용한 공포 마케팅을 하는 사람들이라고 생각한다. 그들은 희망을 잃은 사람들에게 가장 크게 자리 잡은 공포라는 심리를 이용한다. 그리고 부적과 굿이라는 처방으로 많은 사람들이 돈을 쓰게 만든다. 나 또한 많이 저질러본 어리석은 행동이다. 희망 없는 내 인생을 굿이라는 처방으로 희망을 느끼려 했던 것이다. 현실이 아무리 힘이 들어도 '나는 현재의 빚을 3년 내로 꼭 갚고, 반드시 100억 부자의 인생을 살아간다'라고 우주에 계속 주문했더라면, 나는 분명 지금과는 다른 삶을 살고 있을 것이다. 그래서 지금은 매일 우주에 주문하고 있다. 3년 뒤, 10년 뒤 최고가 된 나의 모습을 상상하며 주문을 하고 있다.

'부모의 말 한마디는 아이들에게 문서와 같다'라는 말도 있다. 무의식적으로 내뱉는 부모의 한마디, 한마디가 모여 아이의 미래를 결정짓는 것이다. 친구 아들이 친구에게 전화를 걸면 '뭘 해도 잘될 아들'이라는 발신인 이름이 뜬다. 전화가 올 때마다 그 문장을 보게 되고, 그 느낌은 우주에 그대로 전달된다. 그 친구의 아들은 분명 뭘 해도 잘되리라는 것을 난 믿는다. 친구의 행동을 보며, 나 또한 딸은 '세계 최고의 기타리스트', 아들은 '세계 최고의 사업가'라고 핸드폰에 저장해두었다. 엄마인 나의 바람이 우주에 그대로 전달되기를 바라는 간절함의 표현이다. 돈 들지 않는 사소한 행동이지만, 긍정의 에너지를 불러오는 시작이라고 믿는다. 이 글을 읽는 모든 이들이 꼭 따라 해볼 것을 적극적으로 권한다.

2장

울고 싶어도
내 인생이다

01

숨이 차오르던
하루하루

우리는 살면서 수없이 많은 기념일을 챙긴다. 생일, 결혼기념일, 100일 되는 날, 1년 되는 날 등등 많은 날을 특별히 기념하는 날로 정하고 살아간다. 밋밋한 인생에 이벤트를 만들고, 즐거움과 추억을 만들기 위한 인생의 조명 같은 날이다. 기념일을 기억하며 부부, 연인, 부모·자식 등 서로의 관계를 더욱 돈독하게 만드는 것이다. 나에게도 평생 잊을 수 없는 날이 있다. 바로 나의 결혼기념일인 2월 9일이다. 2월 9일은 남편과 내가 동시에 어른이 된 날이다. 주례 선생님 앞에서 검은 머리 파뿌리 될 때까지 서로 사랑하고 아껴주며 살 것을 맹세했던 날이다. 그리고 새로운 인생을 다시 한번 시작한 날이기도 하다.

매달 두세 번씩 수천만 원의 어음이 돌아왔다. 몇 년 동안 반복되는 긴장감으로 나는 서서히 지쳐가고 있었다. 내가 비빌 수 있는 언덕은 그 어디에도 없었다. 함께하는 남편조차도 나의 언덕이 되어주지 못했다. 남들 보기에는 번듯해 보이시는 친정아버지도 나의 언덕이 되어주시지는 않았다. 오히려 아버지는 더욱내가 이를 꽉 깨물게 만들어주신 분이다. 수천만 원의 돈을 만들어야 하는데, 단돈 500만 원이 모자라서 쩔쩔매고 있었던 날이다. 어음은 단돈 5만 원이라도 모자라면 부도 처리되기에 남은 500만 원은 나에게 큰 숙제였다. 갖은 애를 써보았지만, 도저히안 되어서 친정아버지께 전화를 걸었다. 어음을 막아야 하는데, 500만 원이 부족하다고 말했다. 순간 아버지는 싸늘하고 매몰차게 한마디하시고 전화를 끊어버리셨다. 나는 그날 밤새 목 놓아서 서럽게 울었다. 뭐든지 원하기만 하면 다 해주실 것처럼 늘말씀하셨는데, 막상 내가 진짜 힘든 그 순간에는 그렇게 차갑게변하셨다. 몇 년 전부터 남편이 아버지에게 신뢰를 잃고 있었던것이 원인이었다. 북받쳐 오르는 설움과 처량하기만 한 나의 신세가 너무나 한탄스러워 나는 밤새 울고 또 울었다. 아랫입술을깨물며 '나는 꼭 반드시 성공한다'라고 마음속으로 외쳤다. 물론 500만 원을 구해서 그날도 어음을 막을 수 있었다.

　내가 리더십 교육을 받을 때 나와 함께 교육에 참여했었던 K라는 분이 있었다. 나보다 네 살 위의 언니였다. 외국계 보험회사에서 늘 보험왕을 하며, 개인비서까지 두고 일하시던 분이셨다. 모든 면에서 배울 점이 참 많은 분이라 언니라고 부르며, 개인적으로 친하게 지냈다. 성격도 좋았고, 업무 능력도 뛰어났다. 수업 중 발표 시간에도 언니의 넘치는 재치는 그대로 드러났다. 닮고 싶다는 생각이 많이 들었던 언니였다. 언니는 남편과 오래전에 이혼하고, 친정 부모님 댁 근처에서 아들이랑 살고 있었다. 겉으로 보기에는 자신감 넘치고, 행복해 보였다. 돈 때문에 하루하루가 지옥이었던 나와는 완전 다른 세상에 사는 듯 보였다.

언니에게도 나는 돈을 몇 번 빌렸다. 지금 생각해보면 그 뻔뻔함이 어디서 나온 용기인지 도무지 이해할 수가 없다. 나를 믿고 나와 친분이 있는 거의 모든 분들에게 돈을 빌렸다. 물론, 단한 분에게도 실수는 하지 않았다는 것이 참으로 다행스러운 일이었다. 그렇게 힘들게 버티는 나에게 하루는 언니가 이런 말을 했다.

"내가 서 있는 자리가 벼랑 끝인 줄 알고 두려워서 떨지만, 용기 내서 뛰어내려 보면 오히려 그곳이 평지더라."

많은 메시지를 주는 말이었다. 처음에는 언니가 하는 말이 무슨 말인지 알아듣지를 못했다. 그래서 곰곰이 되새겨보았다. '벼랑 끝이 평지가 된다는 말이 도대체 무슨 말이지?'

현실에서 나의 하루는 말 그대로 '쩐의 전쟁'이었다. '이 어음만 막지 않아도 된다면 나는 소원이 없겠다'라고 하루에도 몇 번씩 생각하며 살았다. 그리고 '지금 하는 자재 도매업을 하지 않을 수 있다면 얼마나 좋을까?', 이 두 가지를 늘 간절하게 소망하며 살고 있었다. 급기야 은행 이자라도 줄여보자는 생각에 우리는 살고 있던 아파트를 팔게 되었다. 벽지공장에 담보로 설정되어 있었지만, 다른 담보를 본사에 약속하고 팔아버렸다. 그 회사가 내부적으로 많이 허술했기에 가능한 일이었다. 아파트를 팔고, 그 돈으로 은행의 대출금을 갚았다. 하지만 우리 가족은 갈 곳이 없어져버렸다. 월세를 구할 돈도 없었던 것이다. 당시 자재창고로 쓰고 있었던 곳이 약 400평 정도 되었는데, 어쩔 수 없이 창고의 한쪽 구석을 집으로 만들었다. 방을 두 칸 만들고, 주방과 거실을 만들고, 화장실을 만들어서 거주할 수 있을 만한 공간으로 꾸몄다. 그곳에서 우리 네 가족의 지하살이가 시작되었다.

은행 이자를 줄여볼 수 있을 것이라 생각하고 이사를 했지만, 나아질 기미는 조금도 보이지 않았다. 이자가 연체되고 또 이자를 늘리는 악순환이 계속되며 견딜 수 없는 날들이 지속되었다. 그해의 2월 9일은 내가 발행한 어음 한 장이 돌아오는 날이었다. 그날 나는 아무 곳에도 돈을 빌리는 전화를 하지 않았다. 더이상 돈을 빌리지 않겠다 마음먹고, 체념한 상태였다. 마음을 굳게 먹고 오후가 되자 남편에게 말했다. "오늘 우리 부도야." 나의 한마디에 남편도 체념한 듯 아무 말도 하지 않았다.

통장에는 잔고 30만 원이 남아 있었다. 누군가는 미리 재산을 빼돌리고 고의 부도를 낸다는데, 우리에게는 그럴 만한 배짱도 없었다. 5시가 넘어 최종 부도 처리되었다고 은행에서 통보를 받았다. 모래 위에 쌓아 올렸던 우리들의 모래성은 그렇게 허무하게 무너져버렸다. 나의 결혼기념일인 2월 9일에 어음을 막지 못하고 '부도'라는 낙인이 찍혀버렸다. 매달 돌아오는 1억 원 이상의 어음을 나는 더 이상 감당할 수가 없었던 것이다.

부도 처리가 되고 다음 날, 사무실 전화기에는 불이 났다. 본사의 담당 이사님은 전날에도 전화가 왔었다. 자신의 돈을 조금이라도 빌려줄 테니 제발 부도는 내지 말라고 사정을 했다. 나는 이사님에게 미안하다는 말밖에 할 수가 없었다. 담당하던 업체가 부도가 나면, 담당자들에게 큰 불이익이 돌아가기 때문이다. 이사님께서 자신의 돈까지 우리에게 빌려주겠다고 하셨지만, 이미 먹은 포기하는 마음을 더 이상 되돌릴 수가 없었다. 아직은 회사에 다녀야만 했던 이사님이었지만, 부실업체에 대한 책임을 지고 자리에서 물러나야만 했다. 우리로 인해서 주위 분들에게 피해를 준 것이 시간이 많이 지난 지금도 무척이나 가슴이 아프다. 아파트를 팔고 그 돈으로 은행 대출을 갚았기에 은행은 조용했다. 며칠 뒤 신용보증기금에서 사무실로 두 사람이 찾아왔다. 그리고 나에게 돈을 빌려줄 테니 남편의 빚을 그 돈으로 갚으라고 했다. 물론, 나를 제2의 채무자로 남긴 후 자신들의 책임을 최소화하기 위한 대책이었다. 나는 아이들과 살아야 한다는 명분으로, 신용불량은 남편 하나로 충분하다고 말하며 딱 잘라 거절했다. TV를 보면 사업을 하다가 부도가 나면, 야반도주하는 모습이 많이 나온다. '우리도 야반도주를 해야 하는 것인가' 하는 두려움으로 며칠을 떨어야만 했다. 하지만 우리에게는 더 이상 아무 일도 일어나지 않았다. 제도권 금융회사는 우리에게 갚을 능력이 없음을 알고, 모든 채무를 손실처리 했던 것이다. 공장에서도 마찬가지였다. 담보로 설정된 주택 한 채는 경매 처분 절차를 밟았다. 그리고 시동생과 다시 대리점 계약을 하고 장사를 할 수 있도록 제품 공급을 한다고 했다. 조건은 또다시 담보금액 입금과 남편의 채무 일부를 갚는 것이었다. 다른 방안이 없었기에 우리는 그 조건을 그대로 수용하게 되었다.

'벼랑 끝인 줄 알고 뛰어내렸는데, 그곳이 평지더라.' 시간이 조금 더 지나고 나는 언니가 했던 그 말의 뜻을 이해할 수가 있었다. 우리는 야반도주를 하지 않아도 되었고, 늘 있었던 그 자리에서 겉으로는 아무 일 없었던 것처럼 생활할 수가 있었다. 개인에게 채무가 없었기에 가능한 일이었다. 주위 사람들에게 많은 빚을 지고 못 갚을 지경이 되었으면, 아마 우리는 TV 속 주인공이 되어야만 했을 것이다. 가족 모두 뿔뿔이 흩어지는 비극이 시작될 수도 있었을 것이다.

어음이 없는 세상에서 살고 싶다던 바람과 자재도매업을 하지 않고 살고 싶다던 나의 바람이 다 이루어졌다. 다시 공장과 계약을 하고, 새롭게 대표 자리를 맡게 된 사람은 이제 시동생이었다. 이렇게 나의 두 가지 소원이 동시에 이루어진 날은 바로 2월 9일, 나의 결혼기념일이었다.

　나에게 한마디 말로 용기를 주었던 언니는 몇 년 뒤 스스로 목숨을 끊었다. 겉으로 보이는 모습이 전부가 아니라는 것을 다시 한번 느낀 사건이었다. 밝고 자신감 넘치고 행복한 얼굴로 다녔지만, 언니는 심각한 우울증을 앓고 있었다. 다니던 보험회사를 그만두고, 새로운 곳으로 옮겨간 것이 문제의 시작이었다. 그곳에서 언니도 '쩐의 전쟁'을 치르고 있었던 것이다. 상위 1%의 삶을 사는 듯 보여주던 언니는, 정작 자신은 벼랑 끝에서 뛰어내릴 용기를 내지 못했다. 영정사진 속 언니를 보며 나는 한참 동안 울었다. 언니는 사진 속에서 환하게 웃고 있었다. 그 사진을 보며 정작 본인은 용기도 못 내는 바보라며 언니를 많이 원망했다. 언니가 떠나고 어느새 10년이 지나고 있다.

02
세상 끝에 있었던
우리 가족

누구에게나 떠올리고 싶지 않은 삶의 순간이 있다. 나는 지금도 누군가가 나에게 30대 후반, 40대 초반으로 돌아갈 거냐고 묻는다면 싫다고 대답할 것이다. 생각하고 싶지도 않고, 떠올리고 싶지도 않은 시간이 그 시절이다. 하지만 그런 고통의 시간이 있었기에 나는 누군가의 아픔에 함께 눈물을 흘릴 수 있는 감성이 생겼다. 내 인생에 맞설 수 있는 용기도 그때 배운 것이다. 비록 당시에는 굉장히 힘이 들었지만, 절대 기죽지 않을 오기도 그때 배울 수 있었다. 그렇지만, 또다시 그 시절로 돌아가는 것은 정말 싫다. 물론, 그때로 돌아간다면 더 빠르게 고난을 헤쳐 나올 수는 있을 것이다. 하지만 아이들과 지하에서 생활했던 2년의 시간은 아직도 머릿속에 생생히 남아 있다.

우리가 생활했던 지하 창고는 아파트의 지하 주차장 공간이었다. 요즘의 아파트는 주차 공간이 부족해 처음 지을 때부터 지하 주차장을 설계해 건축한다. 하지만 오래전에 지어진 서민 아파트는 지하 공간이 주차장으로 설계가 되어 있지 않았기 때문에 그 공간을 칸을 나눠 임대했다. 그중 한 칸을 임대해서 우리는 자재 창고 겸 사무실로 쓰고 있었다. 저렴한 임대비 덕분에 좀 불편한 구조였지만, 이사를 간다는 것이 엄두가 나지 않아 계속 연장하며 쓰고 있었다. 위쪽 아파트에서는 지하로 내려와야 하지만, 우리가 쓰는 도로에서는 바로 1층에 위치해 있었다. 물론 1층이었지만, 안으로 깊이 들어가 있었기 때문에, 햇볕도 차단되고, 습기도 많이 차는 지하 공간이었다. 아파트를 팔고 집을 구할 돈이 없는 상태에서 우리가 할 수 있는 선택은 그곳에 거주할 공간을 만드는 것뿐이었다. 저렴한 스티로폼형 패널로 벽을 세우고, 바닥에는 전기 패널을 깔았다. 방 두 칸, 거실, 주방, 화장실까지 창고의 제일 안쪽 구석에 우리 네 식구의 공간을 만들었다. 천장 가까이에 밖이 보이는 좁은 창문이 전부였던 공간이었다. 세상의 끝에 선 최악의 상황에서 우리는 그곳에서 숨을 죽이고 살아야만 했다.

초등학교 저학년이었던 두 아이들은 그런 상황이 전혀 싫지 않은 듯했다. 학교를 마치고 집에 오면 늘 엄마와 같은 공간에서 함께할 수 있었기 때문이다. 엄마랑 함께할 수 있다는 것만으로도 아이들은 행복해했다. 넓은 창고가 아이들이 뛰어노는 공간이 되기도 했다. 친구들을 데리고 와서 그곳에서 뛰어다니며 넓은 집을 자랑하기도 했다. 운동을 좋아했던 아들은 그곳에서 아빠와 캐치볼을 하기도 했고 축구공을 차기도 했으며, 한쪽에서는 탁구도 했다. 아파트에서는 늘 발뒤꿈치를 들고 걸으며 스트레스를 받았지만, 그곳에서는 모든 것이 자유로웠다. 아이들에게는 더없이 행복한 천국이었던 것이다.

습기가 많은 지하에서 참을 수 없었던 것은 벌레와의 전쟁이었다. 이름도 알지 못하는 벌레들이 집 안을 기어 다녔다. 그중 가장 으뜸은 송충이같이 발이 많이 달린 벌레였다. 보기만 해도 온몸에 소름이 돋는 벌레와 같은 공간에 있어야만 했다. 그래도 아이들은 불평하지 않았다. 웃음을 잃지 않았고, 힘든 우리 부부에게 오히려 힘이 되어주었다. 행복과 불행은 모두 내 마음속에서 시작된다는 것을 아이들을 통해서 배울 수가 있었다. 같은 공간이었지만, 내게는 불행의 공간이었고 아이들에게는 천국의 공간이었다. 행복의 기준을 어디에 두느냐에 따라 행복이 될 수도, 불행이 될 수도 있다는 것을 깨달았다. 그래서 아이들은 어른의 스승이 될 수 있는 듯하다. 또한, 부모의 거울이 되기도 한다.

그때 남편은 기계와 씨름을 하며 새로운 기술 개발에 집중하고 있었다. 퇴근하고 집에 가지 않아도 되는 상황이니 밤늦게까지 기계를 붙잡고 혼자 이리저리 많은 시도를 해보았다. 남편의 전공은 기계나 화학과는 전혀 상관이 없었다. 단지 남들보다 좀 더 꼼꼼하고, 좀 더 손끝 기술이 좋았을 뿐이었다. 남편은 뚝딱뚝딱 무언가를 잘 만들어내는 손재주가 있었다. 그 덕분에 나는 집 안에서 어떤 불편함도 못 느끼고 생활할 수 있었다. 문제가 있으면 내가 말하기 전에 벌써 상황종료가 되어 있었다. 집에서 형광등 하나도 갈 수 없는 시동생과는 참으로 대조적인 형제의 모습이었다. 그런 남편이 어느 날, 우연히 알게 된 인쇄기술에 꽂혀버렸고, 그 기술 개발에 완전히 몰입하게 되었다. 무에서 유를 만들어내야만 하는 일이었기에 남편의 스트레스가 이만저만이 아니었다. 사람에게 받는 스트레스라면 화라도 내면 되지만, 기계와 기술적인 문제에서 오는 스트레스는 어디에도 풀 수가 없었다. 그래서 술을 먹는 횟수도 더욱 늘어만 갔다. 술을 먹지 않으면 스트레스 쌓인 마음이 진정이 된다고 했다. 매일 저녁 시간이 되면 술을 찾았고, 남편은 서서히 알코올 중독이 되어가고 있었다. 스트레스성 위염이 심해지면서 성분이 강한 위장약도 달고 살았다. 새벽녘 견딜 수 없는 통증이 올 때면 위장약을 먹었다.

남편이 개발하고자 하는 기술은 바닥재에 소비자가 원하는 문양을 인쇄할 수 있는 기술이었다. 그 기술로 제품 생산을 하고 유통까지 하는 것이었다. 인쇄를 위한 기계도 새롭게 만들어야 하고, 소재의 특성에 맞은 인쇄환경도 만들어야만 했다. 전공자에게도 어려운 일을 비전공자인 남편이 하고 있으려니, 자신의 목숨을 갉아먹을 만큼 힘든 시간이었다. 어느 날 새벽, 나는 아이들과 방에서 잠을 자고 있었다. 남편은 그날도 기계실에서 혼자 씨름을 하고 있었다. 패널로 세운 벽이라 기계실의 남편 상황이 내가 누워 있는 방까지 들렸다. 인쇄 기계에 무지했던 남편은 밤새 온갖 시도를 다하고 있는 듯했다. 나중에는 기계를 붙잡고 통사정을 하는 것이었다.

"진짜 해도 해도 너무하다. 이 정도로 하면 이제 말 좀 들어줄 때도 됐다, 아이가. 진짜 해도 해도 너무하다." 말 없는 기계를 붙잡고 혼자 그렇게 하소연하는 소리가 내 귀에 들렸다.

그 새벽, 남편의 하소연은 시간이 한참 지난 지금도 내 귓가에서 맴돈다. 물론 그 하소연에도 기계는 꿈쩍도 하지 않고, 남편을 더욱더 절망 속으로 떨어뜨리곤 했다. 불같은 남편의 성격상 그 기계를 다 부수어버려도 성이 풀리지 않았을 텐데, 참고 또 참으며 남편은 인내심을 배우고 있었다. 그 당시, 남편에게는 모든 것이 넘어야 할 산이었다. 이 산을 넘지 않으면 옆방에 있는 아내와 아이들을 지킬 수 없다는 절박함으로 불빛 하나 없는 어두운 산을 그렇게 혼자 넘고 있었다.

지금도 그때의 남편의 눈물과 한숨, 애정이 듬뿍 묻은 그 기계를 가지고 있다. 그 기계가 남편을 대신해서 나에게 돈과 풍요,

그리고 희망을 가져다주고 있다.

　기계를 앞에 두고 이야기해본다.

　"진짜 너무너무 고맙데이…."

　목숨을 담보로 한 남편의 고생은 결국 '특허증'이라는 이름으로 우리 손에 주어졌다. '새로운 문양 인쇄법'으로 특허청에 등록되어, 우리는 상장 같은 특허증 한 장을 받을 수가 있었다. 결혼해서 실패의 모습만 보여주었던 남편에게 그 특허증은 새로운 꿈이었고, 희망이었다. 아이들도 특허증을 받은 아빠가 자랑스러웠을 것이다. 전구를 발명한 에디슨보다, 해시계를 발명한 장영실보다 자랑스러운 아빠였다.

　끝이 보이지 않던 기나긴 터널에 조금씩 빛이 들어오고 있었다. 남편이 가고자 하는 목표를 정하고, 꼭 해내고야 말겠다는 집념을 불태웠기에, 우리는 희망의 순간을 맞이할 수가 있었다. 아무리 힘든 상황이 닥쳐도 나는 늘 문제해결에만 집중했다. 현실을 한탄하거나, 슬퍼하는 모습을 아이들에게 보여주지 않았다. 남편에게도 늘 씩씩한 척하며 끝까지 응원했다. 여장부가 되어 세상 끝에 있었던 우리 가족을 씩씩하게 지켰다.

　하나를 얻으면 하나를 잃게 되는 것이 세상 순리다. 부도를 내며, 남편은 금융거래를 할 수 없는 신용불량자가 되어버렸다. 하지만 우리의 가정경제에는 차츰 파란불이 들어오고 있었다. 과도한 이자를 비롯해 불필요한 돈을 차단할 수 있었기 때문이다. 부도라는 방법이 옳은 것은 아니지만, 우리가 선택할 수 있는 최선의 방법이자 우리 네 식구의 목숨을 구하고자 선택한 마지막 방법이었다. 지하에서의 생활이 2년 정도 지나고, 우리는 24평 아파트를 구해서 다시 이사를 갔다. 더 이상 지하에서 생활할 수가 없었기 때문에 그곳을 탈출하기로 마음먹었다. 영화 〈쇼생크 탈출〉의 한 장면처럼 그렇게 우리는 지하 감옥을 탈출할 수 있게 되었다. 밖이 훤히 보이는 거실 창이 세상 그 어떤 집보다도 멋있게 느껴졌다. 내 평생 아무리 크고 좋은 집에 살더라도 그때의 24평 집보다 좋은 집은 없을 듯하다. 내 집도 아닌 월세 집이었지만, 나는 세상을 다 얻은 듯한 느낌마저 들었다. 각자의 방을 갖게 되어서 좋아하던 아이들의 모습도 잊을 수가 없다. 지하에서의 생활은 엄마와 늘 함께하기에 좋았고, 새로 이사 간 집은 각자 자기 방을 가질 수 있어서 좋아했다. 한 번도 환경에 대한 불만을 이야기하지 않은 나의 두 아이에게 진심으로 고맙다고 말하고 싶다.

얼마 전, 몇 년 동안 방치해놓았던 블로그를 다시 둘러보았다. 그곳에 나의 꿈이 고스란히 기록으로 남아 있었다. 부모교육, 자녀교육 전문가가 되고픈 나의 꿈이 기록되어 있었다. 그 글을 읽으며 역시 글쓰기의 힘, 기록의 힘은 참 대단하다는 것을 다시 한번 느낄 수가 있었다. 아들이 어버이날 나의 발을 씻겨주었던 추억도 그곳에 적혀 있었다. 지금처럼 사진을 잘 찍던 때가 아니라서 사진이 아무것도 없음이 참 아쉬웠다. 그렇지만, 그날의 감동과 추억을 느끼기에는 충분했다. '세상에, 이런 기특한 행동을 했구나'라는 생각이 들며 혼자 추억에 빠져들기도 했다. 앞으로도 나는 많은 글을 블로그에 남기고, 많은 분들과 소통하려고 노력할 것이다.

03
어느 날 갑자기
암 환자로 등록된 남편

1970~1980년대 영화를 보면, 관객의 눈물을 흘리게 만드는 정해진 스토리가 있다. 하는 일마다 실패를 겪고, 가족과의 불화가 끊이지 않지만, 그럼에도 주인공은 끈질기게 노력해서 결국 성공하는 이야기다. 이것은 해피엔딩의 이야기다. 반대로, 성공을 한 주인공이 불치병에 걸렸으나 이를 가족들에게 알리지 않고 혼자 투병하다가 뒤늦게 온 가족이 알고 슬프게 생을 마감하는 이야기다. 누구나 자신이 슬픈 영화 속 주인공의 삶을 살아가리라고는 생각하지 않는다. 눈물, 콧물 흘리면서 주인공이 된 것처럼 슬퍼하지만, 그래도 영화는 영화일 뿐이라고 생각한다. 내가 들려주는 영화 속 주인공은 나의 남편이다. 그리고 조연은 나 정문교다.

바쁘게 제품 생산에 집중하며 보내던 어느 날. 그날은 비가 추적추적 내리고 있었다. 3월 봄비치고는 제법 많은 양의 비가 내리고 있었다. 비도 오고 한적했던 평일 오전이었다. 며칠 전부터 남편은 고질병인 요로결석이 생겨 불편해하고 있었다. 워낙 자주 겪어오던 증상이라 그때마다 맥주나 물 종류를 많이 마시고, 소변량을 늘려서 자신만의 결석 배출 방법을 터득한 상태였다. 남편은 혼자서 결석 배출을 해오던 평소와는 달리 그날은 병원을 가봐야겠다고 했다.

"내, 병원 가서 사진 한번 찍어보고 올게."

"생전 안 가던 병원을 와 갈라카노. 알았어, 잘 다녀와."

남편은 옷을 챙겨 입고 동네 비뇨기과를 찾아갔다. 병원에서 초음파를 보니 돌 위치가 잘 확인이 되지 않는다며, 방사선 전문병원을 다시 가보라고 했다. 남편은 병원에서 적어준 소견서를 받아들고, 방사선 전문병원을 찾아갔다. 그리고 한참 뒤 나에게 전화가 왔다.

"의사가 큰 병원에 한번 가보란다."

"왜?"

순간 가슴에서 뭔가 쿵 하고 떨어지는 느낌이 났다.

"초음파를 보다가 간 쪽을 한번 보았는데, 거기에 뭐가 보인단다. 크지는 않는데, 모양이 좋지 않다고, 큰 병원에 꼭 가서 다시 검사해보란다."

남편의 목소리는 겁에 질려 굳어 있었다.

"응. 알았어. 일단 빨리 들어 온나."

'드디어 올 것이 왔구나' 하는 생각이 들었다. 남편은 간이 좋지 않음에도 술을 워낙에 사랑했기에 크게 놀랍지도 않았다. 결혼생활 내내 술을 먹는 남편과 싸웠던 기억이 머릿속을 지나갔다. 올 것이 왔다는 생각만이 머릿속에 가득했다.

잔뜩 겁을 먹은 얼굴로 남편이 들어왔다. 별일 없을 거라는 말조차도 해줄 수가 없는 상황이었다. "인생 뭐 있나. 짧고 굵게 사는 거지"라는 말을 입버릇처럼 하던 남편이었다. 하지만 막상 그상황이 닥치니 겁을 먹은 모습이 내 눈에 보였다. 곧바로 대구에서 제일 큰 암 전문병원에 진료를 예약하고, 며칠 뒤 미리 찍은 영상물을 들고 담당 의사를 만나러 갔다. 영상 CD를 보자마자 담당 의사는 이것저것 검사를 하자고 했다. 간호사에게 "정성윤 환자 중증으로 등록시켜"라고 지시를 내렸다. 암이었던 것이다. 중증 환자로 바로 등록이 되는 간암이었다.

어제까지만 해도 술을 많이 먹고도 다음 날 거뜬히 일어나서 자기 일을 열심히 하던 남편은 그날 바로 '환자분'이라는 호칭으로 불리게 되었다. 갑자기 암이라니 믿을 수 없었다. 분명 TV에서 보면 암 환자들은 고통스러워하고 힘들어했던 것 같은데, 남편은 그 어떤 것도 느낄 수가 없었다. 집에 오는 길, 침묵의 시간이 흘렀다. 나는 눈물 한 방울 나오지 않았다. 암이라고 하기에는 남편은 너무나도 멀쩡했기 때문이다. 며칠 뒤, 의사는 초기 암이라서 천만다행이라고 말하며 수술을 해야 한다고 했다. 암이 있는 부분을 포함해 간절제 수술을 하면 완치할 수 있다며 다른 암과는 달리 수술 후 항암치료도 하지 않아도 된다고 했다. 먹는 약도 없고, 오로지 수술만 하면 완치라고 말했다. 눈에 보이는 암세포를 수술을 통해서 몸 밖으로 드러내버리면 완치할 수 있다고 했다. 수술할 수 있는 상황임에 감사하라고 말했다.

우리는 담당 의사의 말을 한 치의 의심도 없이 믿었다. 그리고 하루라도 빨리 수술 날짜를 잡는 것이 좋다는 말에 바로 수술 날짜도 잡았다. 수술은 한 달 뒤로 잡혔다. TV에서 보던 간이식은 치료 방법에 올려놓지도 않았다. 수술, 고주파, 색전술이 2013년 당시, 대구 최고의 암 병원에서의 간암 치료 방법이었다. 수술만 하면 완치라는 의사의 말을 듣고, 남편은 안심하는 듯했다. 남편은 평소에도 약 무서운 줄 모르고 함부로 잘 복용하는 스타일이다. 반면에 나는 두통약 한 알이라도 신중하게 생각하고 먹는 스타일이다. 의사의 말에 남편은 안심을 했지만, 나는 그때부터 간암에 대해서 공부하기 시작했다. 내가 공부를 하면 할수록 수술이 답이 아니라는 결론이 나왔다. 특히 간암은 더욱 그러했다.

B형 간염 보균으로 간세포의 손상이 수십 년간 지속해서 있었

던 남편의 간이었다. 지속된 손상으로 결국 암으로 변형된 간의 세포 일부가 기계 촬영으로 발견된 것이다. 그렇다면 기계에 나타나지 않는 암세포는 어떻게 한단 말인가? 정상세포가 암세포로 되어간다는 것은 몸의 환경이 그렇게 만들어지고 있다는 뜻이었다. 그렇다면 몸의 환경을 바꾸는 것이 진정한 치료라는 결론을 내렸고, 나는 '수술을 받지 않았으면…' 하는 뜻을 남편에게 전했다. 남편은 불같이 화를 냈다.

남편은 나의 말을 들으려고 하지 않았고, 죽더라도 수술하고 죽을 것이라는 강한 집념을 보였다. 부부 사이라도 선을 넘을 수 없는 순간이 온다. 그때 상황이 딱 그랬다. 그 어떤 이유로도 남편을 설득할 수가 없었다. 수술을 꼭 하겠다는 남편의 의지가 너무나 강해서 결국 한 달 뒤 남편은 차디찬 수술실로 들어갔다. 남편을 수술실로 들여보내며, 나는 눈물이 터져 나왔다. 몇 년 동안 참았던 눈물이 그날 한꺼번에 쏟아지는 것 같았다.

친정엄마는 절에 가서 부처님께 기도하고, 나는 수술실 앞에서 하염없이 울며 기도했다. 남편의 수술은 아침 일찍 첫 타임으로 수술실로 들어가 오후 3시가 넘어서야 끝이 났다. 명치부터 배꼽, 배꼽에서 오른쪽 옆구리까지 개복한 대수술을 받게 된 것이다. 온종일 내 옆에서 자리를 지켜준 친구들이 너무나 고맙고 힘이 되었다. 입원병실 안에는 '수술 후 70%가 다시 재발한다'라는 문구가 떡하니 적혀 있었다. 30%의 희망을 안고 겪기에는 너무나 큰 수술을 남편은 감당해야만 했다. 그 모든 것이 자신의 선택이고 자신이 감당해야 하는 몫이었다.

2013년 4월에 1차 수술을 하고, 정확히 1년 6개월 뒤 남편은 재발이 되었다. 그동안 수술로 인해 10kg 이상 살이 빠져서 식이조절을 하며 3개월에 한 번씩 병원에 검진을 받으러 갔다. 2014년 10월, 검진을 가서 찍은 CT에서 또다시 암세포가 보인다고 담당 의사는 말했다. 이번에도 의사는 수술을 권했다. "두 번을 이런 큰 수술을 하고도 잘 살아가고 있는 사람이 있나요? 있다면 그분들 연락처 좀 주세요. 직접 전화해서 한번 만나 보게요."라고 나는 따지듯이 의사에게 물었다. 너무 화가 났지만, 남편의 만류로 더 이상 말을 할 수가 없었다. 그 화는 담당 간호사에게 쏟아졌다. 검사라는 명목으로 피를 얼마나 많이 뽑는지 도저히 참을 수가 없었다. "아까 뽑은 피로 검사하면 되지, 도대체 왜 이렇게 피를 많이 뽑아요? 피가 모자라서라도 사람이 죽겠습니다. 아까 뽑은 피랑 지금 뽑는 피랑 다른 피인가요? 제발 좀 작작 뽑으세요." 그동안 쌓인 화가 그 순간 참을 수 없이 계속 뿜어져 나왔다. 굵고 긴 바늘을 계속 남편 몸에 찔러댔기에 그들이 그렇게 미울 수가 없었다.

두 번의 수술은 할 수 없다는 생각에 나는 고주파 치료를 잘한다는 서울 S병원에 진료 예약을 했다. KTX를 타고 남편과 처음

간 서울행이다. 살면서 둘이 함께 서울 갈 일이 한 번도 없었기 때문이다. 첫 서울행이 병원행이 되어버렸다. 한 가닥 희망을 안고 서울에 갔지만, 그곳에서는 더 무서운 이야기를 듣게 되었다. 간이식을 권유하는 것이었다. 대구에서는 어디에서도 이야기하지 않던 치료 방법이었다. 형제들은 간염보균자라서 안되고, 아이들은 너무 어려서 간 기증이 안 되었다. 고주파 치료를 원한다고 했지만, 결국 그곳에서도 간이식 아니면 수술을 해야 한다고 결론을 내렸다. 남편은 또다시 수술받기를 원했다.

나는 역시나 수술을 하지 않길 바랐지만, 남편의 마음을 누구보다 잘 알기에 남편의 고집을 꺾을 수가 없었다. 결국 남편은 서울 S병원에서 두 번째 수술을 하게 되었다. 첫 번째보다 더 오래 걸리는 수술을 외롭게 혼자 감당해야만 했다. 그날, 수술실 밖에서 기다리던 시간은 내 인생에서 제일 길게 느껴졌던 시간이었다. 수술 후 회복이 잘되지 않아 무척 고생하며 어렵게 퇴원했다. 그리고 한 달 뒤, 다시 검사를 위해 병원을 찾았다. 그때 담당 의사는 "간 전체에 암세포가 다 퍼졌습니다. 우리가 생각했던 시나리오대로 가고 있네요"라고 말했다.

수술만이 답이라고 환자에게 권유했던 의사의 입에서 나온 말이었다. 무책임하게 던지는 의사의 한마디가 나에게는 비수가 되어 가슴에 꽂혔다. '생각했던 시나리오라면 처음부터 강요하지 말았어야지, 환자의 목숨을 어떻게 저리도 쉽게 이야기할 수 있지'라는 생각에 순간 폭탄이라도 터뜨리고 싶었다. 그러고는 색전술이라는 치료를 권했지만, 우리는 모든 치료를 거부하고 다시 대구로 내려왔다.

두 번의 대수술로 몸이 만신창이가 되어버린 남편은 내려오는 길에 나에게 말했다.

"이제부터는 네가 하자는 대로 할게. 뭐든지 네 말 들을게."

나는 남편에게 희망을 주어야 하기에, 용기 있는 결심을 했다며, 앞으로 좋아질 수 있을 것이라는 말로 애써 위로해주었다. 우리는 다시는 서울에 가지 않을 것이라 다짐하며 대구로 내려왔다.

수술을 하기 몇 달 전, 우리는 아파트를 사게 되었다. 나의 이름으로 등기된 30평형 아파트였다. 지어진 지는 오래되었지만, 실내 인테리어를 다시 하고, 우리는 새로운 집으로 이사를 갔다. 이사를 하고 얼마 후, 남편은 두 번째 수술을 하게 된 것이다.

고생하며 살다가, 겨우 집 장만하고 다시 살아갈 희망을 찾아갈 때 남편은 건강을 잃어버렸다. 슬픈 영화의 주인공이 되어버린 것이다. 두 번의 수술로 남편의 몸은 돌이킬 수가 없게 되어버렸다. 너무나 기뻐야 할 우리 집이었지만, 기쁨을 느낄 수가 없었다. 건강이 없다면 그 무엇도 소용이 없다.

04
처음이자 마지막
남편의 가출

       그 이후, 매일 아침 눈을 뜨면 나의 일상은 녹즙 내리기로 시작되었다. 그리고 일주일에 한 번씩 각종 야채들이 한 박스씩 집으로 배달되어온다. 모두 간에 좋다는 것들이었다. 민들레, 케일, 돌나물, 비트, 쑥 등이 한 박스에 담겨 배달되어왔다. 하나하나 정성껏 씻어서 한 번에 먹을 양을 포장해서 냉장고에 보관했다. 건강을 위해서 먹는 녹즙이 아니라, 남편은 살기 위해서 아침마다 눈을 뜨면 진한 초록색의 즙을 단숨에 마셨다. 예전에는 내가 통사정해도 쳐다도 보지 않았던 것들이었다. 하지만 살고자 하는 마음이 강하다 보니 어떤 약이라도 마다하지 않는 태도를 보였다. 아침마다 녹즙을 갈아주는 것이 보통 일은 아니었지만, 나도 남편을 살려보자는 마음으로 정성 들여서 즙을 내려주었다. 식습관도 많이 바뀌었다. 고기 위주의 밥상이 나물이나 생선 위주로 바뀌었고, 먹지 않았던 야채 샐러드와 과일을 즐기기 시작했다. TV에서 원두커피가 간에 좋다는 의사의 이야기에 평생 먹지 않았던 원두커피를 마시기 시작했다. 갓 로스팅한 신선한 원두를 사 와서 집에서 직접 갈아 드립을 해서 마셨다. 인테리어 공사를 새롭게 마무리하고 이사를 오게 된 우리의 새로운 보금자리에서 함께 마주 앉아 마시는 원두커피 한 잔은 분명 행복이었다. 전에는 남편이 직접 드립해서 내려준 커피를 마신다는 것은 상상할 수 없었던 일이었다. '지금의 소소한 이 행복이 계속되면 좋겠다'라는 생각을 하며, 함께 아침마다 커피를 마셨다.

병원에서 하는 치료라는 이름의 모든 것들을 포기하고, 남편은 내가 공부하던 책을 보기 시작했다. 윤태호 작가의 《암 산소에 답이 있다》, 안드레아스 모리츠(Andreas Moritz)의 《암은 병이 아니다》 등 그때까지 쳐다도 보지 않던 책을 스스로 읽기 시작했다. '좀 더 일찍 자신을 위한 공부를 했더라면 얼마나 좋았을까?' 하는 아쉬움이 들었다. 그리고 매일 아침을 먹고 나면 작은 배낭을 메고 혼자 팔공산에 올라갔다. 《암 산소에 답이 있다》를 읽고 달라진 것이다. 숲속에서 좋은 공기를 마시며, 혼자만의 시간을 보내고 많은 생각을 했을 것이다. 남편이 사진 한 장을 찍어 나에게 보내왔다. 작은 불상 사진이었다.

대구 팔공산 수태골 옆에 '부림사'라는 절이 있다. 신라시대

성덕여왕 때부터 있었던 아주 역사가 깊은 절이었다. 절 옆으로 나 있는 산을 오르는 작은 길을 발견하고, 남편은 무작정 그 길을 따라 올라갔다고 한다. 1시간쯤 길을 따라 올라갔을 때, 그곳에서 발견한 불상이었다. 그 불상은 갓바위 부처님보다 더 오래 전부터 그곳에 있었다고 기록되어 있었다. 그리고 아픈 사람들의 병을 낫게 해주는 '약사여래불(藥師如來佛)'이라고 적혀 있었다. 남편은 엄청 기쁜 마음으로 사진을 찍어 내게 보낸 후, 전화를 했다. 도저히 찾을 수 없는 장소에 있는 부처님을 자기가 발견했다는 기쁨이 가득 찬 목소리였다. 약사여래불이라는 글을 보며, 남편은 살 수 있다는 희망을 그곳에서 받은 것이었다. 그날부터 매일 약사여래불을 찾아가서 기도하고, 산행도 함께하는 일거양득의 효과를 보게 되었다.

백일기도 하는 마음으로 남편은 매일 산을 올랐다. 이제 막 봄 새싹이 파릇파릇 돋아나는 숲은 그 자체만으로도 남편에게 새로운 생명력을 선물했다. 얼음이 녹고 맑은 계곡물이 흘러 내리고, 그곳에서 생전 처음으로 생강나무꽃도 보게 되었다. 산수유 꽃과 닮은 생강나무꽃은 정말 예뻤다. 노란색 꽃이 무척 수줍은 듯 꽃망울을 터뜨렸다. 가지 몇 개를 잘라 와서 집 화병에 꽂아 두기도 하고, 꽃을 따서 구증구포해 차를 만들기도 했다. 차를 우려내니 노란색이 너무나 고왔다.

살면서 한 번도 못 보았던 모습을 남편은 하나하나 아낌없이 내게 보여주었다. 참 섬세한 사람이라는 것을 그제야 알게 되었다. 나의 남편이 아닌, 한 사람으로 보면 너무나 장점이 많다는 것을 알게 되었다. 여자인 나보다도 더 여성 같은 감성이 남편의 내면에 자리 잡고 있었다. 살아온 환경에 의해 남편의 감성은 콘크리트보다 두꺼운 벽에 가려져 있던 것이다. 짧은 시간이었지만 남편은 자신과 대화하며, 자신의 내면에 있는 또 다른 모습을 하나씩 꺼내놓을 수가 있었다. 산을 찾으며 마음의 여유와 희망이 생겼기에 가능한 것이었다.

함께 사는 부부가 서로를 얼마나 알고 있을까? 서로의 장점을 발견하기 위해 노력한다면, 서로 싸울 일이 없을 것이다. 그러기 위해서는 장점을 장점으로 볼 수 있는 눈이 필요하다. 하지만 늘 어제가 오늘 같은 일상에서 우리는 어제 품은 불만을 오늘도 품고 살아간다. 불만이 가득한 마음이 서로의 장점을 볼 수 있는 눈을 가려놓고 있었다. 옆집에 살고 있는 동생 부부를 봐도 늘 사소한 일상의 문제를 가지고 싸우며 서로 미워한다. 한 발짝 떨어져서 보면, 아무것도 아닌 일을 가지고 서로에게 상처를 주고 있는 것이다. 그들에게 나는 딱 한마디한다.
"있을 때 잘 해줘라. 나중에 후회하지 말고."

자연 속에서 하루하루 시간을 보낸 남편은 마음도 여유로워지는 것 같았다. 봄의 새싹이 파릇파릇한 숲의 기운을 받고, 초여름의 싱그럽고 넘치는 에너지도 느끼며, 몇 달간 남편의 기운이 점점 좋아지는 느낌이 들었다. 사람이 숲을 찾아야 하는 이유를 남편을 보며 알 수가 있었다. 그렇게 시간이 흘러 어느덧 100일이 지나고, 남편은 몸이 좋아졌을 것이라는 기대감을 갖고 다시 병원을 찾았다. 처음 수술을 받았던 대구 K병원의 똑같은 담당 의사에게 갔다. 하지만 우리의 희망은 연기가 되어 사라져버렸다. 암세포가 간을 넘어 복막에도 퍼져 있다고 했다. 담당 의사는 우리에게 "나이도 젊으신데 간이식을 처음부터 하시지. 왜 이렇게 시기를 놓쳐버렸습니까?"라고 말했다.

의사들에게 너무 실망하고 화가 났다. 2년 전에 왔을 때는 이식이라는 말조차 꺼내지 않았던 의사가 이제 와서 이식이라는 말을 한 것이다. 2년 전 자신이 처음으로 암 진단을 했던 환자라는 것을 잊고 있는 것 같았다. 말 없는 남편과 함께 병원 로비를 내려오면서 벽에 붙은 커다란 현수막을 보았다. 거기에는 '간이식 전문병원'이라고 쓰여 있었다. 2년 전에는 없던 기술과 장비가 그사이 새로 들어온 것이었다. 간이식이 진정한 치료의 핵심이었다면, 처음부터 그 방법을 우리에게 이야기했어야 했다. 자신의 병원에서 안 되면, 서울이 아닌 미국이라도 찾아가라고 했어야만 했다. 하지만 그때 우리에게 간이식을 이야기하는 의사는 아무도 없었다. 너무나 실망스러운 병원의 민낯을 그대로 볼 수 있는 경험이었다.

난 그때의 경험으로 세상에 절대로 믿지 못할 사람의 부류에 꼭 의사를 포함시킨다. 누군가에게는 존경의 대상일지라도, 나에게는 더 이상 존경의 대상이 아니다. 지금도 TV에 병원 의사가 나오면, 나는 바로 채널을 돌려버린다.

허무하게 백일기도의 희망이 무너진 남편은 혼자 말없이 집을 나갔다. 희망을 잃은 남편은 극도로 예민해졌다. 나 또한 모든 것이 무너져버린 힘든 시간이었다. 목구멍을 돌덩이가 막고 있는 느낌이 들 만큼 숨쉬기도 힘이 들었다. 남편 앞에서는 아무 말도 못 했지만, 친정에 가면 마루에 엎드려 대성통곡을 했다. 울지 않으면 숨을 쉴 수가 없어 죽을 것 같은 날들이었다. 대성통곡을 하며 한참을 울고 나면 그제야 숨통이 트였다. 나의 모습을 보고, 부모님의 마음이 얼마나 아플까 하는 것은 신경 쓸 여력이 없었다.

남편은 처음으로 혼자 강원도로 여행을 갔다. 처음에는 연락이 되지 않고 있다가 다음 날 지인을 통해 강원도에 있다는 이야기를 듣게 되었다. 혼자서 낙산사도 들리고, 바닷가에서 마음도 다독이고 있었다. 안부를 듣고 난 후 나는 집에서 혼자 오열했다. 어떤 마음으로 혼자 그 먼 곳을 운전해서 갔을까 생각하니 가슴이 아파 미칠 것만 같았다. 무섭고 외로운 남편의 마음이 그대로 느껴졌다.

남편과 나는 결혼 후 단 한 번도 함께하지 않은 적이 없었다. 서로 미워하고 싸우고 했지만, 우리는 늘 함께였다. 그런 나의 마음을 담아 남편에게 문자를 보냈다.

'여보, 미안해. 좋은 곳에서 좋은 공기 쐬고 조심히 내려와.'

그날 밤 나는 꿈을 꾸었다. 남편이 강원도에서 맛난 음식 바리바리 사서 들고, 웃으며 대문을 들어서는 그런 꿈이었다. 꿈속에서 나는 남편을 꼭 끌어안고 "사랑해"라고 말해주었다. 너무나 생생한 꿈이었다. 그리고 다음 날 저녁, 꿈에서처럼 이것저것 사 들고 남편이 집으로 돌아왔다. 평생 남편이 그렇게 반가웠던 적이 없었다. 하지만 꿈속에서처럼 "사랑해"라는 말을 해주지도, 꼭 안아주지도 못했다. '말하지 않아도 내 마음을 알아주겠지' 하는 생각에 얼마 남지 않은 우리의 시간을 그렇게 보내고 있었다.

05
남편의
마지막 요리

　　남편의 하루는 산에 올라가서 약사여래불에게 기
도를 하고 내려오는 것이 전부였다. 집에서 아침을 먹고 간단히
먹을 것을 챙겨 산으로 출발했다가 3~4시간이 지나면 다시 집
으로 돌아왔다. 그런데 어느 날, 집으로 오는 길에 남편은 우연
히 도자기 수업 현수막을 보게 되었다. 남편이 해보고 싶었던
것 중의 하나였기에 새롭게 도자기 만들기 강좌를 다니게 되었
다. 그 이후, 산에서 내려온 오후 시간에는 그곳 공방에서 보냈
다. 손재주가 많았던 남편은 도자기 수업도 곧잘 따라서 하는
듯했다. 새로운 것을 찾아서 무척 재미있어하는 모습이 참 보
기 좋았다.

　　처음에는 간단하게 쓸 수 있는 접시를 만든다고 했다. 난생처

음 흙을 만지고, 물레를 돌리는 것에 흥미를 느끼며, 남편이 열정적으로 수업에 참여하는 모습을 보니 나 또한 즐거웠다. 어떻게 만들었을까 무척 궁금했지만, 만든 작품들은 그곳에 보관해 두기 때문에 내가 볼 수 없었다. 나중에 가마에 넣어 구울 때 회원들이 만든 것을 한꺼번에 굽기 위해 집에 가지고 올 수 없다고 했다. 손재주가 좋은 것을 알고 있었기에 도자기도 꼼꼼히 잘 만들었을 것이라는 믿음이 갔다. 도자기 수업을 마치면 남편은 때로 장을 봐와서 음식을 만들었다. 나 혼자 출근해서 일을 하는 것을 굉장히 미안해하며 나와 아이들을 먹일 음식을 자주 만들어주었다.

두 번째 수술 후 남편은 일에서 아예 손을 뗀 상태였다. 재발의 원인이 1차 수술 후 얼마 지나지 않아 바로 일을 시작했기 때문이라고 생각했다. 선견지명이 있었던 것인지, 제부가 수술하기 몇 달 전부터 남편의 일을 배우게 되었다. 그 후 남편은 아예 일을 못하게 되고, 남편의 공장은 제부가 모든 일을 맡아서 하게 되었다. 모든 상황이 기다렸다는 듯이 타이밍이 맞아떨어지는 것 같았다. 제부와 내 막냇동생이 함께 공장을 맡고, 나는 전반적인 업무를 보고 있었다. 남편과 내가 하던 일을 제부와 동생에게 맡기게 되니, 사실 월급을 주기도 빠듯했다. 당시 남편 치료비로 쓰는 돈도 상당했다. 남편의 보험을 전반적으로 다시 정리하고 얼마 지나지 않아 암 진단을 받게 되었다. 그래서 진단금의 50%도 못 받았고, 무엇보다 실손 보험이 해약이 되어버렸다. 'B형 간염 보균자'라는 말을 하지 않아 '고지 위반'으로 걸린 것이었다.

제부와 남동생도 둘 다 손재주가 좋았다. 그것을 알고 남편이 두 사람에게 일을 가르친 것이었다. 훗날 이렇게 공장을 통째로 맡기게 될 줄은 아마 생각도 못 했을 것이다.

온종일 밖에서 일하고 퇴근해서 집에 가면, 남편이 나를 반갑게 맞이해주었다. 꼭 안아주면서 "오늘도 수고했다"라고 말했다. 생전 하지 않던 그런 말을 하는 모습이 어색하면서도 좋았다. 그 말속에 자신이 함께하지 못하고, 나에게 다 맡겨놓은 것에 대한 미안한 마음이 가득 느껴졌다. 남편은 가족애가 무척 강한 사람이었다. 때로는 좀 심하다는 생각이 들 만큼 가족애가 강했다. 오로지 나의 와이프, 나의 아들, 나의 딸을 위했기에 그 행동이 때로는 이기적이라고 느껴졌다. 하지만 이는 표현이 서툰 사람의 행동이 불러온 나의 오해였다.

나는 남편을 무척이나 강하고, 독단적인 사람이라고 생각했다. 하지만 나와 함께했던 마지막 두 달은 세상 누구보다도 자상하고, 사랑이 넘치는 남편이고, 아빠였다. 퇴근하고 남편이 직접 차려주었던 밥상을 지금도 잊을 수가 없다. 나와 아이들을 위해 우리가 좋아하는 찜닭을 자주 요리해주었다. 재료 손질부터 양념 만들기, 그리고 테이블 세팅까지 어느 것 하나 소홀히 하는 게 없었다. 남편의 음식은 말 그대로 감동이었다. 맛있다고 말하며 너무나 잘 먹는 우리를 보며 흐뭇해하던 남편의 모습이 생생하다. 몸은 힘들지만, 남편은 잠시도 가만히 있지 않고 집 안에서 계속 움직였다. 하루는 퇴근해서 집에 가니 싱크대 안 그릇의 위치까지도 모두 바꾸어놓았다. 주방은 늘 정리정돈 되어 있었고, 온 집 안이 깨끗하게 청소가 되어 있어 나는 점점 남편이 해주는 것을 당연하게 받고만 있었다. 주부인 나보다도 살림을 더 똑소리 나게 하는 남편이었다.

두 번째 수술을 하고 얼마 지나지 않은 어느 날, 처음으로 남편이 자신이 가지고 싶은 것이 있다고 말을 했다. 뭐냐고 묻자 할리데이비슨 오토바이라고 말했다. 모든 남자들의 로망이라는 할리데이비슨을 남편도 역시나 원하고 있었던 것이었다. 예전 같으면 말도 안 되는 소리 한다고 핀잔을 주었을 것이다. 하지만 당시의 남편에게 안 된다고 할 수가 없었다. 따뜻한 봄이 되면 오토바이 한 대 사서 그거 타고 산으로, 들로 마음대로 다녀보라고 했다. 하지만 봄이 되고, 여름이 되어도 그 약속은 지켜줄 수가 없었다.

인생은 눈 깜짝할 사이에 지나간다. 자신의 바람이 무엇인지에 늘 관심을 가지고 지켜봐야 할 이유다. 자신에게 기쁨을 주는 행동 하나하나가 인생 전체를 기쁨으로 채워줄 것이다. 남편은 돈이 든다는 이유로 나와 아이들을 우선으로 생각해 자신의 욕망은 늘 저 뒤에 숨겨놓고 있었다. 그런 행동이 결국은 후회와 아픔으로 남게 되었다. 짧은 인생, 자신의 욕망에 관심을 가지며 살라고 세상의 모든 부부에게 꼭 이야기하고 싶다.

하루는 엄마에게 전화가 왔다. 집에 돔 생선 큰 것 두 마리 있으니 가져가서 요리해 먹으라고 하셨다. 대구에서는 잘 볼 수 없었던 큰 생선이었다. 남편이 돔을 손질하고 요리를 했다. 칼집을 내고 밑간해서 살짝 찹쌀가루를 묻혀 기름에 튀기듯이 구워냈다. 구워진 생선을 넓은 접시에 담아 채 썬 파를 가득 생선 위에 올리고, 양념장을 만들어 그 위에 끼얹어서 완성했다. 간장양념소스와 파기름 향이 한데 어우러진 아주 새로운 맛이었다. 도대체 이런 요리는 어떻게 생각해냈단 말인가? 아이들과 나는 연신 감탄하며 먹었다. 그 한 번이 처음이자 마지막으로 맛본 남편의 돔 생선 요리였다. 그 이후, 더 이상 남편의 요리를 맛볼 수가 없었다. 지금도 그날 먹었던 생선 요리가 무척 먹고 싶다.

어느 날부터 남편의 배가 점점 불러왔다. 흔히 말하는 복수가 차는 듯했다. 체력이 갑자기 너무 저하되어, 이제 더 이상 산을 다닐 수도, 도자기 수업을 다닐 수도 없게 되었다. 나는 여기저기를 알아보았고, 결국 남편을 '암 전문 요양병원'에 입원

시켰다. 집에서 아무것도 하지 않고, 그냥 손 놓고 있기는 너무나 불안한 상태였다. 요양병원을 찾아 상담받을 때도 힘든 상태라고 원장님이 말씀하셨다. 언제 닥칠지 모르는 응급상황이 생기면 병원으로 바로 이송할 것이라는 이야기를 듣고 요양병원에 입원했다.

집에서 아무것도 하지 않고 불안해하던 때와는 달리, 그곳에 입원한 후, 남편은 불안한 마음을 조금은 떨쳐버릴 수가 있었다. 물론 그곳에서도 아무것도 해주지 않는 것은 마찬가지였다. 다만 동병상련의 환자들을 보며 마음의 위로를 받고, 의료진이 가까이 있다는 것에 안심하는 듯했다. 매일 아침 식사를 마치고 마당에서 햇볕을 쬐며 걷기를 했다. 햇볕은 항암 비타민이라는 말이 있을 정도로 환자들에게 좋다. 환자뿐만 아니라, 누구나 하루 30분 이상은 햇볕을 쬐어야 한다. 약으로 비타민D를 먹는 것은 한계가 있다. 남편은 자연 항암제인 햇볕을 듬뿍 쬐고, 좋아하는 사우나도 할 수 있다고 무척 좋아했다. 프로그램이 잘되어 있고, 마음의 위안을 받을 수 있는 곳이라 좋았다. 면회는 제한적이어서 자주 가서 볼 수는 없었기에 전화하고, 문자를 주고받으며 현재 상태나 기분을 나에게 전했다. 실손보험이 해지가 된 상태라 한 달 입원비 또한 고민하지 않을 수 없었지만, 남편이 너무 편안해하고, 그곳을 좋아하는 것을 보니 그 이상 더 바랄 것이 없었다.

그러나 남편은 좋아하는 사우나도 단 한 번밖에 이용할 수가 없었다. 나는 재첩이 간 건강에 좋다고 해서 경남 하동에서 주문한 자연산 재첩을 뽀얗게 국물을 우려 다음 날 남편에게 가지고 가려 했다. 입원하고 일주일 되던 날, 남편에게 밤에 전화가 왔다. 억지로 목소리를 내어 지금 병원 응급실로 가고 있으니까 그쪽으로 오라고 했다. 남편의 상태가 갑자기 나빠져서 응급실로 가야만 했던 것이다. 남편이 좋아했던 요양병원 생활은 그 일주일이 전부였다.

주섬주섬 옷을 챙겨 입고 진정되지 않는 마음으로 응급실에 달려갔다. 응급실에서 본 남편의 얼굴은 말 그대로 산송장 같았다. 얼굴에 핏기가 하나도 없이 백지장처럼 창백해져 있었다. 남편은 허리를 제대로 펴지도 못하고, 기운 없이 응급실 앞에 있었다. 한밤중의 응급실은 말 그대로 아수라장이었다. 빈 침상이 없어 남편은 앞에서 대기해야만 했다. 응급으로 사진을 찍고, 몇 가지 검사를 해본 담당 의사는 나에게 힘들 것 같다고 말했다. 그리고 우선 배에 가득 찬 복수를 좀 빼야겠다고 했다. 요양병원에 가기 전부터 불러오던 남편의 배가 점점 더 불러와 있었던 것이다. 겨우 병상이 나서 남편을 눕혀놓고, 나는 그 옆에서 두려움에 눈물을 흘리고 있었다. 더 이상은 씩씩한 척을 할 수가 없었다.

복수를 빼기 위한 준비하러 의사가 자리를 떠나자 남편은 내게 "미안하다"라고 말했다. 얼마 전까지만 해도 "우리 아들 군대 가는 것까지는 볼 수 있었으면 좋겠는데…"라고 말하던 남편이 이제 삶의 끈을 놓아버리는 순간이 온 듯했다. 하염없이 흐르는 눈물을 닦으며 "약한 소리 하지도 마"라고 나는 남편의 손을 꼭 잡았다.

의사가 돌아와 굵은 바늘을 남편의 배에 찔러 넣었다. 나는 무서워서 옆으로 고개를 돌렸다. 잠시 후 의사의 깜짝 놀라는 소리가 들렸다. 주사기의 대롱에 차오르는 것은 복수가 아닌 피였던 것이다. 배 속에서 알 수 없는 출혈이 생겼고, 계속되는 출혈로 남편은 배가 점점 부어오르고, 그 바람에 그렇게 창백해진 것이었다. 응급으로 수혈하고, 또다시 응급 시술을 하기 위해 의사는 나에게 동의 사인을 받아갔다. 하지만 얼마 지나지 않아 의사는 나에게 와서 말했다.

"이제 환자분에게 할 수 있는 것이 아무것도 없습니다. 마음의 준비를 하셔야 할 것 같습니다."

여기저기에서 들리는 사람들의 고통스러운 신음과 그사이를 바쁘게 오가는 의료진들, 그리고 점점 생명이 꺼져가고 있는 나의 남편. 이 모든 게 TV 속 장면이면 얼마나 좋을까 생각했지만, 모든 것은 내가 감당해야만 하는 현실이었다. 그날 응급실에서의 하룻밤은 나에게 평생 잊히지 않는 전쟁 같은 기억이다.

06
이제는
이별해야 할 시간

　"세상에 영원한 것은 없다. 하지만 우리는 영원한 것처럼 오늘을 살아간다. 나의 육신도, 내 옆에 있는 나의 강아지도, 나의 자동차도, 그리고 사랑하는 나의 가족도, 어느 것도 영원한 것은 없다. 다만 순간순간을 최선을 다해서 아끼고 사랑하며 살아가는 것이다. 집착하는 마음을 갖지 않고 살아가는 것이다. 영원한 것은 오직 우리의 마음이다. 눈에 보이지도 않고, 손에 잡히지도 않는 우리의 정신만이 영원한 것이다."

　내가 늘 가던 절의 스님께서 신도들에게 들려주시는 법문의 한 구절이다. 스님은 그 어떤 것에도 집착하지 말라는 부처님 말씀을 전해주셨다. 하지만 우리는 오늘도 영원할 것처럼 욕심을 부리고 집착한다. 나의 남편이 영원히 내 옆에 있을 것 같고,

나의 아내가 영원히 내 옆에 있을 것처럼 착각하고 살아간다. 그 착각으로 서로에 대한 미움과 원망하는 마음도 크게 자리 잡게 되는 것이다.

영원히 내 옆에서 간섭하고, 내가 하고 싶은 것도 못 하게 하고, 잔소리만 할 것 같았던 나의 남편. 그래서 미워하고 원망하기도 했던 나의 남편이 이제 나의 곁을 떠날 준비를 한다. 수혈해도 계속되는 출혈에 그의 생명은 자꾸만 꺼져가고 있었다. 병실에 입원한 후, 더 이상 음식도 먹을 수가 없는 상태가 되었다. 양팔에 주렁주렁 링거를 달고 힘겹게 침상에 누워 있었다. 극심한 통증도 몰려오고 있었다. 마약진통제 패치를 붙여도 남편은 엄청 힘들어하고 있었다. 링거를 다 제거하면 좋겠는데, 병원 규정상 그렇게 할 수가 없다고 했다. 집으로 가고 싶은 마음도 간절했지만, 그조차도 허용되지 않았다. 병원의 작은 침상에 누워서 마지막 시간을 기다리는 것 말고는 우리가 할 수 있는 것이 아무것도 없었다.

학교를 일찍 조퇴하고 아이들이 병원으로 왔다. 큰딸은 고3, 작은아들은 고1이었다. 그날은 작은아들 생일이기도 했다. 남편은 아이들에게 마지막 당부의 말을 했다.
우리 가족 중 누구에게도 준비되지 않은 시간이고, 순간이었다. 그 순간까지도 우리는 남편의 죽음을 받아들이지 않았다. 며칠 지나면 나아서 일어날 것만 같았다.

　남편은 "아빠는 다시 태어나도 너희들 엄마랑 살고 싶어. 물론 엄마는 싫어하겠지만"이라고 말했다. 지금 생각해보니 그 말은 아이들에게 한 말이 아니고, 나에게 한 말이었다. "나도 다음 생에 당신이랑 또다시 살고 싶어" 이 말을 나에게 듣고 싶었을 것이다. 지금 생각하니 알 것 같은 말을 왜 그 당시에는 아무 말도 하지 못했는지 후회스럽기만 하다.

　"다음 생에는 내가 당신의 장점을 더 많이 보고, 더 많이 사랑을 표현하며, 우리 그렇게 부자로 오래오래 살자."

　그때 남편이 그렇게 듣고 싶었던 말을 이제야 할 수 있을 것 같다.

　병동에 입원하고 3일 뒤부터 남편은 말을 할 수 없는 상태가 되었다. 눈동자도 풀려 있었다. 의식이 점점 꺼져가고 있었다. 나는 남편의 옆에서 한 발짝도 움직이지 않았다. 이제는 정말 마지막 인사를 해야 할 때가 온 것이다. 남편의 침대 옆에 앉아서 나의 팔을 베개 삼아 누운 남편의 머리를 품에 안아주었다. 낮에 다녀가신 스님의 말씀처럼, 밝은 빛을 보며 따라가라고 이야기해주었다. 그리고 '나무아미타불' 염불을 계속했다. 부처님을 따라가서 고통받지 않는 곳, 아프지 않은 곳으로 가기를 간절히 바랐다.

의식이 없는 듯 보였지만, 아이들에게 한번 웃어주라고 말하면 억지로 웃는 표정을 지어 보였다. 마지막 순간까지도 아이들을 향한 마음이 얼마나 간절한지 알 수가 있었다. 아들은 그 와중에 낮에 스님께서 주고 가신 작은 책 한 권을 읽고 있었다. 불교에서 전하는 임종을 맞이하는 순간, 우리가 해야 할 행동에 관한 책이었다. 이제 고1인 어린 아들이 보기에는 쉽지 않은 책이었지만, 아들은 구석에 앉아 그 책을 끝까지 다 읽고 있었다.

의식이 없는 상태로 힘겹게 숨을 몰아쉬며, 억지로 시간을 버티고 있는 남편의 모습이 너무나 안쓰러웠다. 발끝부터 서서히 온몸이 차가워져가고 있었다. 그럼에도 우리 곁을 쉽게 떠나가지 못하는 남편의 마음을 느낄 수가 있었다. 새벽녘이 되어 남편의 얼굴을 쓰다듬으며 내가 말했다. "여보, 이제 다 내려놓고 편한 곳으로 가도 돼. 애들 잘 키워놓고 나중에 내가 찾아가면 우리 그때 다시 만나자. 이제 편히 쉬어." 나의 말이 끝나고 얼마 지나지 않아 기계가 멈추고 남편의 숨도 멈추었다.

눈을 채 다 감지도 못하고 남편의 숨이 멎었다. 남편의 눈을 내 손으로 감겨주고, 나는 팔을 빼 남편을 반듯하게 눕혔다. 나의 남편 '정성윤' 씨는 나의 품에 안긴 채, 마흔아홉 살의 너무나 아까운 생을 마치고, 우리 곁을 영원히 떠나가 버렸다. 책을 다 읽은 아들은 아빠 옆에 와서 아무도 아빠의 몸에 손도 못 대게 하고, 울지도 못하게 했다. 육체와 영혼이 분리되는 순간, 산 사람의 통곡은 영혼이 떠나가는 것을 방해할 수 있다고 절대로 울어서는 안 된다고 책에 쓰여 있었다. "우리 아빠 좋은 곳으로 못가니까 울지 마세요. 엄마도 절대로 울지 마" 그렇게 말하며 아들도 울음을 참았다. 아빠의 투병하는 모습을 몇 년 동안 지켜보며, 아들은 어느새 철이 들어 있었다.

장례를 치르는 3일 동안에도 아들은 듬직한 어른이었다. 내 눈에 눈물이 고이면, 어느새 옆에 와서 우는 나를 달래주었다. 나와 산행에서 찍었던 환한 미소의 얼굴이 영정사진 속에 있었다. 환하게 웃고 있는 그 모습을 보고 있기가 너무나 힘들었다. 함께한 그 시간이 너무나 생생하게 기억으로 남아 있는데, 이제 사진으로만 봐야 한다는 현실이 도저히 받아들여지지 않았다.

장례식장에서 이틀째 되던 날, 낯선 조문객 한 분이 들어와 남편에게 향을 피우고 절을 했다. 그리고 우리와 맞절을 하고 자리에 앉았을 때, 조그만 꾸러미 하나를 나에게 건네주셨다. 풀어보니 그것은 남편이 몇 달 전 열심히 만들었던 도자기 몇 점이었다. 조문을 오신 분은 도자기 공예를 직접 가르치셨던 선생님이셨다. 남편의 손길이 느껴지는 도자기를 받아들고, 나는 또 한참을 울었다. 사람은 가고 없는데, 그가 만든 도자기는 가마에서 구워져 나의 손에 전해진 것이었다. 말로 표현할 수 없는 감정에 휩싸였다. 접시 몇 점, 크기별 찬그릇 몇 점. 그릇에 찍힌 문양들이 딱 봐도 남편을 떠올리게 했다. 그 그릇은 7년간 계속 써서 이제는 나의 손때가 묻었을 정도다. 세상에 영원한 것은 없다. 하지만 그릇 속에는 남편이 영원히 담겨 있는 듯한 느낌이 든다.

화장터 앞에서 상복을 입은 젊은 미망인은 멈춰서서 관을 쓰다듬으며 또다시 눈물을 흘렸다. "여보, 잘 가"라고 말하며, 남편과 마지막 이별을 했다. 뜨거운 불구덩이에 들어가는 남편의 관을 보고 있기가 너무나 힘이 들었다. 잠시 후 남편은 한 줌의 재가 되어 나왔고, 준비한 항아리에 담겨 우리에게 전달되었다.

인생이 참으로 허무함을 느끼게 되는 순간이었다. 나와 함께했던 남편과의 시간이 떠올랐다. 그 시간들을 뒤로하고 남편은 한 줌의 재가 되어 있었다. 뜨거운 열기가 그대로 남아 있는 항아리를 어린 아들은 가슴에 품고 말없이 운구차에 앉아 납골당으로 향했다. 남편을 모신 곳은 팔공산의 '도림사'라는 절의 납골당이다. 앞이 탁 트여서 팔공산 자락이 한눈에 다 보이는 곳이었다. 그곳에서 넓게 펼쳐진 팔공산을 마음껏 보라고 말했다. 그 자리에 남편을 혼자 두고 온 지 어느덧 7년이 지나고 있다.

07
서로 용서하지 못한
부자지간

우리는 살면서 많은 경험을 하면서 살아간다. 그 경험들은 고스란히 기억이라는 이름으로 각자의 마음속에 남아 있다. 기뻤던 기억, 슬펐던 기억, 공포스러웠던 기억, 행복했던 기억 등. 내게 그중 가장 오래 남아 있는 기억은 공포스러운 기억이다. 공포의 기억은 트라우마가 되어 남는다. 나는 물에 빠져서 죽음의 공포를 느낀 뒤부터 물을 무서워하는 트라우마가 생겼다. 얕은 세숫대야 물속에도 얼굴을 담그지 못한다. 물속에 머리가 잠겼을 때의 그 공포가 몇 년이 지난 뒤에도 너무나 생생하기 때문이다.

기쁨, 슬픔, 행복의 기억은 시간 속에 묻혀 기억이 희미해질 때가 더 많다. 내 아이를 낳아 품에 안았을 때의 기쁨을 기억한다면, 아이로 인해 속상할 일도 생기지 않을 것이다. 아이는 탄생만으로도 부모에게 평생 할 효도를 다 했다고 할 만큼 큰 기쁨이다. 부부가 결혼식을 올리고 나서 신혼의 달콤한 행복만 기억한다면, 그 누구도 부부 싸움을 하지 않을 것이다. 친구 사이의 서운했던 기억, 직원 간의 서운함도 시간이 지나면 퇴색되기에 인간관계가 유지되는 것이다. 하지만 공포의 기억은 시간이 지나고, 세월이 흘러도 지워지지 않는다. 비슷한 사건만 봐도 더 또렷하고, 생생해지는 것이 공포의 기억이다. '자라 보고 놀란 가슴, 솥뚜껑 보고 놀란다'라는 말이 있는 것처럼 말이다.

내 남편에게 공포의 기억이자, 공포의 대상은 다름 아닌 남편의 아버지셨다. 아버지에 대한 나쁜 기억은 성인이 되고 결혼을 한 후에도 지워지지 않았다. 어린 시절, 남편의 아버지는 동네에서 '독일 병사'라는 별명까지 얻으셨다고 한다. 나치 시절, 독일 군인은 잔인함과 무서움의 대상이었다. 동네 골목에서 뛰어놀 때 저 멀리 오토바이 소리가 들리면, 남편은 재빨리 집으로 뛰어 들어갔다고 한다. 그리고 방에 앉아서 공부하는 척했다고 한다. 공부하지 않고 놀다가 들키면 무섭게 혼이 났다. 아이들에게 가해지는 아버지의 체벌은 체벌을 넘어선 공포였다고 한다. 다행히 할머니와 어머니의 품에서 두 분의 사랑으로 아버지의 공포를 그나마 덮을 수 있는 어린 시절을 보낼 수가 있었다.

남편의 어머니는 동네에서 미장원을 하셨다. 한 번씩 부부싸움이라도 하시는 날이면, 미장원의 모든 거울은 하나도 남김 없이 산산조각이 났다고 한다. 하물며 손님에게 발라주던 매니큐어 병까지도 모조리 다 부셨을 정도였다고 남편은 기억했다. 아버지께 체벌을 받을 때, 회초리가 아닌 망치로 아들의 머리를 찍었다고 하시니 말만 들어도 소름이 돋았다. 어떻게 부모가 자식에게 그럴 수가 있었단 말인가? 요즘 세상이면 분명 아동학대죄로 법의 심판을 받아야만 했을 것이다. 말만 들어도 공포스러운데, 어린 남편에게는 어떠했을까? 생각만 해도 가슴이 아팠다. 그래도 할머니와 어머님의 사랑이 있었기에 3남매는 잘 자랄 수가 있었다.

그러다 무조건적인 사랑으로 품어주셨던 할머니께서 돌아가셨다. 그리고 어머님마저 남편이 스무 살 되던 해에 지병으로 돌아가셨다고 한다. 3남매는 하루아침에 끈 떨어진 연 신세가 되어버렸다. 급기야 아버님은 바로 재혼까지 하셨다. 아버님 때문에 어머님께서 일찍 돌아가셨다고 할 만큼 남편의 아버지에 대한 원망은 무척이나 컸다. 그때의 일로 아버지에 대한 남편의 감정은 어느새 공포에서 분노로 바뀌었다. 힘이 없던 어린 시절은 그저 공포스럽기만 했지만, 클수록 그 감정은 점점 더 분노가 되어 가슴에 커다란 화 덩어리를 만들어버렸다.

시집을 오고 나는 단 한 번도 부자가 앉아서 진지하게 대화를 나누는 모습을 볼 수가 없었다. 가족이 아닌 제삼자의 시선으로 본다면, 아버님은 분명 정신과적 치료가 필요한 분이셨다. 아버님이 어린 시절 겪었던 불안과 공포 심리를 그대로 대물림하고 계셨던 것이다. 아버님은 밖에서는 호탕하고 좋은 성격인 듯하셨지만, 정작 집안에서는 모든 가족을 공포에 떨게 했다.

나와 결혼을 하고 아이들이 태어나면서 남편은 많이 행복해했다. 자신의 아버지와는 다른 아버지가 되기 위해 노력했다. 어린 시절 고기반찬이나, 하물며 흔한 달걀까지 맛있는 음식은 모조리 아버지만 드셨다고 한다. 그래서 남편은 갈치라도 구우면, 중간 토막은 모두 발라서 아이들 밥숟가락 위에 다 올려주었다. 그리고 자신은 바싹 구운 게 맛있다고 하면서 옆에 붙은 뼈를 씹어 먹었다. 제발 애들 버릇 나빠지니까 그런 모습 좀 보이지 말라는 나의 말에도 아랑곳하지 않고, 남편은 아이들과 나를 먼저 챙겨주는 것이 습관이 되어 있었다. 어릴 적 기억이 너무나 싫었기 때문이다.

그래도 장남으로서 기본 도리는 하는 편이었다. 그 모든 것이 내가 시댁에서 힘들지 않게 하기 위한 것이었다. 남편이 암으로 투병을 하고 있을 때, 아버지에 대한 원망은 더욱더 커져만 갔다. 자신의 병이 아버지 때문에 생긴 것인 양 그 어느 때보다도 더 아버님을 원망하고 미워했다. 아버님께서 걱정이 되어서 아들에게 하는 말조차 듣기 싫어했다. 물론, 아들에게 직접적으로는 그 어떤 말씀도 하시지 않으셨다. 모든 말씀은 나를 통해서 하셨다. 남편은 내가 아버님에 대해서 어떤 말을 해도 들으려고 하지 않았다. 부자 사이의 골은 더 이상 깊어질 수가 없을 만큼 깊어져버렸다.

인간이 살아가는 목적은 결국은 행복 추구다. 행복이라는 단어 속에 빠질 수 없는 것이 가족이다. 나의 행복, 자식의 행복, 부모와 형제의 행복, 이 모든 것이 충족되었을 때 우리는 진정한 행복이라고 말할 수 있다. 하지만 남편과 아버님은 서로에 대한 원망과 미움으로 스스로의 행복을 모두 무너뜨리고 있었다. 오로지 두 사람만이 풀 수 있는 실타래였지만, 어디서부터 풀어야 할지 모를 만큼 심하게 엉켜 있었다.

남편의 의식이 점점 흐려져가고 급기야 말도 못 하고 눈동자도 초점을 잃은 상태가 되었다. 더 이상은 지체할 수가 없을 듯해 남편에게 조심스럽게 말을 꺼냈다.

"여보, 아버님 오시라고 할게." 내 말을 알아들을까 의심하면서도 한번 말을 해보았다. 부자지간에 그래도 이렇게 헤어지게 할 수는 없다는 생각에 한 말이었다. 그 한마디에 남편의 얼굴이 갑자기 일그러졌다. 의식이 희미해져가는 그 순간에도 아버지라는 말 한마디에 남편은 도저히 상상할 수 없는 표정을 지어

보였다. 온 힘을 다해 나에게 싫다는 표현을 하는 것이었다. 그 순간, 나는 남편의 마음속 응어리가 어느 정도인지 짐작할 수가 있었다. 더 이상 남편에게 아버지 이야기를 꺼내지 않았다.

결국, 아버지와 아들은 마지막 순간까지도 마음의 응어리를 풀지 못한 채 영원히 헤어지게 되었다. 아버님도 마지막 가는 아들의 얼굴을 쳐다볼 용기가 도저히 나지 않으셨던 것이다. 그래도 '두 분이 마지막에 손이라도 잡을 수 있었다면 얼마나 좋았을까?' 하는 안타까움이 지금도 많이 남는다. 그 후 3년 뒤, 아버지도 아들이 먼저 간 그 길을 따라가셨다. 지금은 두 분이 화해를 했을까? 마지막까지 잡지 못했던 그 손을 그곳에서는 꼭 잡았으면 하는 마음이다. 남편이 그토록 사랑했던 할머니와 어머님과 함께.

암이라는 병을 겪고 있는 분들을 관찰해보면, 대부분 마음의 병을 가지고 있다. 우리가 말하는 과도한 스트레스다. 특히 인간관계로 인해 지속되는 스트레스는 우리 몸에 암이라는 이름의 큰 병을 남긴다. 스트레스는 만병의 원인이라는 말이 있다. 사람관계든, 업무 문제든, 돈과 관련된 문제든 마음에 담는 순간, 그 모든 것은 스트레스가 되는 것이다. 암치료 프로그램에는 반드시 마음치료가 있다. 어릴 때든, 커서 성인이 된 후든 자신도 모르게 심하게 다친 마음이 분명히 있다. 오래 지속되는 스트레스 속에 마음의 병을 얻고, 그로 인해 몸에도 눈에 보이는 병이 드러나는 것이다.

 그렇기에 암치료의 기본은 다친 마음을 먼저 치료하는 것이다. 몸이 회복된 듯해도 근본인 마음치료가 반드시 동반되어야 한다. 그렇지 않으면, '암의 재발'이라는 극심한 공포를 또다시 겪게 될 가능성이 커진다. '돈을 잃으면 조금 잃은 것이요, 명예를 잃으면 큰 것을 잃어버린 것이요, 건강을 잃으면 전부를 잃는 것이다'라는 말이 있다. 내가 2년 동안 남편을 보며 느낀 것은 마음과 정신이 많이 아프다는 것이었다. 하지만 우리는 아픈 마음이나 정신은 치유할 엄두조차도 내지 못했다. 자신의 마음이니 자신이 다스려야 한다는 생각으로 그냥 방치한 것이다. 어린 시절부터 가족으로 인한 극심한 스트레스에 시달려야 했던 남편은 결국 마음의 병을 얻었다. 나는 마음치료는 암치료의 근본이고, 기본이라고 확신한다.

 남편을 보낸 후 나는 습관적으로 "뭣이 중요하노?"라는 말을 한다. 그 어떠한 것도 목숨을 대신할 만큼 중요한 것은 없다는 것이다. 스트레스받지 않거나 마음을 다치지 않기 위해 자주 쓴다. 세상의 가장 중심에는 내가 있다. 행복하기 위해 오늘 하루도 열심히 사는 내가 중심에 있는 것이다. 세상의 중심에 내가 없다면, 이 지구는 없는 것이나 마찬가지다.

08
사랑한다고 말하세요.
지금 당장

아이들이 어릴 때는 내게 차가 없었다. 그래서 아이들을 유치원에 보낸 후, 버스를 타고 다니며 세상 구경도 하고, 볼일을 보러 다녔다. 지금 생각해보면 시간이 참 더디게 흐른다고 느껴지던 때였다. 어느 날 오후, 그날도 버스를 타고 어딘가에 가고 있었다. 살다 보면 괜히 기분 좋고, 몸이 가벼우며, 콧노래가 저절로 나오는 날이 있다. 그날이 바로 그런 날이었다. 버스 차창 밖으로 보이는 햇살 좋은 날씨까지 모든 것이 다 좋았던 날이었다. 스스로 참 행복하다는 생각을 하며, 그런 나의 기분을 남편에게 전하고 싶었다. 당시 폴더폰이었던 나의 휴대폰을 열고, 남편에게 문자를 보냈다.

'오빠, 사랑해.'

아이들이 어릴 때, 나는 남편에게 '오빠'라는 호칭을 썼다. 그러다가 어느 날 어린 딸이 아빠를 오빠라고 부르며 나를 흉내내기 시작해서 그 이후, 호칭을 바꾸게 되었다. 결혼하고 처음으로 남편에게 보낸 '사랑해'라는 문자였다. 무뚝뚝한 대구 여자라 원래 그런 표현을 잘하지 못했다. 남편은 나보다 더 무뚝뚝한 대구 남자였다. 문자를 보냈지만, 남편은 바로 나에게 문자 대신 전화를 했다.

"여보세요. 어디 아프나?"

그 한마디에 그날의 행복했던 감정은 싹 달아나버렸다. 버스 안이라 크게 말도 못 하고, 나는 전화를 그냥 끊어버렸다. 그리고 '다시는 내가 사랑해라고 말해주나 봐라' 하며, 혼자 버스 안에서 화를 냈다. 남편과 나는 서로에게 '사랑해'라는 말 한마디를 그렇게 아끼며 살았다.

얼마 전은 '부부의 날'이었다. 나는 예전 그때의 일이 생각나 친구들에게 미션을 던졌다. 아들이 초등학생 시절 취미로 했던 리틀야구에서 만나게 된 학부모들로, 10년 넘도록 친분을 쌓고 지내고 있다. 처음에는 학부모로 만났지만, 지금은 각자의 집에 숟가락이 몇 개인지까지 다 알 만큼 우정이 깊어진 소중한 친구들이다.

'부부의 날'을 맞이해 각자 남편들에게 '사랑해'라는 문자를 보내고, 가장 베스트 답장을 받은 친구에게 내가 선물을 주겠다고 했다. 다들 재미있어하며, 남편들에게 문자를 보냈다. 결과는, 그 친구들의 남편들도 역시나 무뚝뚝한 경상도 남자들이었다. 재미있는 나의 미션에 한 차례 웃을 수 있었던 하루였다. 하지만 씁쓸하기도 했다.

나는 어릴 때부터 감정 표현에 굉장히 소극적이었다. 특히 기쁨이나 사랑의 감정 표현은 더욱 소극적이었다. 우리 부모님들도 '두 분은 도대체 왜 같이 사실까?'라는 의문이 들 만큼 감정 표현을 하지 않고 살아오셨다. 그 모습을 보고 자라면서 우리도 자연스럽게 닮아간 것이었다. 사진 찍을 때 아빠가 엄마에게 어깨동무를 하는 것이 두 분의 최고 애정 표현일 정도였다. 두 분이 서로 사랑하고, 아껴주는 모습을 우리에게 자주 보여주셨다면 어린 시절이 얼마나 더 행복했을까? 아버지는 자식들 앞에서 늘 엄마를 무시하는 듯한 표현을 자주 하셨다. 거기에 질세라 엄마 또한 우리 앞에서 아버지에 대한 존경이나 사랑이 아닌, 미움이 가득한 원망을 자주 하셨다. 평소에 오가는 대화들이 그렇다 보니 두 분은 우리 앞에서 다투시는 모습도 자주 보이셨다.

결혼하시고 50년이 넘는 세월을 함께하신 부모님은 지금도 여전히 감사와 사랑의 표현을 굉장히 아끼신다. 부모가 평소 쓰는 말투는 자식들에게 애써서 가르치지 않아도 자연스럽게 스며든다.

부부의 사랑은 서로를 존중하고 아껴주며 말로 표현할 때 더욱 깊어지는 것이다. 사랑받고 존중받는다는 느낌은 다름 아닌, 서로의 말과 눈빛을 통해서 전달된다. 우리는 살면서 말하는 법을 배워본 적이 없다. 긍정적 말투는 긍정적 대답을 불러온다. 반면, 비난 섞인 부정적 말투는 더 심한 비난의 말로 돌아온다.

엄마는 음식솜씨가 좋으셨기에 결혼 후에도 나는 엄마의 반찬을 자주 가져와서 먹었다. 지금도 김치며 된장이며 나물이며 여러 가지 음식을 많이 받아서 먹고 있다. 엄마께 늘 고맙고, 때로는 미안하기도 하다. 솜씨 없는 나는 바쁘다는 핑계로 부모님께 반찬을 만들어드릴 생각조차 하지 않았다. 그런 내가 결혼 후 처음으로 열무 물김치 담기에 도전했다. 엄마에게 어떻게 해야 하는지 물어서 나름 신경을 써서 담아보았다.

이틀 정도 지나고 약간 맛이 들었겠지 하는 생각에 남편에게 맛을 보라고 주었다. 한 숟가락을 먹어본 남편의 평은 혹독했다.

"송도 해수욕장 물을 떠 와도 이것보단 맛있겠다."

농담이 섞인 듯한 말투였지만, 남편의 말 한마디에 나는 너무 화가 나고 황당했다.

"먹기 싫으면 먹지 마라"하면서 물김치 한 통을 그대로 싱크대에 다 버려버렸다. 그 뒤로 내가 다시 물김치를 담그게 된 것은 몇 년의 시간이 지난 후였다. 처음으로 시도한 나의 행동에 격려의 말을 먼저 해주었다면 어땠을까? 비난과 부정의 말을 던지면,

당연히 상대도 비난과 부정의 대답을 하는 것이 인지상정이다.

"다음에는 더 맛있게 담아볼게"라는 대답을 내가 할 수 있도록 남편이 먼저 격려의 말을 해주었더라면, 나는 아마도 물김치 담기의 대가가 되었을 수도 있었을 것이다. 말은 그렇게 중요한 것이다.

돈에 쪼들려서 늘 예민해져 있던 시절, 하루가 멀다 하고 술을 가까이했던 남편을 보며, 나는 애정이 담긴 좋은 말을 해줄 수 있는 마음의 여유가 없었다. 자기계발 과정 수업을 듣고 부모교육 과정을 공부했지만, 가까운 남편에게는 나의 배움이 전혀 통하지가 않았다. 드림 킬러는 늘 가장 가까운 사람이라는 사실을 실감할 수가 있었다.

힘들고 어려웠던 시절, 서로 격려해주고, 더 나은 미래를 꿈꿀 수 있도록 희망을 주는 말을 해주었더라면 얼마나 더 좋았을까 하는 아쉬움이 많이 든다. 밖에 나가서 영업을 하지도 않고, 밤이면 술잔을 기울이는 남편과 참 많이도 싸웠다. 점점 무능해지는 듯한 남편이 너무나 원망스럽기만 했다.

그래서 아이들에게 보이지 말아야 할 모습을 많이 보여주고 말았다. 남편은 아이들 앞에서 엄마인 나를 무시하는 말을 자주 했다. 나는 그러한 남편을 미워하고 원망하는 말을 자주 했다. 어린 시절, 우리 4남매 앞에서 보였던 부모님의 모습을 그대로 나의 아이들 앞에서 보여주고 있었던 것이다. 어쩌면 부모님보다 더 지나쳤을지도 모른다.

죽음이 눈앞에 다가오고, 마지막 시간이 되었을 때 나는 남편을 끌어안았다. 남편의 머리를 나의 팔로 감싸 안고, 남편의 볼을 쓰다듬어 주었다. 간암의 마지막 시간은 극심한 통증과의 싸움이었다. 피부에 붙이는 마약성 진통제를 써도 그 통증은 너무나 고통스러운 것이었다. 내가 경험해본 적이 없는 고통이라 알 수는 없지만, 참을성 많은 남편의 표정과 신음만으로도 어느 정도 고통인지 짐작할 수가 있었다. 의식이 없어지고 희미해져가는 그 순간에도 남편은 주기적으로 심하게 몸을 비틀었다. 담당 간호사를 불렀더니 지금은 통증이 오는 시간이라고 이야기해주었다. 간호사의 말을 듣고, 의식 없는 남편이 왜 몸을 비트는지 알 수가 있었다.

옆에서 아무것도 해줄 수가 없는 나는 그저 남편을 안고 쓰다듬어주기만 했다. 함께했던 시간 동안 한 번도 그렇게 안아주고 쓰다듬어 준 적이 없었다. 남편에게 늘 받기만 원했을 뿐, 정작 내가 해준 적은 없었다는 것을 그 순간 깨달았다. 건장한 체격의 남편은 두 번의 수술 후 몸이 너무나 야위어졌다. 내 팔로 안아주어도 전혀 부담스럽지 않은 그런 야윈 몸이 되었다. 야위어진 남편을 안고 쓰다듬으며, 나는 '지금 나의 품에 있는 이 남자가 내가 사랑하는 나의 남편'이라는 것을 새삼스럽게 깨달았다.

의식이 없는 상태였지만 나의 품에 있는 남편은 편안하고 행복해하는 모습이었다. 나는 남편의 편안함을 느낄 수가 있었다. 남편은 결혼 전 "자신과 결혼하면 50년 동안 함께 살면서 불행 끝, 행복 시작"이라고 나에게 말했다. 하지만 남편은 그 약속을 지키지 못하고, 19년간 함께 살다가 나의 품속에서 영원히 잠들어버렸다. 마지막 순간에도 나는 '사랑해'라는 한마디를 해주지 못하고 남편과 이별했다.

　이 세상 부부들에게 나는 미션을 제안하고 싶다. 매일 아침 눈을 뜨면 남편과 아내에게 '사랑해'라는 아침 인사를 꼭 하라. 그러면 사랑이 충만한 하루를 시작할 수 있을 것이다. 부부에게 전부는 바로 '사랑'이라는 것을 그때의 나는 알지 못했다. 그리고 그 사랑이 바로 가정 행복의 근본이 된다.

3장

돈이 나를
철들게 만들다

01

오늘은
오늘의 해가 뜬다

      아침에 눈을 떴다. 두 아이를 챙겨서 학교에 보내고, 나의 아침 식사를 챙긴다. 과일과 야채 샐러드, 그리고 원두를 갈아서 내린 커피 한 잔을 먹는다. 거실 소파를 바라봐도 아무도 없었다. 거실 소파 위에 길게 기대어 누워 있던 남편의 모습이 눈에 선했다. 원두를 갈아주던 그 손길을 이제는 어디에서도 느낄 수가 없다. 말없이 혼자 샐러드를 먹고 커피를 마셨다. 분명 며칠 전만 해도 같이 먹으면서 맛있다고 이야기했는데, 이제는 나 혼자였다. 아무것도 바뀐 게 없고, 모든 것이 그 자리에 있는데, 사람만 보이지 않았다.

    남편이 방문을 열고 나올 것만 같은 착각이 드는 시간이었다. 회사 곳곳에서도 남편의 모습이 보였다. 넓은 공간에 수년 동안 남편의 손길이 닿지 않은 곳이 없었다. 특히 기계가 있는 곳은 작은 나사못 하나까지도 모든 것이 남편의 손길로 만들어졌다. 이리저리 옮겨다니기 쉽도록 만든 커다란 선풍기, 옮기기 편하도록 만든 이동식 선반, 각종 연장을 일렬로 줄 세워 벽에 걸 수 있도록 만든 고리 등, 모든 것이 남편의 손끝에서 만들어진 것들이었다. 구석구석 남편이 일하고 있는 모습이 자꾸만 떠오르는데, 아무리 찾아봐도 남편은 보이지 않았다.

남편이 없으면 돌아갈 것 같지 않던 기계였지만, 주인의 빈자리에도 아랑곳하지 않고 잘 돌아갔다. 감사하게도 별 탈 없이 자기의 역할을 다해주었다. 남편의 빈자리를 채워준 제부와 남동생이 있었기에 나는 힘을 낼 수가 있었다. 다행히 제품을 생산할 수 있는 기술을 거의 다 배울 수가 있었다. 그 덕분에 우리는 원래 하던 일을 그대로 하며 사업을 해나갈 수가 있었다. 나의 어깨가 더욱 무거워졌다. 시동생, 제부, 그리고 남동생까지, 진정한 가족 사업이 되어버렸다. 바쁘게 돌아가는 업무를 보며, 나는 원래 나의 모습대로 일을 해나가고 있었다.

퇴근 후 아무도 없는 집에 혼자 들어가는 것이 진짜 죽기보다 싫었던 시기였다. 퇴근 후 집에 가면 어김없이 저녁을 해놓고 남편이 나를 기다렸던 지난 몇 달이었지만, 이제 현관문을 열면 깜깜한 어둠만이 있었다. 아이들도 학교에서 늦게 오고, 텅 빈 집에 나 혼자 있는 저녁 시간이 너무도 고통스러웠다. 거실에 혼자 있기도 무서웠고, 안방 침대에 있기도 무서웠다. 모든 공간이 나에게 무서움으로 다가왔다. 남편과의 정을 떼기 위한 것이라고 엄마는 말씀하셨다. 함께 살던 사람이 고인이 되면 살아생전의 그분과 정을 떼기 위해 그렇게 무서운 것이란다.

나는 집의 전등이란 전등은 모조리 다 켜놓고, TV도 크게 틀고, 그렇게 혼자 저녁 시간을 보내야만 했다. 아이들이 돌아온 후에야 안심이 되었던 하루하루였다. 밤에도 잠을 제대로 잘 수가 없었다. 남편을 보내고 찌는 듯한 더위가 시작되는 계절이었지만, 나는 발이 시려 여름에도 수면 양말을 찾아서 신어야 할 만큼 몸이 많이 허약해져 있었다. 연애 기간까지 20년 이상을 함께한 사람이 어느 날 곁에 없는 현실은 진정으로 견디기가 힘든 시간이었다.

암은 그나마 가족들에게 마음의 정리를 할 수 있는 시간을 허락하는 병이다. 처음 남편의 몸에서 암을 발견하고, 그 뒤 2년하고도 3개월의 시간을 보냈다. 그 시간이 너무 힘들고 고통스러웠지만, 한편으로는 나와 아이들이 마음의 준비를 할 수 있는 시간이기도 했다. 하루아침에 사고를 당하거나, 뇌출혈 또는 심장마비같이 준비 안 된 이별을 맞이하는 가족들에 비해서 마음의 충격은 분명 줄일 수 있는 병이었다. 하지만 늘 함께한 사람의 빈자리는 시간이 가면 갈수록 나에게 고통이 되어 다가왔다.

남편과 이별을 하고, 나는 8월에 짧은 휴가를 갔다. 아무 곳에도 가고 싶지 않았지만, 친하게 지내던 지인들의 권유로 그들과 함께 하루를 바람 쐬러 갔다. 시원한 강변에서 지인들과 웃으며 시간을 보냈지만, 마음은 전혀 즐겁지가 않았다. 내가 웃는 것이 남편에게 죄를 짓는 것만 같았다. 나만 살아서 혼자 즐겁게 웃고 떠들고 하는 것 같아서 그렇게 미안할 수가 없었다. 옆에서 남편이 나를 보고 있는 것만 같은 느낌이 들었다. 함께했던 지인 한 사람이 다음 날 성주에 용한 철학관이 있다며, 재미로 한번 보러 가자고 제안했다. 모두 찬성을 하는데, 나만 반대할 수 없는 상황이라 그들과 함께 성주에 갔다.

하얀 모시 적삼을 입고, 머리까지 하얗게 백발이신 철학관 주인은 흡사 도인 같은 느낌마저 들었다. 오래된 기와집이나 황토방을 허물지 않고 옛날 모습 그대로 보존해서 쓰고 계셨다. 모든 분위기가 예사롭지 않았다. 그분은 일반 철학관과는 달리 우주의 원리를 공부하고, 그 기운으로 사주를 보신다고 했다. 그래서인지 함께 간 사람들 한 사람, 한 사람이 무척이나 만족스러운 이야기를 듣고 있었다.

그렇게 내 차례가 되어서 내 생년월일과 탄생 시를 불러 드렸다. 철학관 주인은 한참 보더니 "남편 자리가 보이지 않는데" 이렇게 한마디하는 것이었다. 그 말씀에 나는 너무나 놀라 지난 몇 달간의 일을 이야기했다. 그분은 남편은 타고난 운이 다해 돌아가신 것이니 너무 슬퍼하거나 혹여 자책하지도 말라고 했다. 그리고 아들의 운이 범상치 않으니 앞으로 아들 덕을 보며 살 것이라는 말씀까지 하셨다. 다 믿을 수는 없었지만, 모든 것을 다 믿고 싶었다. 남편의 타고난 운이 거기까지였다는 말씀도 믿고 싶었고, 아들이 크게 될 운이라는 것도 믿고 싶었다. 그분의 말씀은 분명 나에게 한 줄기 희망이었다.

2015년 8월, 그해 여름은 하루가 10년같이 느껴지는 시간이었다. 그리고 7년이 지나고 또다시 여름이 왔다. 눈 깜짝할 사이 7년이라는 시간이 흘러갔지만, 그때의 기억은 어제 일처럼 생생하기만 하다. 7년의 세월이 흐르는 동안 나는 남편 꿈을 참 많이도 꾸었다. 남편은 시시각각 다른 모습으로 나의 꿈속에 나타났다. 나의 무의식 속에 자리 잡은 남편의 자리가 커서일까? 아니면 남편이 아직도 나와 아이들을 잊지 못하고 있어서일까? 꿈을 꾸고 나면, 다음 날 기분이 그다지 좋지가 않았다.

몇 달 전, 나는 나의 이야기를 책으로 쓰기로 마음을 먹었다. 책을 쓸 수 있는 스승님을 만나고, 기회가 되어서 나는 마음을 먹을 수가 있었다. 책을 쓰면서 나는 매일 남편을 기억한다. 처음 만났을 때의 모습도 기억하고, 함께 처음 연애를 했던 그 순간도 기억한다. 살면서 나를 화나게 했을 때도 기억하고, 나를 기쁘게 했을 때도 생생하게 기억한다. 그러한 기억들을 하나하나 떠올리며, 나는 나의 마음속 아픔을 치유하고 있다. 7년이 흘렀지만, 그 시간은 여전히 나의 마음속에 아픔이고, 아련함으로 남아 있다. 어느덧 쉰이 넘은 나는 책을 쓰면서 마음속 아픔을 하나하나 치유해나가고 있다. 그리고 함께할 때는 몰랐던 마음까지도 다시 알 수가 있게 되기도 했다. 그런데 책을 쓰면서부터 신기하게도 남편이 더 이상 꿈에 찾아오지 않는다. 자신을 잊지 말라고 그렇게 자주 꿈에 나타나더니, 매일 자신을 기억하고 생각하는 요즘은 아예 나타나지 않는다. 내가 잊지 않고 자기를 기억하는 것을 아는 것일까?

마음의 아픔을 하루하루 치유하는 글을 쓰는 시간이 나는 너무나 행복하다. 때로는 지난날의 기억으로 눈물이 나기도 한다. 하지만 그 눈물까지도 내게는 값진 것임을 나는 알고 있다. 진정한 치유는 눈물로 하는 치유이기 때문이다.

쉰을 넘기는 때가 되면, 나는 사람들에게 책 쓰기를 권하고 싶다. 출판이 된다면 더할 나위 없이 좋겠지만, 그렇지 않더라도 자신의 이야기를 한 권의 책으로 꼭 남겼으면 하는 바람이다. 내가 50년을 살아보니 하고 싶은 말이 많음을 느낀다. 나이를 먹을수록 말이 많아지는 사람들을 주위에서 자주 접하게 된다. 말로 쏟아내고 싶을 만큼 자신의 이야기가 하고 싶은 것이다. 더 이상 마음속에 담아둘 공간이 없고, 용량이 넘쳐나기 때문일 것이다. 자신만의 아픔, 즐거움, 숱한 경험, 그리고 다양한 노하우 등 전하고 싶은 메시지가 차고 넘치는 것이다. 그것을 책으로 쓴다면 12권 전집은 족히 나올 것이다.

글을 쓰고 책을 펴내는 것은 엄청난 축복이고, 행복이 될 것이다. 100세 시대에 인생 2막을 제대로 즐기기 위한 방법이 책 쓰기라고 나는 확신한다. 《나는 동대문 시장에서 장사의 모든 것을 배웠다》라는 책을 쓴 이순희 작가도 일흔 살이 훨씬 넘어서 살아오신 이야기를 책에다 쏟아 넣었다. 그리고 그 책은 베스트셀러가 되었다. 우리가 살아가는 이야기는 분명 감동의 영화 한 편이다. 어쩌다 보니 50년이라는 시간이 훌쩍 지나가버렸다. 영화의 필름이 빠르게 돌아가버린 그런 느낌이 든다. 빠르게 돌아가는 영화 속에 제대로 못 보고 놓쳐버린 장면이 분명히 있다. 자신의 기억이라는 장치에 인생의 필름을 다시 천천히 돌려보면서 책으로 기록해두는 것은 분명 인생에서 중요한 한 가지 일을 하는 것이다.

이 모임, 저 모임 기웃거리며 한정된 시간을 낭비하지 말고, 차분히 자신의 책을 꼭 써보라고 전하고 싶다. 꼭 해보고 싶지만 용기가 나지 않는 분이 계신다면, '한책협' 김태광 대표님을 찾아가볼 것을 추천한다. 김태광 대표님은 우리나라 책 쓰기의 독보적 1인자다. 수많은 사람들이 김태광 대표님을 만나고, 몇 달 만에 작가의 길을 걸어가고 있다. 도저히 믿어지지 않는 이야기이지만, 이것은 사실이다. 나 또한 몇 달 만에 완전히 달라진 삶을 살고 있다. 세상에는 나의 상식을 깨는 일이 무척 많다. 그중 하나가 '한책협'의 책 쓰기 시스템이 아닐까 생각한다.

 50년의 시간을 잘 정리정돈하고, 남은 인생 2막을 우리는 멋지게 준비해야만 한다. 과거도 그러했듯이 언제나 오늘은 오늘의 태양이 뜬다. 하지만 준비되지 않았다면, 오늘의 태양은 결코 찬란한 태양이 될 수 없다.

02
용기가 가장 필요한
생존의 시간

평생 살아오면서 단 한 번도 나와 연관 지어본 적이 없었던 단어가 있다. 수많은 사람들이 그렇게 불려도 나는 그렇게 불리지 않을 거라 생각하고 살아왔다. 어느 날 갑자기 나를 움츠리게 만들어버린 단어가 있다. 바로 '과부'라는 단어다.

열심히 살아오고, 살아남기 위해 몸부림쳤는데 정신 차리고 보니 나는 사람들이 말하는 '과부'가 되어 있었다. 내가 원해서도 아니고, 누군가의 의도로 된 것도 아니었다. TV를 보다가도 대사 속에 그 말이 언급되면, 나는 얼른 채널을 돌려버렸다. 주인공이 나와 같은 처지라면 그조차도 싫어서 꺼버리곤 했다. 7년이 지난 지금도 그 단어는 여전히 나를 움츠리게 만든다. '차라리 이혼녀라는 꼬리표가 붙으면 더 나을까?'라는 생각도 하며, 젊은 나이에 나를 이렇게 만들어버린 남편을 많이 원망했다.

친구들끼리 농담 삼아 하는 대화라도 '과부'라는 단어가 나오면 참을 수 없이 민감해진다. 나는 온몸으로 그 단어를 거부하며 살아가고 있었다. 내가 거부한다고 달라지는 것은 없지만, 그렇다고 해서 시간이 지나도 아무렇지 않게 받아들여지지는 않는다.

나는 누구보다도 당당하게 살아가고 싶었다. 당당하고, 멋지게, 그리고 도도하게 살아가고 싶은 여자다. 하지만 내가 의도하지 않은 처지에 놓이게 되니 당당함이 자꾸만 뒤로 숨어버린다. 어린아이가 쭈뼛거리며 엄마 뒤에 숨듯이 나의 당당한 마음도 그렇게 나의 뒤에 숨어서 움츠리고 있었다.

하지만 나는 누구보다 씩씩해야만 했다. 엄마만 바라보며 커가는 나의 아이들을 위해서라도 나는 나약한 엄마가 아닌, 강하고 씩씩한 엄마가 되어야만 했다. 회사에 출근해서도 나는 씩씩한 사장이어야만 했다. 친정에서도 나는 씩씩한 맏딸이고, 언니이고, 누나여야 했다. 시댁에서도 마찬가지였다. 씩씩한 종갓집 맏며느리로 그 자리에 있어야만 했다. 세상 그 어디에서도 울고 싶고, 주저앉고 싶은 나의 마음을 드러낼 곳이 없었다. 눈가에 살짝만 눈물이 맺혀도 아이들은 엄마를 빤히 쳐다보았다. "엄마, 우나?"라고 말하며, 나를 살피는 것이었다. 내가 힘들어하고 슬퍼하면 내 아이들의 마음은 더 약해질 거 같아서 울고 싶어도 나는 참고 눈물을 숨겼다. 아빠의 빈자리가 실감 나지 않도록 엄마가 다 해줄 거라고 생각하며 살았다. 혼자된 딸을 보는 것만으로도 힘드실 나의 부모님 앞에서도 나는 애써 더 밝게 웃는 모습을 보였다. 두 분이 나로 인해 혹시나 마음 아파하실까 걱정되었기 때문이다.

어느 날, 친구들과 모임을 하고 다 함께 노래방을 갔다. 저녁 모임을 하며 술을 한잔했던 일행들은 좋은 기분으로 노래를 한 곡씩 하고 싶어 했다. 남편과도 평소 친하게 지내던 부부들이었다. 친구 중 한 명이 선곡을 하고 마이크를 잡았다. 평소 남편이 가장 좋아했던 애창곡이었다. 친구는 나를 쳐다보며 애잔한 눈빛을 보이며 노래를 불렀다. 그 노래를 듣는 순간, 나는 애써 눌러놓았던 눈물이 터져 나왔다. 그런 상황을 만든 친구가 너무 원망스러웠다. "수많은 노래 중에 하필 이 노래를 부르냐?"라며, 친구에게 나는 크게 화를 냈다. 늘 아무 일 없었던 것처럼 살아가는 나를 그 노래 하나로 완전히 무너지게 만든 것이다.

친구는 그 순간, 그동안 애써 태연하고 당당한 척 살아갔던 나의 모습이 거짓이었다는 것을 느끼게 되었다. 미안한 마음에 나에게 사과했지만, 한번 터진 눈물은 쉽게 멈춰지지 않았다. 그 뒤로 친구는 다시는 그 노래를 부르지 않는다. 단순히 노래 한 곡이라 생각했지만, 그 노래를 들으면 수없이 많은 지난 추억이 나를 힘들게 만들었다. 노래를 부를 때 남편의 목소리, 눈빛, 마이크 잡은 손짓 하나까지, 생생한 그 기억들이 나를 순간 무너지게 한 것이었다. 기억은 생생히 남아 있고 함께했던 사람들도 모두 다 이곳에 있는데, 나의 남편만 이 순간 이곳에 없다는 현실이 여전히 받아들이기가 힘든 나날이었다.

나는 어느 순간, 애써 당당하고 용기를 내려고 하기보다 먼저 나를 주눅 들게 만드는 외적 요인부터 하나씩 없애버리자는 생각이 들었다.

첫 번째는 나의 치아였다. 나는 치아교정을 했다. 삐뚤삐뚤한 치열과 비정상적으로 심하게 덧니가 되어버린 앞니 하나가 어느 순간 나의 환한 웃음을 앗아가버렸다. 누군가와 마주 앉아 대화할 때도, 난 그 덧니가 신경 쓰였다. 자꾸만 손으로 입을 가리게 되고, 환하게 미소를 지을 수 없게 되었다. 덧니 때문에 자꾸만 말을 아끼게 되었다. 아이들이 어릴 때 치과에 가면, 의사는 나에게 교정을 권유했다. 나중에 나이를 더 먹으면 자리가 없어서 새로운 치아를 심지도 못하게 될 것이라고 말했다. 그때는 불편함이 없었기에 의사의 말을 귀담아듣지 않았다.

하지만 나이가 들고 보니 약해진 잇몸 탓에 덧니는 더욱 심하게 틀어져버렸고, 결국은 나의 최대 고민거리가 되었다. 전문가의 조언을 놓쳐버린 것을 크게 후회했다. 마흔 중반이 넘어서 하는 치아교정은 말 그대로 죽을 맛이었다. 조금만 더 젊었어도 치아교정과 함께 양악수술도 했을 텐데, 도저히 그 용기까지는 낼 수가 없었다. 주위에 양악수술 후 힘들어하는 분들을 많이 보았기 때문이다. 너무나 만족스러운 결과를 보면 하고 싶었지만, 겪게 되는 고통은 도저히 참을 수 없을 것 같았다. 예뻐지고 싶은 여자의 욕망은 끝이 없지만, 나는 치아교정만으로도 충분하다고 생각했다.

환하게 웃는다고 누구나 성공자가 되지는 않는다. 하지만 주위에 환하게 웃지 않는 성공자는 찾아볼 수가 없다. 성공자의 상징은 이빨을 드러내고 환하게 웃는 웃음이라고 해도 과언이 아니다. 그만큼 인생에서 환한 미소는 중요한 외적 자세 중 하나다. 그때 입술을 다물고 억지 미소를 짓던 것이 습관이 되어, 지금도 환하게 미소 짓는 것이 힘든 일 중 하나가 되었다. 거울을 보고 입꼬리를 한껏 끌어올리고 환하게 웃으면, 금방 입가에 경련이 일어난다. 평소 쓰지 않았던 근육이라는 것이 그렇게 표시가 나는 것이었다. 그래도 입꼬리를 끌어올리는 연습을 계속한다. 환하게 웃는 성공자의 사진을 보며 자연스러워질 때까지 계속 따라 하고 있다.

두 번째는 나의 이름이었다. 할아버지께서 생각 없이 지어버린 나의 이름은 평생 나를 힘들게 만들었다. '아름다울 미, 아들 자' 할아버지를 평생 원망하게 만든 나의 이름이었다. 학교 다

닐 때도 그 이름으로 불리는 것이 너무나 싫었다. 어른이 되어서
도 나는 당당하게 내 이름을 말할 수가 없었다. 이름을 말할 때
면 나도 모르게 자꾸만 목소리가 기어들어 갔다. 아이의 이름을
왜 이렇게 생각 없이 지었을까? 할아버지와 부모님을 많이도 원
망했다. 그래서 나는 개명을 결심했다. 요즘은 개명이 아주 쉽고
보편적인 것이 되었지만, 그때 당시는 개명의 합당한 이유를 적
어서 법원에 제출해야만 했다. 하지만 끝에 '자'가 들어가는 이
름은 묻지도, 따지지도 않고 바로 개명이 된다는 것이었다. 나처
럼 이름에 한 맺힌 사람들이 많다는 증거다.

　개명을 마음먹게 되니 나는 바로 행동을 할 수가 있었다. 세상
모든 일은 일단 마음먹는 것이 가장 중요하다는 것을 다시 한번
깨닫게 되는 순간이었다. 평생을 이름 때문에 힘들어하며 살았
지만, 개명하겠다고 마음을 먹어본 적이 없었다는 것이 지금 생
각해보면 더 놀라운 일이다. 마음만 먹으면 쉽게 해결될 것을,
그 마음먹는 데 40년하고도 몇 년이 더 걸렸던 것이다. 나의 아
이들 이름은 누구보다도 신중하게 지었다. 이름은 아이가 평생
안고 갈 자신의 또 다른 얼굴이기 때문이다. 이름과 외모로 보
이는 첫인상의 중요성은 너무나 크다. 작명으로 유명한 곳을 찾
아 두 아이 모두 큰돈을 들여서 이름을 지었다. 그 덕분인지 두
아이 모두 이름에 대한 불만은 없다. 아들의 이름은 어디 가서
도 좋은 이름이라는 말까지 듣고 있다. 이름이 한 사람의 운명

을 결정짓지는 않는다. 하지만 분명 결정적인 역할을 하는 것은 틀림없다.

개명을 마음먹고 나는 평소 친분이 있는 분께 멋진 이름으로 지어달라고 부탁드렸다. 그분은 나의 생년월일과 시를 보고, 나의 사주에서 부족한 부분은 더 채워주고, 넘치는 기운은 반대로 눌러 줄 수 있는 이름을 몇 개 지어주셨다. 그중 선택된 나의 이름은 '정문교'다. 세상에 널리 떨칠 수 있는 이름이라고 하셨다. 사람들이 내 이름을 많이 부르면 부를수록 운이 점점 더 좋아지는 그런 이름이라고 하셨다. 너무나 마음에 들었다. 약간은 남성적인 이름이지만, 가볍지 않고 내 나이와 여러 가지를 고려했을 때 아주 멋진 이름이었다. 개명 신청을 하고 한 달쯤 지나 법원으로부터 바뀐 나의 이름을 통보받았다. 그때의 기쁨은 이루 말할 수 없었다. 아직도 장난처럼 옛날 이름을 부르는 지인들이 간혹 있다. 나는 그때마다 벌금을 내야 한다고 웃으며 농담을 한다. 나의 이름은 내가 태어날 때부터 불린 것처럼 아주 자연스럽게 나의 또다른 얼굴이 되어 나와 함께 살아가고 있다.

세상에 널리 떨칠 수 있는 이름이라는 이야기를 들은 이후, '내가 무엇을 해서 세상에 이름을 떨칠 수가 있을까?' 하는 생각이 늘 마음속에 자리 잡게 되었다.
한 사람의 인생은 그 사람의 생각으로 만들어간다. 현재 내가 불행한 삶을 살고 있다면, 그것은 자신의 생각의 뿌리에 의한 결과인 것을 우리는 부정할 수가 없다. 물론 피할 수 없는 불행이 닥칠 때도 있다. 그것은 사고다.

나의 생각을 미래에 가져다 두고 살아가다 보면, 미래의 모습이 어느새 현재의 내 모습이 되어 있다는 것을 나는 믿는다. 나의 이름을 개명한 후, 그 순간부터 내 생각은 미래에 머물러 있다. 세상에 선한 영향력으로 이름을 떨치고 있는 미래의 내 모습을 늘 생각한다. 그 생각들이 오늘도 나를 걷게 만든다. 그리고 용기를 내서 당당하게 세상과 맞설 수 있는 내 행동의 뿌리가 된다.

03

화가 다시 복이 되어
내게로 찾아오다

우리 집은 내가 어릴 때부터 불교를 믿었다. 물론 엄마 혼자서만 열심히 절에 다니셨다. 내 기억으론, 엄마는 나와 여동생을 낳은 후, 셋째를 가졌을 때부터 절에 가서 기도를 열심히 하셨다. 아버지의 아들에 대한 성화가 엄마를 힘들게 했기 때문이다. 만삭이 되었을 때도 무거운 몸을 이끌고 여동생의 손을 잡고 대구 팔공산의 '갓바위'라는 절에 다니셨다. 갓바위의 계단은 일반인이 오르기도 힘이 드는 곳으로, 그곳 부처님이 영험하다고 알려져 지금도 수능 때가 되면, 전국에서 많은 수험생 부모님들이 찾는다. 엄마도 갓바위 부처님께 소원을 빌고자 음력 초하루가 되면 그곳을 찾아갔다. 그러한 엄마의 기도 덕분인지, 아버지께서 그리도 기다리셨던 아들이 태어났다.

엄마의 부처님 사랑 영향으로 나 또한 자연스럽게 절에 다니게 되었다. 평소에는 기도보다는 유명사찰을 관광 삼아 다니곤 했다. 마음의 평화를 얻고, 산속에서 힐링하기 위해 가끔 갔다. 보통 사람들이 교회나 절을 찾아 열심히 기도할 때는 뭔가 간절히 바라는 것이 있어서다. 사람들이 마지막 끈이라도 잡는 심정으로 찾는 곳이 종교 시설이다.

엄마가 아들을 낳게 해달라는 간절함을 갖고 부처님을 찾았듯이, 나 또한 남편의 치유를 기도하기 위해 부처님을 찾기 시작했다. 너무나 무섭고 외로웠던 그때, 절을 찾아 기도하는 것은 나의 두려움을 잠재울 수 있는 유일한 해결책이기도 했다. 지금 생각해보면, 평소에는 불심이 전혀 없다가 내가 필요할 때만 '부처님 살려주세요'라고 매달리다니, 얼마나 간사한 행동이었나 싶다.

그날도 음력 초하루라 나는 절에 다녀왔다. 남편을 떠나보내고 석 달 정도가 지난 시점이었다. 아침 일찍 절에 가서 순서에 맞춰 절하고 기도했다. 떠난 이가 아닌, 나와 아이들의 행복을 빌었다. 그리고 출근하고 업무를 보았다. 그날은 시댁 작은아버지의 제삿날이기도 했다. 저녁에 업무를 마치고 작은집으로 갔다. 작은집 동서가 혼자 음식을 장만해놓아, 나는 상차림을 거들 준비를 하고 있었다. 그 순간 전화벨이 울렸다. 낯선 번호라 이 시간에 누구지 생각하며 전화를 받았다.

"빨리 오세요. 지금 여기 불났어요."

다짜고짜 어떤 여자분의 비명 같은 소리가 들려왔다.

"지금 어디에 전화하셨어요? 전화 잘못 거신 거 아니에요?"

"지금 여기 창고에 불이 나서 소방차가 여러 대 오고 난리 났어요. 빨리 오세요."

다급한 목소리로 전화를 준 사람은 이웃 주민이었다. 간판의 전화번호를 보고 내게 전화를 한 것이었다. 차로 30분 정도는 가야 하는 거리를 어떻게 갔는지도 모르게 시동생과 함께 달려갔다. 마지막 코너를 돌아 우리 건물 쪽을 바라보니 진짜 소방차가 앞에 줄을 서 있었다. 뉴스에서만 보던 화재현장이었다. 생각할 겨를도 없이 불이 난 건물 안으로 뛰어 들어가려 했다. 하지만 소방관의 제지로 우리는 건물 앞에서 발만 동동 구르며 서 있었다. '이제 진짜 모든 게 끝이구나' 하는 생각과 함께 다리의 힘이 풀렸다.

불길을 잡고 연기도 어느 정도 빠진 몇 시간 뒤에야 시동생과 나는 화재현장 안으로 들어갈 수 있었다. 300평 정도의 건물 안은 말 그대로 폐허가 되어 있었다. TV에서만 보았던 잿더미 광경을 직접 내 눈으로 보게 되었다. 얼른 기계가 있는 곳으로 뛰어가 보니 천만다행으로 불길이 닿지 않았다. 기계실 앞 방화 철문 덕분이었다. 오래되어 제대로 닫히지도 않는 방화문이지만, 그 불길에서 남편의 기계를 지켜준 일등공신이 되었다.

다음 날 아침에 나는 다시 화재현장으로 갔다. 밤이 아닌 낮에 다시 살펴보다가 나는 내 눈을 의심하게 되었다. 불 속에서 타 버린 것은 구석에 있는 사무실 한 칸과 잠시 보관 중이던 지인의 판매용 가전제품 몇 가지였다. 내가 쓰던 사무실, 1,000평 이상 쌓여 있던 건축자재들, 그리고 가장 중요한 기계, 어느 것 하나에도 불길이 닿지 않았다. 지난밤 잿더미로 보였던 것은 가전제품과 사무실이 타면서 생긴 검은 그을음이 그것들 위에 얹혀 있어서였다.

피해가 작았던 것은 불길이 창가 쪽에서 시작되어 지나가던 사람이 신속히 신고해준 덕분이었다. 그 덕분에 진화작업을 빠르게 할 수 있었다. 하지만 '왜 또다시 내게 이런 좋지 않은 일이 생긴 걸까?' 하는 생각에 전날 다녀왔던 절의 스님에게 전화를 걸었다. 스님께 간밤의 화재에 대해 이야기하고, 원망 섞인 말투로 "초하루라서 부처님까지 뵙고 왔는데, 왜 내게 이런 일이 생긴 걸까요?"라고 물었다. 스님은 그때 내게 이렇게 말씀해주셨다.

"보살님, 어제의 화재는 보살님께 전화위복이 되어줄 것입니다. 화가 복이 되어 돌아올 것이니 걱정하지 마세요. 나무아미타불!"

'전화위복'의 사전적 의미는 '어떤 불행한 일이라도 끊임없는 노력과 강인한 의지로 극복하려 힘쓰면, 불행을 행복으로 바꾸어놓을 수 있다'라는 것이다. 지금 화재로 인한 냄새로 잠시도 있을 수가 없는데, 도대체 무슨 복이 되어 돌아온다는 것인지, 나는 믿을 수 없다고 생각하며, 스님의 말씀을 한 귀로 듣고 한 귀로 흘렸다.

15년 이상을 우리와 함께했던 공간, 그 공간에서 나는 평생 한 번도 겪지 않을 일을 세 가지나 겪게 되었다. 사업 부도, 남편의 허망한 죽음, 그리고 화재까지. 더는 그곳에서 버텨낼 수 있는 희망이 내게는 남아 있지 않았다. 화재 현장은 아무리 복구해도 탄 냄새가 없어지지 않는다. 그리고 닦아도 닦아도 계속 시커멓게 묻어 나오는 그을음은 나를 더욱 힘들게 만들었다. 그 스트레스 때문에 업무를 제대로 볼 수가 없었다. 몇 날 며칠을 고민한 후 나는 이곳을 떠나기로 결정을 내렸다. 여자 혼자 힘으로 커다란 기계와 건축자재들을 새로운 곳으로 옮긴다는 것은 쉬운 일이 아니었다. 큰 덩어리를 옮길 만한 장소도, 돈도 없었기 때문에 더욱 결정이 힘들었다. 하지만 그곳에서 더 지내면, 나 또한 죽을 것 같다는 생각이 들어 무조건 옮겨야겠다고 결정했다.

내 마음이 하늘을 움직인 것일까? 갑자기 적당한 평수, 괜찮은 위치의 땅을 소개받게 되었다. 무엇보다 착한 가격이 마음에 들어 나는 주저하지 않고 계약했다. 물론 주위분들의 조언을 많이 듣고 내린 결정이었다. 교통도 나쁘지 않고, 공장과 물류창고를 짓기에 안성맞춤인 곳이었다. 집을 담보로 대출도 더 받고, 얼마 안 되는 보험금도 보태 모을 수 있는 만큼 돈을 모아 계약했다. 그리고 그곳에 공장과 창고를 짓고 이사하게 되었다. 계약한 땅을 담보로 대출 받고, 공장을 지은 후 건물 대출을 또 받고, 남편의 특허증으로 벤처기업으로 등록한 후, 기술보증기금의 운영자금 대출을 받았다. 그렇게 어렵게 이사에 들어가는 모든 돈을 다 지불할 수 있었다. 지금 생각해보면 그때 내가 어떻게 그렇게 했을까 신기할 따름이다. 화재가 나고 공장을 짓고 새로운 건물로 이사하기까지 걸린 시간은 딱 석 달이었다.

2016년 1월, 그해 겨울 가장 춥고 한파주의보까지 떴던 날, 나는 나의 모든 아픈 과거를 다 옛 공장에 묻고, 지금의 보금자리로 이사했다. '스님께서 말씀하셨던 전화위복이 바로 이것이구나' 하고 깨닫게 되었다. '도저히 할 수 없을 것 같은 일을 내가 해냈구나' 하며 나를 위로하고 토닥였다.

집안 모든 일을 남편이 다 알아서 해주었기 때문에, 그때의 공장 이전은 나에게는 실로 엄청나게 큰일이었다. 이사하던 날, 나는 혼자 눈물을 닦았다. 곳곳에 남아 있는 남편의 흔적과 추억이 나를 너무나 아프게 만들었다. 우리의 젊은 날을 보냈던 곳, 열악한 환경 속에서 살기 위해 몸부림쳤던 그곳에서의 시간이 생생하게 파노라마처럼 스쳐 지나갔다. 새롭게 지어진 공장을

보며, '여기서 남편이 일할 수 있었더라면 얼마나 좋았을까?' 하
는 생각이 들었다. 그래서인지 한동안 좋은데도 좋은 느낌이 들
지 않았다.

　지금 이곳으로 옮겨오고 어느덧 7년이 지나고 있다. 지난날을
생각하면, '내가 어떻게 그 일을 해냈을까?' 하는 생각이 들지
만, 지금 나는 또다시 새로운 꿈을 꾼다. 이곳 공장이 좁다는 생
각이 들어 지금부터 2~3년 뒤 더 큰 공장으로 이전해 운영하고
자 한다. 나는 나의 제2의 공장을 경기도 쪽에 새롭게 지을 것이
다. 나는 생생하게 꿈꾸면 반드시 이루어진다는 것을 간절히 믿
는다. 그래서 또다시 계획을 세우고 행동력을 모은다. 다시는 절
에 가서 부처님을 찾지 않을 것이다. 7년 전의 나약했던 정문교
가 아니다. 이제는 이 세상 누구보다 나 자신을 믿기 때문이다.
나는 나를 완전히 믿는다.

04
어쩌다 사업가가
되었지만

       내가 처음 남편의 회사에 출근했을 때, 나는 새로운 경리를 구할 때까지만 출근을 한다고 생각했다. 하지만 그로부터 19년이 지난 지금도 나는 여전히 출근을 하고 있다. 19년 전과 다른 것은 나의 명함에 적힌 직함이다. 지금 나의 자리, 나의 위치는 내가 원했던 것도 아니고, 내가 꿈꾸었던 것도 아니었다. 남편의 사업이 곧 나의 일이고, 우리 가족을 위하는 것이라는 생각으로 일을 했다. 그리고 그 생각이 현재 나의 자리를 만들어주었다. 자리가 사람을 만든다고 한다. 나의 자리는 늘 책임져야 하는 자리였다. 집에서도, 회사에서도 나는 늘 책임지는 위치였다. 누군가에게 떠넘길 수도 없는 위치였다.

  나는 빚을 지는 것이 너무나 두려운 사람 중 한 명이다. 세상에 빚을 좋아하는 사람이 어디 있겠냐마는, 나는 빚으로 인해 자유를 잃어보았기에 빚이 너무나도 싫었다. 그렇지만, 지금의 나의 자리를 만들기 위해 나는 또다시 은행에 빚을 내야만 했다. 화재로 인해 사무실과 공장을 옮기면서 나는 담보대출, 신용대출, 기술보증기금대출 등 몇억 원의 빚을 지게 되었다. 간혹 주위 사람들이 어떻게 여자 몸으로 공장을 짓고 운영해나갈 수 있냐고 묻는다. 썩 좋은 느낌의 질문은 아닌 듯하다. 세상에는 훌륭한 여성 기업가들이 수없이 많다. 잘할 수 있을 것 같은 에너지가 넘쳐 보인다는 말이 나에게는 훨씬 더 동기부여가 된다.

예전에 졌던 빚은 가라앉는 배를 조금이라도 천천히 가라앉게 하기 위한 하나의 약한 밧줄 같은 것이었다. 빚에 빚을 더함으로써 그 이자가 나중에는 약한 밧줄마저도 끊어지게 만들어버리는 악순환의 고리였다. 하지만 지금의 빚은 사업을 성장시키기 위한 운영자금이다. 더 나은 사업 환경을 만들고, 더 큰 매출을 만들기 위한 기름 같은 역할을 하는 것이다. 두 가지 모두 은행에 이자를 주며 쓰고 있는 돈이지만, 성격이 완전히 다른 빚이다.

사업을 하면서 자기 돈으로만 하는 것은 바보라고들 한다. 눈먼 정부 돈을 활용하는 능력이 최고의 능력이라고 사람들은 이야기한다. 하지만 눈먼 정부 돈은 없다고 생각할뿐더러 나의 능력이 그러한 돈을 활용하기에 부족함을 많이 느낀다. 한때 정부

정책자금을 받도록 컨설팅하는 업체의 전화가 수도 없이 많이 왔다. 이제는 그들이 전부 사기꾼이라는 것을 안다. 컨설팅이라는 번지르르한 단어를 쓰며 뒤에서 크게 수수료를 챙겨 먹는 사기꾼들이다. 도와줄 사람 하나 없는 망망대해 위에서 믿을 것은 오직 나 자신이라는 것을 많이 배우게 된 시간이었다. 옛날처럼 빚이라는 괴물에게 나의 뒷덜미를 잡히는 어리석은 짓은 두 번 다시 하지 않으리라 다짐한다.

새로 이사한 보금자리는 나에게 인복, 돈복, 그리고 일복까지 가져다주었다. 서서히 이곳에서 자리를 잡아가고 있다. 두 개의 건물을 나란히 쌍둥이 건물로 지어서 하나는 내가 쓰고, 또 하나는 시동생이 쓰고 있다. 나는 공장을 하고, 시동생은 건축자재 도매업을 계속해나갔다. 남편과 내가 부도를 내며 포기했던 그 사업을 시동생은 묵묵히 잘하고 있다. 시동생이 같이 있는 것만으로도 나는 든든하다. 시동생이기보다는 늘 함께하는 사업 파트너 같은 느낌이다. 결혼 전 잘 다니던 제약회사를 나의 말 한마디에 그만두고, 형님과 함께하기 위해 우리에게 와준 고마운 분이다. 그때 선택을 다르게 했더라면 지금은 어떤 모습으로 살아갈까, 가끔 의문이 들기도 한다. 우리는 늘 선택의 순간 속에 살고 있다. '인생은 B와 D 사이에 있는 C'라는 말이 문득 생각이 난다. B는 탄생, D는 죽음, 그리고 C는 선택이다. 내가 어떤 선택을 하는가에 따라 나의 인생은 방향이 달라지기 때문이다.

'끝에서 생각하라.' 내가 원하는 모습의 끝을 생각하고, 그 끝의 내가 되어 생각하고 선택하라는 의미다. 나에게 많은 깨우침을 주는 말이다. 우리는 살아가면서 늘 한 치 앞도 내다보지 않고 선택하며, 결정을 내린다. 그렇게 습관이 되어 살고 있다. 10년 뒤의 나의 모습을 상상하고, 그 모습의 나라면 어떤 선택을 할 것인가를 고민하다 보면, 분명 인생에서 더 나은 선택을 할 수 있을 것이다. 더 나은 선택을 위한 필수가 간접경험을 배울 수 있는 독서다. 책 속에 길이 있다는 말은 분명 이유가 있다.

결혼 전 시동생의 선택은 1년도 채 내다보지 않은 선택이었다. 하지만 지금 와서 돌이켜 보면, 그때의 선택이 최악은 아니었다고 생각해주길 바라고 있다. 함께 공장을 맡아주고 있는 나의 제부도 순간의 선택으로 지금의 자리에 있다. 남편의 암이 재발되기 전, 제부가 남편의 기술을 배우지 않고, 우리와 함께하지 않았더라면, 지금의 공장은 만들 수도 없고 존재할 수도 없다. 딱 그 시점에 제부도 새로운 일을 찾아야만 했고, 직원을 둘 형편이 되지도 않았지만, 우리는 그렇게 한배를 타게 되었다. 그 후 남편의 암이 재발했고, 또다시 수술해야만 하는 상황이었다. 모든 것이 순간의 선택이었다. 10년 뒤, 20년 뒤를 내다보고 결정한 것은 아무것도 없었다. 그렇지만 그 선택을 나는 아주 많이 감사하게 생각한다.

가족이 함께 사업을 하면 가족이기에 가능한 일도 많지만, 또 가족이기에 할 수 없는 일들도 많다. 그러한 이유로 막냇동생은 결국 나와는 다른 길을 걷게 되었다. 그때의 선택은 한 치 앞도 내다보지 않은 순간의 선택이었지만, 지금 나는 내 가족들과 함께 걸어갈 10년 뒤를 생각한다. 어느새 모두 쉰을 넘긴 나이가 되어버렸다. 함께한 세월을 돌아보면 어느 순간 나이를 먹은 것이 보이곤 한다. 그 모습에 때로는 가슴이 아려온다. 나를 만나 고생만 하는 것 같은 생각도 든다.

서로 자기의 욕심만 생각한다면 절대 함께할 수 없었음을 나는 잘 알고 있다. 그래서 더 감사하다. 나의 시동생에게 감사하고, 나의 제부에게 감사하다. 그 덕분에 새로운 곳으로 옮겨왔고, 매출도 점점 더 늘어간다. 예전 남편과 둘이 할 때와 비교하면 엄청난 성장을 이룬 것이었다. 규모가 커지고 매출이 늘어나는 만큼 지출도 커졌다. 모든 것이 비례해서 커지는 반면, 나의 생각의 크기는 큰 변화가 없는 듯했다. 나에게 주어지는 것들이 당연한 것이라고 생각하고 있었다.

어느 날, 예전에 어음 두 장을 들고 찾아갔던 공장 회장님의 따님이 나를 만나러 오셨다. 자신들의 공장에서 생산하는 제품에 2차로 다시 인쇄해 또 다른 제품으로 생산하는 것이 궁금한 것이었다. 회장님의 큰 따님이 회사의 실무를 거의 맡아서 보고 있었다. 담당 비서와 동행해 작은 나의 공장을 방문하셨다. 작은 규모의 공장이었지만, 분명 차별화된 고부가 제품에 관심을 가지셨다. 그리고 함께 비즈니스 파트너가 되어 할 수 있는 일을 찾아보자고 말씀하셨다. 그리고 다음 달에 중동으로 출장을 가는데 나에게 함께 갈 것을 제안하셨다. 경비는 일체 회장님께서 다 대주신다고, 나는 몸만 움직이면 된다는 것이었다. 살면서 중동에 갈 기회가 또 있을까 생각하며, 나는 흔쾌히 함께 가겠다고 했다. 중동 출장의 목적이 무엇인지 아무것도 알지 못한 채 관광을 간다는 마음으로 함께하기로 했다.

그해 12월, 한참 송년회다 뭐다 모임이 많은 달이었다. 나는 모임 일정을 취소하고, 중동으로 가는 비행기를 타게 되었다. 난생처음 비즈니스석을 타고 중동 두바이 공항으로 갔다. 12시간 정도의 비행이었지만, 비즈니스석은 호텔에 머무르는 것같이 편안하기만 했다. 에미레이트항공 승무원들의 서비스는 최상급이었다. 독립된 좌석에 앉아서 영화도 보고, 누워서 잠도 자며, 최고의 음식을 제공받았다. 12시간의 비행이 전혀 힘들지 않은 시간이었다. 그 시간 동안 많은 생각이 스쳐 지나갔다. 어음 두 장을 들고 회장님께 찾아갔었던 그 암울했던 기억이 아직도 생생하다. 하지만 그 회장님의 배려로, 나는 난생처음 비즈니스석에 앉아 머나먼 중동을 가게 된 것이다. 아무리 생각해도 꿈만 같은 일이다. 역시 사람은 오래 살고 봐야 한다는 말이 생각난다. 순간 또다시 남편의 얼굴이 떠올랐다. 살면서 비행기를 타본 것이 제주도 신혼여행밖에 없었던 나의 남편이 생각이 났다. 비행기 창밖을 보며 "당신이 못해본 것까지 내가 다 해보고 살다가 갈게"라며 혼잣말을 했다.

중동 출장은 나를 포함해 여섯 회사의 대표들이 함께했던 자리였다. 두바이에서 1시간 정도 더 비행기를 타고 '바레인'이라는 나라를 방문했다. 중동의 여러 나라 중 가장 개방적인 나라였다. 사우디 여성들도 그곳에 와서는 술도 마시고 유흥을 즐기는 그런 나라였다. TV에서 보던 히잡을 두른 사람들이 눈앞에 있었다. 이목구비가 뚜렷한 그곳 사람들은 남녀 모두가 미남, 미녀였다. 특히 내 눈에는 남자들이 모두 미남으로 보였다. 전통 의상을 입고 공무를 보고 있던 한 공무원 남성은 아직도 잊히지 않는 이목구비의 조각 미남이었다.

우리는 제조회사가 없는 바레인에서 세계 각국의 제조공장을 자기네 나라로 유치하기 위한 경제포럼을 개최해 그 경제사절단으로 가게 된 것이었다. 'Made in Bahrain'을 달고 세계로 수출하는 것이 목적이었다. 우리는 여러 곳의 행사에 다니며 바쁜 일정을 소화했다. 세금 혜택부터 모든 것이 너무나 파격적인 조건의 브리핑을 들었다. 그리고 일행들 속에서 우리 회사 제품의 샘플도 최고 의장님에게 전달하고, 설명하는 기회도 가졌다. 공장 유치를 위한 터 닦기가 거의 다 마무리된 공단은 그 규모가 어마어마했다. 하지만 중동이라는 지리적 위치나 기후조건으로 아무리 파격적인 조건을 제시하더라도 쉽게 제조공장들이 옮겨 올 수는 없는 환경이었다.

나에게는 그곳의 방문이 하나의 경험이 되었다. 처음부터 어떤 목적을 가지고 함께했던 자리가 아니었기에 낯선 나라, 낯선 환경을 경험할 수 있는 시간이었다. 해외 진출이라는 큰 꿈은 꾸어본 적이 없었기에 그때의 시간은 좋은 경험의 시간으로만 남게 되었다. 그리고 나를 찾아왔던 회장님의 따님과도 더 이상 사업적인 교류를 갖지는 못했다. 내 생각의 크기가 커지지 않은 탓이었다. 지금의 나라면 아마도 다른 결과를 만들어내지 않았을까 하는 생각을 해본다. 생각의 크기를 키우는 것은 많은 연습이 필요함을 다시 한번 절실히 느낀다.

05
세상에
공짜는 없다

　　내가 유독 싫어하는 단어가 하나 있다. 바로 '대박'
이라는 단어다. '빚'이라는 단어도 싫어하지만, '대박'이라는 단
어는 더욱 싫어한다. 대박의 사전적 의미는 '어떤 일이 크게 이
루어짐을 비유적으로 이르는 말'이라고 한다. 하지만 나에게
'대박'은 크게 이루어지기 전에, 그 반대인 '쪽박을 차는 지름길'
의 의미로 남아 있다. 한마디로 사기꾼들이 가장 즐겨 쓰는 말
중 하나라는 의미로만 생각되는 것이다.

　특허를 받고 남편의 주위에 몰려드는 사람들은 죄다 그런 부
류의 사람들이었다. 돈을 좇아가면 절대 안 된다는 상식적인 말
이 있다. 하지만 돈에 너무나 목말랐던 남편에게 그들의 말은 달
콤한 설탕같이 들렸다. 그들은 남편의 특허를 이용해 정상적이

지 않은 돈을 만들려고 했다. 그때 내가 남편에게 가장 많이 들었던 말은 바로 '대박'이었다. 남편은 "이것만 되면 우리는 대박이다"라는 말을 수시로 했다. 처음 몇 번은 남편의 말을 아무런 의심 없이 들었다. 그리고 나도 희망에 부풀어서 뜬구름을 잡으며 시간을 보냈다. 하지만 몇 번이나 반복되는 대박 신화의 망상은 결국 사기라는 것을 알게 되었다. 나에게 늘 똑똑한 척하며 때로는 나를 무시하던 남편도 세상 물정 모르고 순진하기는 마찬가지였다. 좋은 표현으로 순진한 것이었다.

　그들은 브로커였던 것이었다. 그들은 제품을 만들어 정상적인 유통을 하는 것이 목적이 아니었다. 오로지 제품을 통해 비정상적인 큰돈을 만들 연구를 하는 사람들이었다. 명분은 제품 판매지만, 실질적인 목적은 회사의 자금세탁이었다. 그것을 위해 일반적인 단가가 측정되어 있지 않은 남편의 제품을 고가의 가격으로 납품하고 이용하려 했던 것이었다. 제품을 만드는 남편에게는 푼돈을 주고, 실질적 이득은 그들이 취하는 것이 목적이었다. 남편은 그들과 함께 어울리며 귀중한 시간을 낭비하고 있었다. 또한, 남편의 특허증으로 정책자금도 받으려고 많이 애쓰기도 했다. 일단 자금을 받는 게 목적이었기에 책임은 고스란히 남편과 나의 몫이 되었다. 자신들의 도움으로 늘 남편의 사업이 크게 성장하기를 바란다는 허울 좋은 말로 남편을 설득했다. 너무나도 돈에 목말랐던 남편의 처지를 이용하고, 신뢰라는 감정으로 포장해 그들은 남편의 눈과 귀를 막고 있었다.

그 당시 눈만 뜨면 그들에게 들던 소리가 바로 '대박'이었다. 불행 중 다행으로 그들이 하고자 했던 그 어떠한 것도 이루어진 것은 없었다. 그들이 말하는 대박의 꿈은 그렇게 물거품이 되어 버렸다. 소중한 시간을 들여 세상 경험을 할 수 있는 시간이었다. 그렇지 않았다면 우리는 진짜 모든 것을 잃을 수도 있었다.

세상에 공짜가 어디 있을까? 그것도 세상 물정이라고는 모르는 우리의 손에 들어올 그런 돈은 절대로 없다. 우리의 정당한 노력의 결과물이 돈이 되어 들어오는 것이 정상이다. 대박이라는 큰 결과는 나의 큰 생각과 엄청난 노력에 주어지는 기적이라는 것을 그때의 경험으로 알게 되었다.

의식성장의 대가인 네빌 고다드(Nebil GoDard)는 이렇게 말했다.

"기적은 의식을 뒤따라올 뿐, 그것보다 먼저 일어나지는 않는다."

내 생각과 의식이 먼저 머물러 있는 곳에 기적은 따라오는 것이라는 뜻이다. 네빌 고다드의 책을 통한 의식성장은 그동안의 나의 상식을 많이 깨어주었다.

네빌 고다드는 '가난하게 살지 않게 해주세요', '아픈 몸을 씻은 듯이 낫게 해주세요', '나의 빚을 다 갚을 수 있는 큰돈을 벌게 해주세요'와 같은 기도는 아무리 해도 이루어지지 않는다고 이야기한다. 가난하거나 몸이 아픈 현실을 내가 인정하고, 그 현실의 틀에 갇혀 있는 한 절대로 내가 바라는 나의 미래는 내게로 오지 않는다는 것이다. '나에게 큰 풍요와 부를 주셔서 감사합니다', '나에게 넘치는 건강한 에너지를 주셔서 감사합니다'와 같이 이미 내가 원하는 미래 모습을 다 이룬 모습을 생생하게 상상하고, 그것에 대한 감사를 늘 기도하는 것이 올바른 기도라고 책에는 적혀 있다. 내가 가난을 생각하고, 아픈 몸을 생각하는 순간, 그 생각이 먼저 우주에 전달된다는 말이다. 대박이라는 것은 이미 내가 큰돈을 벌고 있는 그 순간을 늘 상상하고 감사의 기도를 했을 때, 나에게 기적처럼 주어지는 것이라고 한다. 그리고 더 중요한 것은 그렇게 됨을 스스로 강력하게 믿는 믿음, 의심하지 않는 믿음이 가장 중요한 것이라 했다.

'수도 없이 읽었던 부를 이루는 자기계발도서의 핵심이 바로 이것이구나' 하는 것을 깨닫게 되었다. 전혀 와닿지 않던 'R=VD'라는 《시크릿》의 끌어당김 법칙이 100% 이해가 되었다. 부의 습관 중 가장 강력한 '시각화'를 늘 해야만 하는 이유도 명확해졌다. 현실의 걱정거리를 가득 안고 살아가는 것이 습관이 된 우리가 그 모든 걱정을 남의 일처럼 머릿속에서 지워버리는 것은 쉬운 일이 아니다. 또한, 살아보지 않은 미래의 풍요로운 모습을 상상하는 것도 쉽지 않다. 풍요로운 미래를 떠올리고 상상하다 보면, 어느 순간 현실 속에 앉아 있는 나를 발견하게 된다. 한 번도 경험하지 않았던 미래를 상상하기 위한 연습이 필요한 이유가 바로 이것이다. 스노우폭스의 김승호 회장님, 켈리 최 회장님, 이 두 분 모두 무에서 유를 이룬 대표적인 현시대 인물이다. 내가 존경하는 두 분의 공통점은 원하는 것을 생각하며 100번씩 썼다는 데 있다. 100번 쓰기를 해보면 최소 30분은 걸린다. '이것을 왜 하는 거지?' 의심하면서도 따라 했다. 독자 여러분들에게도 네빌 고다드의 책을 꼭 추천한다. 책 속에 적힌 내용을 마음으로 이해하고, 반드시 실천하며, 자손들 또한 실천할 수 있도록 가르침을 주길 진심으로 바란다. 일반인들은 절대로 모르는 진정한 부의 핵심 비밀이 그 책 속에 담겨 있다.

김승호 회장님의 책을 읽고, 나 또한 100번 쓰기를 하기 시작했다. 나는 매일 '우리 회사의 제품을 우리나라 3대 승강기 회사에 납품한다. 그리고 당당하게 우리 회사를 등록시키고, 우리나라 전국 아파트의 승강기 바닥에 우리 회사의 제품이 깔린다'라고 썼다. 차를 타고 다니며 수많은 아파트를 볼 때마다 "저건 다 내 거야"라고 외치며, 그곳에 우리 회사의 제품으로 시공되어진 승강기를 상상하며 운전을 한다.

그 덕분일까? 현재 나는 3사의 관계자들과 만나 미팅을 하고 있다. 내가 상상하는 만남이 현실에서 매일매일 이루어지고 있다. 그들에게 우리 회사의 제품에 대한 호평을 들었을 때는 하늘로 날아오를 것만 같이 기뻤다. 나는 더욱 확신에 찬 목소리로 그들과 대화를 나눌 수 있었다. 대기업의 문턱을 넘는 것이 나의 목표다. 그들이 쉽게 그 문턱을 내어주지 않는다는 것도 잘 알고 있다. 하지만 나는 뛰어넘을 수 있는 작은 걸림돌이라는 것을 이제는 알고 있다. 결코 나에게 뛰어넘지 못할 벽이 되지 않을 것이라고 믿고 확신한다.

나는 요즘 더욱더 강력하게 상상을 한다. 이미 내가 원하는 모든 것이 다 이루어지고, 시스템적으로 안정된 공장의 모습을 세세한 부분까지 눈 감고 상상한다. 그렇지만 대박이라는 표현은 생각조차 하지 않는다. 모든 것은 나와 함께하는 사람들의 노력에 의한 결실이다. 그러한 노력을 대박이라는 표현으로 덮고 싶지는 않다. 내가 대박이라는 단어를 싫어하기 때문일 것이다. 사업을 하며 앞만 보고 달리는 것은 의미가 없다. 앞이 아니라 한 단계 위, 두 단계 위를 보며, 우리는 위로 올라가야만 한다. 그렇게 했을 때 업계 최고의 자리는 나의 자리가 되고, 더불어 자손들에게도 대물림이 가능한 사업체가 될 수 있다.

가방 한가득 책을 넣고 미국행 비행기를 탔던 김승호 회장님도, 10억 원 빚을 지고 센강 다리에서 뛰어내리려고 했던 켈리 최 회장님도 결코 지금의 성공을 그 순간에는 알지 못했을 것이다. 자신들을 지금의 성공자로 만든 것은 오로지 상상의 힘이라고 두 분은 강력하게 말한다. 그리고 자기 자신에 대한 믿음, 오로지 이 두 가지의 자산만으로 지금의 성공을 이룬 것이다. 나 또한 존경하는 두 분의 두 가지 자산을 나의 것으로 만들어가고 있다. 통장에 30만 원 남겨놓고 부도가 났던 그 시절로부터 10여 년이 지난 지금의 내 모습을 돌아보면, 이 또한 나의 상상의 결과물이라고 생각한다. 상상 속에 내가 원하는 구체적인 부의 크기까지 정하고, 기한을 정한다. 기한이 정해지고 원하는 돈의 액수까지도 명확해진다면, 이룰 수 있는 힘이 더욱 강력해질 것이다. 반드시 된다는 믿음으로 생생하게 하는 것이다. 세상에 절대로 공짜는 없다. 기적처럼 보이는 일이 생겼더라도 기적 앞에는 반드시 누군가의 강력한 상상의 힘이 먼저 존재했음을 나는 다시 한번 강조한다.

06
돈이 나를
철들게 만들다

세상에는 투자하는 사람과 투기하는 사람, 이 두 부류가 있다. 투자하는 사람은 먼저 공부를 선행한다. 고수를 찾고, 책을 보고 공부한 후에 적은 돈으로 경험을 쌓고, 점점 더 투자의 규모를 키워나간다. 투기하는 사람들의 특징은 공부하지 않는다는 것이다. 그리고 단기간에 돈을 벌어보겠다는 욕심부터 갖는다. 무엇보다 귀가 얇다. 투자하고자 하는 분야의 배경지식이 약하기 때문에 귀가 얇은 것이다. 누군가 돈 되는 정보라 이야기하면 불나방처럼 뛰어든다. 투기의 끝은 결국 소중한 내 돈을 잃는 것이다. 돈도 잃고, 사람도 잃는다. 나는 지금 너무나 상식적인 이야기를 하고 있다. 하지만 욕심이라는 마음이 자리 잡게 되면, 상식적이지 않은 이야기가 자신의 이야기가 된다.

내가 알고 지내던 지인 중 한 분은 경매 투자를 하며 자산을 늘려가셨다. 주로 작은 아파트나 빌라를 경매를 통해서 매수를 했다. 그리고 적은 돈을 들여 수리한 후 다시 시세만큼 받고 매도하는 것이었다. 시세보다 훨씬 적은 금액으로 매수하고, 수리해서 제값을 받는 그 장사가 나에게는 굉장히 매력적으로 보였다. 그 당시에는 경매 투자를 하는 일반인이 잘 없었기에, 조금만 관심을 가지면 일반인도 돈을 벌 수 있을 때였다. 하지만 정보가 넘쳐나고 많은 사람들이 경매로 몰리는 지금은 일반 사람은 돈을 벌기가 어려운 투자 방법 중 하나다. 정보력과 자본력 모두를 갖추어야만 돈을 벌 수 있는 장이 되어버렸다. 당시 지인을 보며 호기심이 생긴 나는 경매의 기본을 배우는 책을 사서 보고, 경매의 기본 용어도 익히며, 여러 가지 사례도 접해보았다. 모든 것이 책을 통하고, 인터넷을 통한 간접경험이었다. 그러다 곧 나는 현실이라는 벽에 부딪혔다. 무엇보다 용기 부족으로 한 번도 경매를 해보지는 못했다.

몇 년의 시간이 흐르고, 회사의 매출도 점점 늘어나 통장에는 약간의 돈이 모이기 시작했다. 여전히 퇴근 후 저녁 시간이 되면 나는 집에 들어가기가 싫었다. 아이들도 없는 집에 나 혼자 있기가 여전히 무섭고 허전했다. 이곳저곳의 모임을 나가며 저녁 시간을 보내고 있었다. 그때 나는 난생처음 골프를 시작하게 되었다. 친정아버지께서 오래전부터 하고 계셨던 운동이었지만, 부자들만 하는 돈이 많이 드는 운동이라는 생각에 한 번도 해보려 하지 않았다. 하지만 주위에 많은 사람이 하고 있었고, 시간을 보내기에 적당할 것 같은 생각에 나는 골프를 선택하게 되었다. 운동신경 없기로 유명한 나에게 골프는 역시나 쉽지 않은 운동이었다. 골프는 혼자가 아닌, 함께하는 운동이었기에 나는 골프 동아리도 찾아서 가입했다. 완전 초보인 나를 가입시켜주고 함께해주는 것이 굉장히 고마웠다. 낯선 사람들과의 모임은 해본 적도 없었던 내가 골프동아리에 가입한 것은 실로 큰 사건이었다. 다양한 직업군의 사람들, 다양한 나이의 사람들과 교류할 수 있었다. 그중에 경매를 업으로 하는 사람도 있었다. 호탕한 성격의 그 사람은 여러 사람과 금방 친하게 지내며, 나에게도 나이가 같다는 이유로 친하게 다가왔다. 초보인 나를 동반자로 해서 함께 라운딩도 하면서 이것저것 골프의 기본 에티켓을 많이 가르쳐주었다. 나로서는 너무나 고마웠다.

친구라는 이름으로 관계를 만들며, 경계를 허물어버리게 하는 재주가 탁월한 사람이었다. 그러면서 나는 자연스럽게 그 사람이 하는 경매에도 관심을 갖게 되었다. 괜찮은 물건이 나오면 소개해주겠다는 그의 말을 듣고 내심 기대하고 있었다. 몇 년 전 꼭 한번 해보고 싶었던 경매를 할 수 있는 기회가 주어진다는 생각에 설레기까지 했다. 어느 날, 그에게서 전화가 왔다. 대구 칠곡에 싸게 건질 수 있는 괜찮은 물건이 있다는 것이었다.

해보고 싶은 생각이 있으면 자신은 하지 않고 나에게 넘겨주겠다고 했다. 평소 골프를 여러 번 같이 하며 신뢰를 쌓았다고 생각했기에, 나는 의심하지 않고 그의 말을 그대로 믿었다. 그리고 내가 한번 해보겠다고 이야기했다. 그는 현장은 자신이 직접 가서 다 확인을 했으니 내가 안 봐도 될 거라고 말했다. 그래도 되나 순간 생각했지만, 비전문가인 나보다 전문가의 말을 듣자는 쪽으로 결론을 내렸다. 그의 설명에 의하면 적은 돈 투자로 몇 달 뒤에 5,000만 원 정도는 벌 수 있는 건물이라고 했다. 그 말을 의심 없이 그대로 나는 믿었다.

  며칠 뒤, 법원에서 만나기로 약속하고, 나는 5,000만 원을 번다는 생각으로 며칠을 구름 위에서 보냈다. 며칠 뒤 법원에서 그를 만나서 시키는 대로 금액을 적고, 꼼꼼히 확인 후 투찰함에 봉투를 넣었다. 잠시 후 물건번호를 부르며 낙찰자 이름을 불렀다. 단독입찰로 내가 된 것이었다. 아무도 입찰을 하지 않은 것이 순간 이상하게 생각되었지만, 그보다도 내가 최종낙찰자라는 것이 기뻤다. 그렇게 해보고 싶었던 경매를 경험 많은 지인의 도움으로 쉽게 하게 되었다는 기쁨이었다. 그날 밤 감사의 의미로 함께 식사를 했다. 그 자리에서 그는 나에게 자신이 소속되어 있는 부동산에 수수료를 보내야 한다고 말하며, 경매 물건을 낙찰되게 힘써준 것에 대한 수수료라고 설명했다. 나의 처음이자 마지막 경매는 그렇게 시작되었다.

그때의 그 건물은 아직도 나에게 애물단지로 남아 있다. 나의 욕심이 모든 신경을 마비시켜버린 일생일대의 치욕스러운 경험이다. 은행 대출로 나머지 잔금을 치르고, 나에게로 명의가 이전된 후 주소지를 찾아가 그곳의 주인을 만났다. 그는 어쩌다가 그렇게 높은 가격으로 이런 건물을 낙찰받았냐며 오히려 나를 걱정했다. 집을 비우고 식구들과 딴 곳으로 이사 가야 하는 사람이 오히려 자신의 집을 낙찰받은 나를 걱정하는 웃지 못할 일이 생긴 것이다. 한마디로 나는 돈을 들여서 쓰레기를 산 꼴이었다. 그것도 대출까지 받아서 산 아주 비싼 쓰레기였다.

경매는 아무나 하는 것이 아니라는 부끄러운 경험을 하고, 나는 다시는 그쪽으로 쳐다보지도 않는다. 세상에는 절대로 나의 돈을 공짜로 불려줄 사람은 없다는 것을 배우게 되었다. 현재나는 미니 이탈리안 그레이하운드 품종의 강아지 한 마리를 키우고 있다. 그 사람이 키우던 강아지다. 며칠만 내가 데리고 있겠다고 한 것이 이제는 나의 소중한 식구가 되어버렸다. 내 옆에서 애교를 떠는 강아지를 보며, 비싼 돈을 주고 데려온 강아지라고 스스로 위로한다. 세상을 배우고, 사람을 배우는 최고의 지름길은 '돈 주고 배우는 것'이다. 이 말을 뼛속 깊이 새긴 경험이었다.

이후 나는 주식 스승을 만나게 되었다. '부자아빠주식학교'를 운영하고 계시는 정재호 대표님이다. 유튜브를 통해서 알게 되었고, 그분이 직접 쓰신 《주식 투자는 마음의 사업이다》를 읽게 되었다. 투자에서 욕심을 버리라는 것이 핵심인 책이다. 책 한 권 읽지 않고, 공부도 하지 않는 주린이가 주식 시장에 들어와서 돈을 벌겠다는 생각을 하는 것 자체가 욕심이라고 늘 말씀하셨다. 개미들이 주식 시장에 들고 들어온 돈은 모두 다 수업료로 나갈 것이니 돈은 조금만 들고 와서 공부부터 하라고 강조하신다. 일흔을 넘긴 연세에 당신이 평생 주식 투자를 경험하면서 얻은 것들을 초보 투자자들에게 전달해주신다. 물론 고가의 유료회원모집 사이트 운영도 하고 있다. 회사의 목적은 이익 창출이기에 유료회원도 있어야 회사 운영을 할 수 있다. 그렇지만 쉽게 주식장에 뛰어들어서 결국은 돈 잃고, 가정까지 파탄 나는 개미들에게 많은 가르침을 주는 분이라고 나는 확신한다. 부자들의 선한 영향력을 몸소 실천하시는 분이다.

처음에는 대표님의 강의가 이해가 안 되었다. 그리고 코스피 지수가 올라가는 주식의 장이 좋았던 시점에 수익을 내는 계좌를 보며, 뛰어난 나의 능력이라는 착각도 했다. 시간이 흐르고 현재 경제에 빨간불이 켜지고, 저성장 고물가로 접어든 시점에 정 대표님의 가르침은 너무나 큰 깨달음을 주고 있다. 그리고 파란불이 켜진 나의 주식 계좌를 봐도 마음이 흔들리지 않는 용기도 함께 생겼다. '주식은 마음의 사업'이라는 대표님의 말씀을 어느 정도 이해한 것이라는 확신이 든다.

공부가 바탕이 되고, 자기 자신의 그릇 크기에 맞는 올바른 투자를 한다면, 그것은 절대 투기가 되지 않음을 배울 수 있는 시간이었다. 세상에는 각 분야의 고수들이 너무나도 많다. 하지만 내 마음속에 욕심이 먼저 자리 잡게 되면, 절대로 제대로 된 고수를 만날 수가 없다. 고수를 알아볼 수 있는 눈을 가지고 있는 것 또한 고수다. 이것이 책을 읽어야 하는 이유 중 하나다. 내 마음이 혼란스럽고, 불안한 상태면 그 마음을 먼저 엿보는 것은 사기꾼들이다. 부끄럽지만 내가 고맙게 생각했던 그 사람은 나의 욕심과 무지를 먼저 읽어버린 사기꾼이었다. 책을 읽고 공부하고, 마음의 고요를 유지할 때 내가 만나는 인연은 나에게 참된 스승이 되어줄 것이다. 그리고 나 또한 누군가에게 스승이 되고, 멘토가 되어줄 수 있다.

07
남편이 나에게
남겨준 달란트

작년 말, 나는 업무차 서울의 강남 테헤란로를 방문했다. 나와 몇몇 지인이 함께 가게 되었다. 우리는 테헤란로의 중심에 우뚝 서 있는 ○○오피스텔에 주차하고, 건물로 올라가는 엘리베이터를 탔다. 순간 나는 "어머나" 하며 짧게 환호성을 질렀다. 내 발밑에 버티고 있던 것은 바로 우리 회사에서 생산하는 제품이었다. 몇 년 전, 서울에 시공했던 바로 그 제품이었다. 생각지도 않은 장소에서 나의 새끼를 만난 듯 너무나 반갑고 기뻤다. 몇 년이 흘러도 여전히 우아하고 고급스러운 느낌으로 강남 한복판에서 자태를 뽐내고 있었다. 같이 갔던 지인들도 "너무 고급스럽다"라고 말하며 칭찬을 아끼지 않았다. 위로 올라만 가는 나의 어깨를 겨우 붙잡아 내리고, 우리는 목적지로 향했다. 나의 입은 온종일 귀에 걸려 있었다. 밥 먹지 않아도 배

부른 그런 하루였다.

그곳에 있던 바닥재는 기계를 붙잡고 새벽에 하소연하기도 하고, 죽을 고생을 하며 만들어낸 남편의 제품이었다. 우리 제품은 수도 서울에 시공되어 있고, 제일 끝 제주도에도 시공되어 있다. 수량이 많지는 않지만, 전국 곳곳에 우리 회사의 이름을 알리고 있다. 대구에서 이마트 내에 있는 영화관을 갔을 때도 그곳에서 도도하게 자리를 지키고 있었다. 대한민국의 엘리베이터 속에 점점 자리를 잡아가고 있는 중이다. 남편의 기술은 강화유리에 접목하고, 그것을 새로운 바닥재로 출시하게 되었다. 대중적인 바닥재가 아닌, 승강기라는 특수목적의 공간을 겨냥해서 만들었다. 한마디로 틈새시장을 파고드는 제품이었다. 처음 강화유리로 바닥재를 만든다고 했을 때, 대부분의 반응이 부정적이었다. 통상 던지는 질문은 첫째, 미끄럽지 않습니까? 둘째, 잘 깨지지 않습니까? 이 두 가지 질문이 거의 전부였다. 그러한 질문의 문제점이 계속 이어지고, 빈번했다면 우리 회사는 오늘까지 올 수도 없었을 것이다.

나는 작은 시장부터 차츰차츰 파고들며 전국에 점을 찍고 있었다. 빌딩 안에 있는 한두 대의 승강기부터 시작해서 작은 규모의 아파트를 시공했다. 그리고 좀 더 세대수가 큰 아파트 순서로 제품의 영업을 조금씩 넓혀나갔다. 제품의 치명적 결함을 찾아내기 위해서였다. 작은 시장에서 문제가 발생하면 바로 대처할 수 있기 때문이다. 바로바로 대처하면서, 시행착오를 줄여나가고 있었다. 작은 점들이 어느새 연결되어 선이 되어가고 있다. 이제는 제품에 대한 확신과 자부심이 있기에, 나는 제품을 들고 우리나라 승강기회사 3사를 찾아갈 수 있는 용기를 내고 있다. 선들을 모아서 이제는 면을 만들기 위한 도약을 준비 중이다. 꾸준한 점 찍기가 있었기에 가능한 것이었다.

남편이 개발한 인쇄기술은 일반적으로 쓰이고 있는 UV인쇄와는 분명 느낌이 다르다. 색감이나 발색, 그리고 유리와 하나가 된 듯한 느낌은 세상 어떤 것과도 차별이 되는 온리원 제품이다. 나는 베스트원이 아닌, 온리원 제품을 만들기 위해 애썼던 남편의 노력이 어떠한 것인지 너무나도 잘 안다. 그래서 나는 남편에게 '이 세상에 당신의 제품으로 당신의 이름을 반드시 남겨주겠노라'고 약속했다.

나의 바람이자 소망이 결코 허황한 것이 아님을 크게 깨닫게 되는 계기가 생겼다. 깨달음의 시작은 바로 엠제이 드마코(MJ DeMarco)의 《부의 추월차선》이라는 책을 통해서였다. 책에서 눈을 뗄 수가 없었다. '남편이 내게 남겨준 달란트는 진정으로 부의 추월차선을 탈 수 있는 부의 도구였다'라는 것을 깨닫게 되었다.

나는 한때 남편이 만들어준 바닥재를 소홀히 생각했다. 남편이 남겨준 기술과 제품으로 아이들을 키우고 공부도 시키며 살아갈 수 있었지만, 불안한 마음에 나는 늘 노후를 준비할 수 있는 뭔가를 계속 찾았다. 피부마사지 관련 일을 해보고자 공부한 적도 있었다. 그 때문에 사무실 한쪽에는 아직도 그때 구매했던 화장품이 남아 있다. 혈관 건강에 너무나 탁월한 삼백초의 매력에 빠져 경남 함양을 거의 매주 뛰어다니기도 했다. 삼백초는 공기 좋고, 물 좋은 지리산자락에서 농약의 힘을 빌리지 않고 오로지 햇볕, 물, 바람, 그리고 사람의 땀으로만 재배되는 귀한 약초였다. 사람의 인체에 발생하는 모든 병의 원인은 건강하지 못한 혈관에서 비롯됨을 나는 누구보다 잘 알고 있다. 급기야 경남 하동에 있는 전문 녹차생산공장을 찾아가 그곳에서 삼백초차 티백을 OEM으로 생산하게 되었다. '굿모닝 삼백초'라는 이름을 달고, '하루 300초 혈관 청소 시간'이라는 슬로건으로 탄생되었다.

하지만 나 혼자 심취하고 나에게만 매력적인 '굿모닝 삼백초'는 영업과 판매라는 큰 산을 뛰어넘지는 못했다. 그렇지만 여전히 나의 또 다른 사업 아이템으로 늘 머릿속에 남아 있다. 사람들의 몸과 마음에 이로운 사업을 꼭 해보고 싶은 소망이 있기 때문이다.

당시에는 내 손에 쥐여진 보석이 얼마나 크고 값진 것인가를 느끼지 못하고, 그렇게 몇 년을 나는 방황했다. 그때마다 시간과 돈을 낭비하고 있었다. 무엇보다 내가 잘하는 것이 아무것도 없다는 좌절감과 소심함이 가장 큰 결과물로 남게 되었다. 최고의 사업 시스템은 하고자 하는 한 가지에 집중할 때 만들어진다는 것을 알지 못했던 것이다.

《부의 추월차선》은 '현재 하는 일에서 시스템을 바꾸고, 생각을 바꿔 빠르게 부를 이룰 수 있는 차선으로 옮겨 타라'는 것이 핵심이다. 내가 하는 일이 추월차선을 탈 수 있는지, 아닌지에 대해서 세세하게 설명해놓은 책이었다. 몇 년 전에 처음 읽었을 때는 막연하고 어렵기만 했다. 책의 두께에 압도되어 다 읽지도 못하고 덮어버렸던 기억이 난다. 그랬던 책이, 다시 펼쳤을 때는 새로운 깨달음을 가득 주는 선물이 되어 나에게로 왔다. 추월차선을 타기 위한 다섯 가지 기준에 나의 사업을 비춰보았다. 나의 사업은 분명 그 기준을 충족시키고 있었다. 분명 부의 추월차선을 빠르게 오를 수 있는 사업이었다.

우리와 헤어질 시간이 임박했을 때 남편은 내게 말했다.

"내가 만들어놓은 기술로 밥 먹고사는 것은 걱정하지 않아도 될끼다."

책을 읽는 내내 남편의 그 한마디가 계속 기억이 났다. 현재 나는 우리나라의 승강기 바닥을 모두 우리 회사의 제품으로 바꾸겠다는 원대한 꿈을 꾸고 있다. 차를 타고 다니면서 곳곳에 있는 아파트를 볼 때마다 나의 제품이 시공되어 있는 모습을 상상한다. 우리 회사 제품은 독특한 디자인, 탁월한 기능성, 오랫동안 사용이 가능한 가성비 등의 많은 장점을 가졌다. 시장에서는 가성비가 좋다는 것만으로는 소비자의 선택을 받을 수가 없다. 또한, 내구성만을 갖추었다고 선택받을 수 있는 것도 아니다. 디자인이 탁월하고, 거기에 스토리가 있는 감성적 제품이어야 한다. 우리 회사의 제품은 디자인과 스토리, 그리고 내구성과 가성비, 모든 것을 갖춘 온리원 제품이다.

나는 오늘도 모 회사 이사님을 만나 우리 회사의 제품을 설명할 기회를 가졌다. 약속장소로 가는 동안 나는 계속 감사 기도를 했다. 이미 내가 원하는 것이 이루어진 상상을 하며 기도했다.

"○○○ 회사와 거래계약을 맺을 수 있게 되어 진심으로 감사드립니다. 저에게 많은 기회와 부가 들어올 수 있음에 감사를 드립니다. 넘치는 부를 감사히 받고, 반드시 좋은 곳에 나누겠습니다. 감사합니다." 진심으로 생생하게 상상하며 기도했다.

내가 만난 이사님은 첫 느낌이 좋은 젊은 분이었다. 첫 미팅 자리였지만, 대화를 편안하게 할 수 있도록 배려해주셨다. 우리 회사 제품을 장점이 많은 제품이라고 말씀하시며 나에게 희망을 주었다. 나는 한 치의 의심도 하지 않고, 기회가 반드시 나에게 올 것이라고 믿고 미팅을 마쳤다.

스노우폭스 김승호 회장님은 《김밥 파는 CEO》에서 '사업을 하면서 가장 필요한 재능은 상상력이다. 상상력은 모든 꿈의 시작이며, 현실로 가기 위한 첫 번째 문이다. 모든 현실은 상상으로부터 시작된다'라고 하셨다. 나는 3년 뒤, 10년 뒤, 그리고 내가 생을 마감하는 순간까지도 상상한다. 나에게 다가올 미래를 생생하게 상상하고 믿는 것은 나에게 확신이라는 신념으로 다가온다. 그 신념을 통해서 나는 더욱 당당하고 자신감이 넘치는 사업가의 자세를 갖추어가고 있다. 눈빛은 온화하면서도 강력한 힘이 느껴지고, 목소리 또한 가라앉지 않고 힘이 넘친다. 확신에 찬 믿음의 목소리는 상대에게 신뢰를 심어준다.

평범한 주부였던 내가 점점 더 사업가로 커나가고 있음을 느낀다. 자리가 사람을 만들고 빛나게 한다. 하지만 그 자리는 누가 만들어주는 것이 아니라 내가 만들어가는 것이다. 나는 한때 남편의 소중한 선물을 의심하고, 손에서 놓아버리려고 했다. 남편이 나에게 남겨준 달란트는 나를 또 다른 곳으로 데려다주기에 충분한 가치의 달란트라는 것을 이제는 깨닫게 되었다.

08
홀로서기
수업 중

아들이 초등학교 5학년 때 담임선생님께서 나에게 전화를 했다. "어머니, 효상이가 학교 내 폭력사건에 연루되었습니다. 학교에 지금 오셔야 하겠습니다." 느닷없이 걸려온 전화에 나는 심장이 몹시도 뛰었다. 나의 아들이 폭력사건에 휘말렸다니, 도저히 믿어지지 않았다. 서둘러서 학교에 찾아갔다. 선생님은 아이들이 적어낸 진술서라며, 나에게 한 묶음의 A4용지를 건네주었다. 아이들이 적어낸 글을 읽어보니 아들이 직접 폭력을 휘두르지는 않았지만, 평소 함께 어울리던 친구 두 명이 아이들에게 폭력을 가했고, 아들은 옆에서 말리지도 않고 보고만 있었다고 한다. 종이에는 나머지 두 아이에게 아이들이 당했던 내용이 적혀 있었다. 그들과 어울리며 옆에서 말리지 않고 보고만 있었던 것도 큰 죄인 것이다. 그나마 직접 폭력을 가한 적이 없었기에 아들은 반성문을 쓰는 정도에서 끝날 수가 있었다. 아들은 나머지 두 아이와 절대로 어울리지 않겠다고 선생님과 약속했다. 선생님은 나에게도 다시 한번서로 어울려 다니지 않게 조심시켜달라고 당부하셨다.

집으로 오는 길에 아들은 아빠한테 혼날 것을 미리 걱정했다. 남편은 아들 바보라 할 정도로 아들을 예뻐했지만, 혼낼 때는 아주 무섭게 혼을 냈다. 그러한 아빠의 성격을 알기에 아들은 굉장히 걱정했다. 하지만 남편의 태도는 의외였다. 남편은 아들에게 "남자가 싸울 수도 있지. 어디 맞은 데는 없제?"라고 물으며, 아빠랑 캐치볼이나 하자고 야구글러브를 건넸다. 웃으며 함께 캐치볼 하는 부자의 모습을 나는 어이없다는 듯 쳐다보았다.

고등학교 2학년이 되었을 때, 나는 또다시 아들의 선생님께 전화를 받았다. "어머니, 효상이가 학교에서 친구 한 명을 폭행했습니다. 지금 학교로 좀 오셔야겠습니다." 어릴 적 전화를 받고 심장이 두근거렸던 경험을 또다시 하게 된 것이다. 학교로 바로 뛰어갔다. 교실에는 아들과 같은 반 친구, 그리고 학생주임 선생님이 계셨다. 내가 갈 때까지도 아들은 화가 가라앉지 않은 표정이었고, 아들에게 맞은 그 아이는 고개를 숙이고 있었다. 딱 봐도 뭔가 바뀐 느낌이었다. 맞은 아이가 오히려 더 고개를 숙이고 미안해하는 표정을 짓고 있었다. 이유를 들어보니 맞은 아이는 평소 학교에서 교우관계가 원만하지 않은 아이였다.

그날도 아들과 살짝 말다툼이 있었는데 아들에게 "에미도 없는 놈"이라고 했던 것이었다. 그 말을 듣는 순간, 아들은 화를 참지 못하고, 그 아이를 때린 것이다. 주위 친구들이 팔을 붙잡고 말려서 겨우 진정이 되었다고 한다. 아빠를 보내고 얼마 지나지 않은 아들이 듣고 넘기기에는 쉽지 않은 말이었다. 순간 나 또한 화가 났다. 잠시 후 그 아이의 아버지가 오시고, 나는 정중히 사과를 했다. 병원을 가보고 치료받으라고 이야기하며, 치료비는 모두 부담하겠다고 말했다. 아이의 아버지는 학교 앞에서 편의점을 운영하고 계셨다. 평소 자기 아들의 행동을 잘 알기 때문인지 폭행을 가한 나의 아들이나 나에게 한마디도 하지 않고, 자신의 아이를 데리고 자리를 먼저 떴다. 학생주임 선생님은 아들을 보며 "자식, 공부도 잘하고, 잘생겼네. 엄마한테 잘해드려라" 하시며, 아들의 어깨를 한번 쳐주시고는 교실을 나가셨다. 선생님의 그 말씀에 학교에서 선생님들께 인정받고 있는 아들이 대견스러웠다.

아들을 데리고 집으로 왔지만 "남자가 싸울 수도 있지"라고 말해주던 남편이 이제는 없었다. 분명 "그런 놈은 더 때려주지"라며 흥분했을 것이다. 대신 엄마인 내가 아들에게 한마디했다. "잘했다. 그래도 오늘 같은 행동은 두 번은 하면 안 된데이"라고 말하며 아들을 쓰다듬어주었다.

아이들은 아빠를 잃고, 나는 남편을 잃고 알게 모르게 우리는 각자 외로움에 몸부림치고 있었다. 서로 말은 아꼈지만, 각자의 방법으로 우리는 홀로서기를 하고 있었던 것이었다.

남편을 보내고 몇 달이 지난 후, 나는 초등학교 때 친구였던 복주를 다시 만나게 되었다. 초등학교 졸업과 함께 연락이 끊긴 친구였는데, 우연히 다시 연락이 되어 남편의 장례식까지 참석해주었다. 그런 복주가 나는 너무나 고마웠다. 복주는 슬픔과 외로움에 힘들어하고 있던 나에게 일부러 자주 연락을 주었다. 복주를 만나면서 나는 자연스럽게 다른 친구들도 함께 만나게 되었다. 6학년 때로 다시 돌아간 듯한 시간이었다. 친구들을 만나며 나는 생전 먹지 않던 술을 자주 먹었다. 남편의 술 먹는 모습이 끔찍이도 싫었던 나였는데, 그런 내가 술을 먹게 된 것이다. 술을 잘 먹지 못했던 나는 조금만 먹으면 취하게 되고, 취한 뒤에는 나도 모르게 눈물이 터져 나왔다. 남들이 말하는 술주정을 한 것이다.

나는 지난 몇 년의 시간을 긴장 속에서 보내고 있었다. 그리고 아이들 앞에서 우는 엄마의 모습을 보여줄 수가 없어 남편과 헤어진 후에도 제대로 소리 내어 한 번도 울어보지를 못했다. 나의 가슴속 응어리는 풀 길이 없었고, 급기야 술의 힘을 빌리기 시작한 것이었다.

술에 취하면 어느 순간 나는 엉엉 울고 또 울었다. 이성적 감정제어가 전혀 되지 않았다. 그때 나의 눈물을 받아주었던 복주가 한없이 고마웠다. 내가 소리 내어 울 때면 내 등을 쓸어주며 실컷 더 울라고 나를 다독여주었다. 복주는 실컷 울고, 이제는 하고 싶은 것만 하고 살라고 말해주었다. 몇십 년을 연락 한번 하지 않고 지냈지만, 그 당시에는 주위 누구보다 나를 많이 다독여주고 위로해주었다. 덕분에 나는 웅어리진 가슴속 한을 눈물로 쏟아내며 치유할 수가 있었다. 그때를 생각하면 친구들에게 너무나 미안하고 고맙고 부끄럽다. 하지만 살기 위해 몸부림친 나의 행동이라고 이해해주리라 믿는다. 이해를 못하더라도 그것이 내가 살기 위한 방법이었다고 말하고 싶다. 이제는 술을 먹지도 못할뿐더러 눈물은 더 이상 나오지도 않는다. 그때 다 쏟아내버린 덕분이다. 웃음치료보다 눈물치료가 더욱 효과적인 치료라는 것을 또 한 번 체험하게 된 시간이었다.

그 시간이 있었기에 지금 더욱 단단해진 내가 있을 수 있다는 생각이 든다. 살면서 한 번도 방황해본 적이 없었다. 아버지의 그늘에서 살았던 사춘기 시절에도 방황은 내 인생에 침범할 수 없는 것이었다. 그 방황을 나이 마흔이 넘어서 아주 아프게 겪어야만 했다. 그리고 많은 시간을 방황하며 보낸 것을 후회하기 시작했다. '내가 좀 더 일찍 방황을 끝낼 수 있었더라면, 나의 모습은 지금보다 더 나아졌을 텐데' 하는 아쉬운 마음을 가지게 되었다.

사람은 누구나 살아가면서 외로움을 겪는다. 옆에 누군가가 함께 있어도 외로운 마음이 든다는 것을 나는 잘 알고 있다. 알면서도 혼자 있는 시간을 견디지 못하고, 항상 누군가와 어울리며, 함께하려고 했던 시간이 참 어리석었음을 이제야 느낀다. 나를 위해서 쓴 시간이지만, 그 시간은 결코 나를 위하는 시간이 아니었다. 진정한 나를 위하는 시간이 어떤 것인지, 이제 나는 너무나 잘 알고 있다. 나의 외로움을 달래는 시간은 나의 내면의 소리에 귀 기울일 때 가능한 것이다. 내가 성장할 수 있는 곳에 시간을 쏟아붓는 것이 내가 외로움을 느끼지 않고, 진정하게 홀로서기를 하는 것이다. 나를 성장시켜나가는 시간은 아무리 혼자 있어도 외롭지 않다. 또한, 무섭지도 않다.

여러 사람과 어울리며 주제도 없는 대화를 하고, 허송 시간을 보낼 때가 진짜 외롭다는 것을 나는 깨닫게 되었다. 살아가는 길은 누구에게나 홀로서기임을 빨리 깨달을 때, 인생은 더욱 충만한 느낌이 든다는 것을 말해주고 싶다. 외로움에 몸부림치는 자기 자신을 바로잡을 수 있는 사람은 오직 자기 자신밖에 없다. 외로울수록 더욱 의식성장을 위한 책을 읽고, 글쓰기를 하며 자신의 마음을 글로 풀어내보라. 자신의 블로그를 만들어 매일 그곳에 기록하는 것도 좋은 방법이다.

몇 년이 지나고 다시 찾은 나의 블로그. 그곳에 기록되어 있는 나의 글들을 보니 내가 살아온 방향이 느껴졌다. 지난날 내 생각을 살펴볼 수 있었다. 독서와 글쓰기, 그리고 매일 하게 되는 가벼운 운동을 통해 내면이 성장해나가는 것을 느낀다. 내면의 성장이 곧 나의 행복이다. 행복으로 가는 지름길은 바로 진정한 홀로서기다.

4장

꿈이 있는 엄마는
아름답다

01
내 나이 쉰 살에
진짜 꿈을 꾸다

　　살면서 자신과 얼마나 대화를 하고 사는가? 자기 자신을 깊이 있게 들여다본 적이 있는가? 힘들게만 느껴졌던 '진정한 자아 찾기'가 가능한 시간이 나에게도 주어졌다. 평생 한 번도 경험할 수 없었던 시간, 바로 '코로나' 시국이다. 2020년 대구 '신천지'를 시작으로, 차츰 전국으로 확산된 코로나바이러스. 대구 사람이라는 이유만으로도 타 지역에 가는 것이 눈치가 보일 정도였다. 업무차 부산에 갔을 때 내 말투만 듣고도 "대구분이네요"라며 은근히 나를 경계했던 기억이 생생하게 남아 있다. 언론에서 확진된 사람들을 어찌나 마녀사냥 했는지, 당시 뉴스를 보고 있노라면 분노가 치밀었다. 공포로 도배되었던 언론 기사는 결국 하나의 출구로 사람들을 몰고 갔다.

　'코로나 백신 접종'

강제가 아닌 권고라고 말하면서도 '백신 패스제'까지 도입해 전 국민의 90% 이상이 백신을 맞았다. 정말 평생 한 번도 경험할 수 없었던, 앞으로도 두 번 다시 경험하고 싶지 않은 지옥 같은 시간이었다.

난 현대의학을 잘 믿지 않고, 백신을 신뢰하지 않는 사람 중 한 명이다. 코로나가 시작되고 1년이 채 되지 않아 출시된 백신은 더욱 신뢰할 수가 없었다. 시간이 갈수록 먼저 접종했던 사람들의 수많은 부작용 사례를 접하게 되었다. 결국, 나는 국민의 10%도 되지 않는 비접종자에 속하게 되었다. 비접종자라는 이유로 나는 은둔생활을 할 수밖에 없었다. 주위의 가족, 친구, 지인들은 계속해서 접종을 거부하는 나를 이해할 수 없다는 시선으로 바라보았다. 그들과 대화하면서 생각의 차이가 너무나 크다는 것을 느꼈다. 난 의도적으로 모임을 피하게 되었다. 세상의 사건들에는 표면으로 보이는 사실이 있고, 내면에 숨어 있는 진실이 있다. 코로나 팬데믹은 사실이 아닌 진실을 볼 수 있는 눈으로 봐야만 하는 사건이라고 생각한다.

강제적으로 은둔생활을 한 것이 결과적으로는 나에게 축복의 시간이 되었다. 그때 나는 온전히 나만의 시간을 보낼 수 있었다. 나의 내적 성장을 위한 책을 읽고, 부자 마인드를 키울 수 있는 강의를 들으며, 건강을 위해 요가를 시작했다. 그러다 어느 순간부터 내 인생의 질을 높여줄 수 있는 멘토들을 많이 만들고 싶어졌다. 지난날 내 생각만으로 살아오면서 시행착오를 숱하게 겪었다. 그러면서 느낀 점이 있다. 바로 나의 스승을 못 만났다는 것이었다. 사업 스승, 투자 스승, 운동 스승, 요리 스승 등 다양한 스승을 만난다면, 나의 삶은 더욱더 윤택해지리라 확신했다.

그렇게 나는 나의 스승, 즉 멘토를 책과 유튜브를 통해서 몇 분 만나게 되었다. 내가 은둔생활을 했었던 바로 그 시간에.

《파리에서 도시락을 파는 여자》라는 책을 통해 알게 된 후, 유튜브 영상을 통해서 나를 성장시켜주셨던 분이 켈리 최 회장님이다. 회장님을 알게 되면서 나는 습관을 바꾸어나갈 수 있었다. 아침 6시에 시작하는 '동기부여모닝콜'을 100일 동안 듣고 필사하기 위해 늦잠 자던 습관을 줄였다. 회장님을 통해 알게 된 '요가은 요가'를 보며, 매일 20~30분 정도 요가 하는 습관을 들이게 되었다. 나무토막처럼 뻣뻣한 나의 몸에 꼭 필요한 운동이었다. 무엇보다 나를 바꿔준 것은 원하는 목표를 꿈 노트에 매일 100번씩 100일 동안 쓰기 미션이었다. 매일 꾸준히 100% 완수한 것은 아니지만, 50일이 지나고 70일이 지날 때쯤 나는 내 인생에서 뭔가 바뀌고 있다는 것을 분명히 느끼기 시작했다.

부자이신 회장님의 영향을 받아 나는 내 목표를 '100억 부자'

로 잡았다. 인생의 최종 목표를 100억 부자, 100인 친구, 100세 건강, 이렇게 '쓰리 100'으로 정했다. 예전 같으면 막연하고 황당한 목표 같아서 내가 쓰면서도 속으로는 이룰 수 없는 꿈이라고 생각했을 것이다. 하지만 회장님을 멘토로 정하고, 100번 쓰기를 하던 그때부터 이룰 수 있는 꿈이라는 생각이 들기 시작했다. 회장님은 멀지 않은 3년 뒤의 목표도 꿈 노트에 100번씩 쓰라고 하셨다. 나는 그 목표를 계속 나의 꿈 노트에 적었다. "믿고 상상하면 분명히 이루어진다"라는 회장님의 말씀을 믿고 계속 시각화하며 적고 또 적었다.

그러던 어느 날, 유튜브 알고리즘이 나를 또 다른 채널로 안내했다. 김태광 대표님께서 운영하는 '한국책쓰기강사양성협회' 채널이었다. 처음 영상을 볼 때는 별다른 느낌이 없었다. 그런데 그날 밤, 김태광 대표님께서 나의 꿈속에 나타나셨다. 분명 나에게 뭔가 메시지를 전하려는 꿈이라는 것을 직감적으로 알 수 있었다. '매일 영상을 보고 생각했던 켈리 최 회장님은 한 번도 꿈속에서 만날 수가 없었는데, 왜 내가 이분 꿈을 꾸게 된 거지?'라고 의문을 가지며, 김태광 대표님의 영상을 매일 몇 편 보게 되었다.

알고 보니 대표님은 20대 초반부터 작가의 꿈을 가졌고, 수많은 역경을 이겨내 25년 동안 300권의 책을 집필하신 진정한 책쓰기 도사였다. 대표님 본인의 책뿐만 아니라, 12년 동안 1,200

명의 평범한 사람들을 작가로 만든 최고의 책 쓰기 코치이기도 했다. 이분과 함께라면 나의 인생 2막이 진정으로 새롭고 풍요로워질 것이라는 희망을 가지게 되었다. 그런 희망을 안고 경기도 동탄에 위치한 협회 사무실을 방문하게 되었다.

나는 내 인생이 책으로 쓰기에 충분하다고 생각하며 살아왔다. 그 때문이었던 듯싶다. 대표님과의 면담은 나에게 희망을 안겨주었다. 내 책을 쓰고 그 책을 통해서 찬란한 인생 2막을 준비할 수 있겠다는 희망 말이다. 대표님께서 직접 강의하고 코칭하는 '5주 책 쓰기 과정'에 등록하고, 3주 만에 나는 출판사와 출간계약을 맺게 되었다. 목숨 걸고 코칭한다는 대표님의 말씀이 실제 결과로 나타난 것이었다. 수업을 통해서 제목을 만들고 목차를 만들었다. 내 능력으로는 도저히 꿈도 꿀 수 없는 일이 이곳에서 일어나고 있었다. 거인의 어깨 위에서 시간을 단축시키는 경험을 나는 아주 생생하게 하고 있는 중이다. 빠른 결과를 만들어내고, 무엇보다 빛의 속도로 의식이 바뀌고 있는 나 자신을 느낄 수가 있었다. 그리고 나는 생생하게 꿈꾸고 있다. 나이 쉰에 진짜 내 꿈을 꾸고 있다.

대표님의 영상을 보던 중, "먼저 저세상을 가신 분이 생전에 즐겨 듣던 노래를 어느 날 우연히 길을 가다가 듣게 된다면, 그것은 '나를 기억해주세요'라는 메시지를 그분이 보내는 것입니다"라는 말씀을 듣게 되었다. 그 순간 나는 대표님의 꿈을 꾸게 하고, 내가 책을 쓰게 된 것은 모두 남편이 전해주는 메시지라는 것을 알게 되었다. 나에게 자신을 기억해달라고 보내는 남편의 메시지라는 것을 그 순간 깨닫게 되었다. 바쁘다는 핑계로 나에게서 잊힌 것 같아서 서운했었던 모양이다. 책을 쓰면서 남편은 늘 나와 함께 지내고 있다. 과거의 어느 순간에도 그가 없었던 시간이 없었기에, 그 기억을 글로 적어나가면서 나는 남편과의 추억 속에서 생활했다. 행복했던 기억, 용서받고 싶은 기억, 아팠던 기억 등 모든 기억 속에 그가 함께하고 있다. 김태광 대표님을 만나 작가의 삶을 살아갈 수 있도록 나를 이끌어준 남편에게 다시 한번 감사함을 느낀다.

'여보, 고마워.'

켈리 최 회장님은 나의 습관을 교정해준 멘토였다. 그리고 김태광 대표님은 인생을 바꿀 수 있도록 나의 의식성장을 이끌어준 나의 진정한 인생 멘토다. '할 수 있을까?'라는 내 의심조차도 뿌리 뽑아버리게 나를 혹독하게 훈련해주셨던 코치님이다. '할 수 있을까?'라는 의심의 뿌리를 뽑아버리니 내 목소리에는 자신감이 넘쳐흐른다. 예전의 나의 목소리가 '미'라면, 지금은 '솔'이 되었다. 힘찬 '솔'의 목소리는 열정과 당당함이다. 그 열정과 당당함은 당연히 사업에도 좋은 영향을 미친다.

나는 나의 제품에 대한 믿음과 확신을 가지고 업체 미팅을 한다. 내가 이루고자 하는 나의 목표에 한 발짝 성큼 다가가고 있음을 피부로 느낀다. 내가 원하는 국내 대기업 3사의 벽을 뛰어넘을 수 있다는 확신이 생겼다. 내가 꿈꾸고 목표로 삼고 있는 '100억 부자 사업가'의 길에 한 단계 더 올라서고 있다. 또 하나의 꿈은 베스트셀러 작가가 되는 것이다. 그리고 많은 사람에게 희망을 주는 '희망 멘토'의 삶을 살아가는 것이다. 강연가, 코치로의 삶을 꿈꾸며, 켈리 최 회장님과 김태광 대표님에게서 받은 가슴 뛰는 '희망'을 나 또한 누군가에게 나눠주고 싶다. 이것이 소중한 나의 꿈이다.

쉰 살에 적는
나의 버킷리스트

세상에는 크게 두 부류의 사람이 있다. 자신이 원하는 것을 계속 찾고 그것을 성취해나가는 사람, 그리고 자신이 원하는 것이 무엇인지도 생각하지 않고 살아가는 사람이다. 전자의 사람은 5년, 10년 뒤가 되면 큰 부자가 되어 있는 경우가 많다. 하지만 후자는 늘 제자리이거나 더 못한 처지가 되어 있는 경우를 종종 본다. 주위를 둘러보면 많은 사람이 이렇게 살아가고 있다.

뭔가를 이루고자 하는 욕망이 강렬한 사람을 우리는 꿈이 있는 사람이라 말한다. 꿈은 나를 설레게 만드는 것이다. 생각만 해도 기분이 좋고, 입가에 미소를 머금게 만드는 힘의 원천이다. 하지만 과거의 나 또한 그러했듯이, 꿈을 찾기가 쉽지만은 않다.

그래서 우리는 버킷리스트를 작성한다. 사소한 것부터 아주 거창한 것까지 자기의 욕망을 먼저 적어보는 것이다. 하나씩 이루어가며 성취감을 느껴보는 것의 반복을 통해 자신의 변화를 느낄 수 있는 것이 바로 버킷리스트의 힘이다. 내가 가지고 싶은 것, 내가 해보고 싶은 것, 내가 가보고 싶은 곳 등 수많은 자신의 욕망을 찾아내고 하나씩 성취해나갈 때, 우리는 삶의 목표에 점점 더 가까워져갈 수 있다.

욕망 추구의 대표적인 분은 나의 친정아버지시다. 나의 아버지는 흙수저로 사회에 첫발을 내딛으셨다. 부모로부터 받은 것 하나 없이 거기다 어린 딸과 처가 있는 상태에서 사회생활을 시작하셨다. 죽을 만큼 힘들게 엄마와 함께 노력하셔서 조금씩 자산을 늘려가셨다. 내가 기억하는 우리 아버지는 좋은 차에 대한 욕망이 아주 크셨다. 내가 어릴 때 최고의 자동차는 현대자동차에서 출시된 '포니'였다. 그 당시 아버지의 교통수단이자 영업수단은 자전거 한 대였다. 아버지는 차가 너무 갖고 싶은 나머지, 면허증을 따기도 전에 차를 먼저 사셨다. 그러고는 몇 번의 응시로 필기와 실기 시험에 합격하고, 면허증을 받으셨다.

당시 자주색 포니 자동차는 아버지의 자존심이자 자랑거리였다. 다이얼식 전화기도 동네에서 우리 집이 가장 먼저 개통되었다. 초등학교에 들어간 후 우리 집에 TV 속 부잣집에서나 볼 수 있던 전화기가 놓였다. 나는 학교 마치고 오는 길에 친구들을 집으로 데리고 와서 자랑하기 바빴다. 아버지의 욕망 성취는 자식인 나에게도 기쁨을 주기에 충분했다. 이후에도 아버지는 새로운 차가 출시될 때마다 차를 자주 바꾸셨다. 남들보다 더 좋은 차를 타고, 학교 앞에 나를 데리러 오시기라도 하는 날은 내 어깨가 괜히 으쓱해졌다. 어느덧 아버지의 연세가 일흔이 넘어가 지금은 시가 1억 원 정도의 벤츠 차량을 소유하고 계신다. 아버지 평생의 마지막 차라고 말씀하시며, 몇 년 전 구매하신 승용차다. 하지만 차에 대한 아버지의 욕망은 아직 끝나지 않은 것을 나는 알고 있다. 비싼 옷이나 고가의 시계, 이런 것에는 전혀 관심이 없으셨고, 아버지의 욕망은 오로지 승용차였다.

내가 어릴 때 아버지는 자신의 건물을 갖는 것이 꿈이라고 입밖으로 자주 내뱉으셨다. 아버지는 1층에는 인테리어 사업을 하시고, 나머지 층은 세를 놓고 월세를 받으시는 건물주를 꿈꾸셨다. 아버지의 꿈을 내가 생생하게 기억할 정도면, 얼마나 많이 그 꿈을 외치셨을까 하는 생각이 든다. 그렇게 외치던 꿈을 아버지는 쉰 살이 되셨을 때쯤 이루셨다.

아버지께서 버킷리스트로 정해놓으셨던 탓일까? 아버지는 아주 운 좋게 대구 수성구에 4층 건물을 지으실 수가 있었다. 대구 수성구는 서울 강남 같은 가치의 땅이다. 아버지는 그렇게 당신이 원하시던 부자의 모습을 하나하나 이루어가고 계셨다.

엄마는 아버지께서 그해에 운이 너무 좋아서 건물을 사게 되었다고, 모든 것을 좋은 운 덕분으로 돌리셨다. 하지만 나는 그것이 운이 아니라 이루고자 하는 아버지의 강한 욕망이 있었기에 가능한 것이라는 것을 알게 되었다. 이 글을 적으면서 객관적인 입장에서 나의 아버지를 바라볼 수 있게 되었다. 아버지께서는 자기계발 도서를 한 권도 읽으신 적 없으셨지만, 누구보다도 성공자들의 습관을 몸소 실천하신 분이라는 생각이 들었다. 성공의 땔감이 되는 강한 욕망과 할 수 있다는 믿음, 그리고 지치지 않는 열정을 가지고 계신 분이 나의 아버지셨다. 딸이 아니라 이 시대를 살아가는 한 사람으로서 아버지를 많이 존경한다.

성공자의 자세를 실천하고 사셨던 아버지의 그늘에서 자랐지만, 나는 아버지의 좋은 성공습관을 배우지 못했다. 아버지 또한 아버지의 좋은 습관이 얼마나 인생에 큰 영향을 미치는지 스스로 잘 알지 못하셨다. 아버지의 욕망과 그것을 이루고자 했던 노력이 성공자의 마인드라는 것을 아셨다면, 우리에게 어릴 때부터 그것을 가르쳐주시려고 굉장히 노력하셨을 것이다. 나는 아버지께서 하라는 것만 하며 학창 시절을 보냈다. 아버지께서 싫어하는 행동은 하면 안 되는 줄 알고 자랐다. 아버지가 두렵고 무서웠다. 그러한 성장 과정에서 가지고자 하는 욕망도, 되어보겠다고 하는 욕망도 내 것으로 만들지 못했다. 다만 가족들에게 너무나 엄하시고 웃음이 없는 아버지 같은 남자는 만나지 않을 것이라는 생각만 입 밖으로 내뱉으며 청춘을 보내고 있었다.

하지만 내가 만난 남자는 딱 아버지 같은 남자였다. 다만 아버지의 수많은 장점은 닮지 않고, 단점만 쏙 빼닮은 그런 남자였다. 아버지의 장점을 닮았더라면 돈 때문에 힘들어하는 삶을 살지는 않았을 것이다. 그리고 건강관리도 누구보다 열심히 해 가족들 곁에 오래도록 함께했을 것이다. 우주는 내가 소망한 문장 중 '아버지 같은'이라는 문장만 나에게 이루어주셨다. 그 뒤에 따라오는 뒷 문장은 듣지 못한 것 같다.

내가 50년을 살아오면서 느낀 것이 있다. 한순간이라도 머릿속에 담았던 생각은 그것이 좋은 것이든, 나쁜 것이든 현실이 되어 몇 년 뒤 내 인생에 나타난다는 것이다. 특히 나쁜 생각은 더욱 실현 가능성이 크다는 것을 알게 되었다. 그래서 나는 내 생각 속에 긍정적인 것만 심어놓기 위해 애를 쓴다. 내 나이 쉰 살이 되어서야 진정한 버킷리스트를 적게 된 것이다. 버킷리스트에는 아주 세세한 것부터 크고 거창한 것까지 나의 소망 전부를 찾아서 적어놓는다. 그리고 나를 위해 나는 그것들을 하나씩 이루어나가고 있다. 내 인생에 선물을 한다는 느낌이 적절한 표현인 듯하다.

돈은 모으는 것이 아니라, 쓰기 위해 버는 것이라고 어느 책에 적혀 있었다. 내가 원하는 가방을 사고, 내가 원하는 신발을 사며, 원하는 차, 원하는 시계 등 나의 저 밑바닥에 있는 욕구를 충족하는 수단으로 돈을 버는 것이라고 했다. 내가 간절히 갖고 싶은 것을 내 노력으로 갖게 되었을 때의 기쁨. 그 기쁨을 우리의 뇌는 기억을 한다는 것이다. 그 기억장치에 의해 우리는 원하는 것을 내 것으로 만들 수 있는 능력이 나도 모르게 길러진다. 그 능력이 쌓이면서 나의 꿈과 목표는 어느 순간 나의 것이 되어 있는 것이다. 큰 꿈을 찾기가 어렵다면, 자신이 현재 원하는 작은 것부터 하나하나 이루어나가 보라고 말해주고 싶다.

올해 2월 9일은 몇 년 동안 기억조차 하지 않았던 나의 결혼 기념일이었다. 그날 나는 일부러 꽃집에 들러 내가 가장 좋아하는 프리지어 꽃 한 다발을 나에게 선물했다. '#내돈내산', '#프리지어'라는 태그를 적어 인스타그램에 사진과 함께 짧은 글을 공유했다. 안개꽃까지 한 다발 같이 포장해서 들고 왔다. 기념일이 되어도 꽃 한 송이 받지 못하는 나의 처지를 생각하며 우울해하기보다 나를 위해 꽃 한 다발 사니 한 달 이상 행복한 기분이 지속되었다. 지금도 노란색 프리지어 꽃이 그대로 드라이플라워가 되어 화병에 꽂혀 있다. 볼 때마다 그날의 기쁨이 전해지는 듯하다. 작은 꽃다발 하나로 기쁨이라는 경험을 한 것이다.

이렇게 나에게 기쁨과 감동을 주는 행동을 자주 하고 자주 성취하다 보면, 뇌는 그 감동을 계속 기억한다. 그 기억이 나를 더욱 높은 곳으로 데려다주는 힘이 된다. 주위를 둘러보면 낭비가심하고, 허풍이 심한 사람들을 볼 수 있다. 분수에 맞지 않는 차를 타고, 분수에 맞지 않는 생활 스타일을 가진 그런 사람들이다. 나는 책을 읽으며 낭비나 허풍이라는 기준 또한 내가 정한 것이라는 것을 알 수 있었다. 또한, 물건의 가치를 알고, 남들이낭비고 사치라고 말하는 것을 가질 수 있는 사람이 시간이 지나면 더욱 부자가 되어 있는 것도 부정할 수 없다.

선희는 최고의 차를 타고 다니며, 최고의 명품 시계를 차고 다니는 등 늘 최고를 추구하는 성향의 친구다. 선희의 소비하는 수준은 내 기준으로 보았을 때 낭비와 사치 그 자체였다. 친구는 늘 최고급으로 뭔가를 사곤 했다. 그렇게 자신이 가지고 싶은 것은 어느 순간 사서 가지고 있었다. 그 친구가 한동안 힘들어할 때 나는 나의 기준으로 생활의 규모를 줄여보라고 어설픈 조언을 해주었다. 사람의 그릇 크기가 물질에 대한 욕망으로 결정될수는 없다. 하지만 높은 가치의 것들을 생각하고 바라는 동안 사람의 그릇 크기, 즉 마인드도 함께 커진다는 것을 그 친구를 보며 알 수 있었다. 낭비하고 사치스럽게 느껴졌던 친구가 앞으로더욱더 부자의 삶을 살 것이라는 확신이 든다.

평소에 "나는 돈은 벌 수가 없어요"라는 말을 습관처럼 달고 사는 사람은 절대로 부자의 삶을 살 수가 없다. 오늘도 나는 '나 자신을 위해서 무엇을 해줄까?' 하는 고민으로 하루를 시작한다. 그리고 부자처럼 돈 쓰고, 부자로 살아가기 위한 버킷리스트를 또 하나 늘려간다.

03
열심히 사는 삶보다
특별한 삶을 살고 싶다

열심히 사는 삶과 특별하게 사는 삶의 차이가 무엇일까? 한참 생각하게 되는 주제다. 내가 생각하는 특별한 삶은 그 삶 속에 '내'가 있는 삶이다. 반면, 열심히 사는 삶은 그 속에 '내'가 빠져 있는 삶이다. 누구나 '나'를 위한 삶을 산다고 생각한다. 하지만 좀 더 깊이 생각해보면, 많은 사람이 그 속에 '내'가 빠져버린 인생을 살고 있다.

대기업 부장으로 근무하고 있는 친구가 있다. 6년 전 또 다른 친구를 통해 처음 알게 되었을 때, 그는 차장 직함을 달고 있었다. 그 당시 맡은 업무가 그나마 여유를 부릴 수 있는 업무였다. 직장에 다니지만, 자신을 위한 시간도 있었고, 가족들과도 자주 시간을 보낼 수 있었다. 아직 나이가 어린 막둥이 손을 잡고 동네 산책도 하고, 아이들과 추억을 쌓기 위한 여행도 자주 다니며, 자신을 위한 운동도 즐기는 생활을 보내고 있었다. 그의 삶 속에 행복을 추구하는 자기 자신이 고스란히 녹아 있는 것이 보였다. 매사 완벽을 추구하는 성격인 만큼 직장 업무도 누구보다 잘 해내는 스타일이었다.

그런 그의 능력을 회사에서도 인정해 친구는 부장으로 승진하게 되었다. 대기업의 부장 자리는 높은 연봉과 함께 누구나 부러워하는 직책이다. 하지만 몇 년 동안 그 친구를 지켜보면서 내 자식들을 대기업에 취업시키고 싶지 않다고 생각하게 되었다. 시간이 갈수록 그 친구의 생활 속에서 자기 자신의 삶을 찾아볼 수 없었기 때문이다. 완벽주의인 친구의 성격 탓도 있겠지만, 내 눈에는 대기업 시스템은 간부들에게 회사를 위한 시간 외의 시간은 용납하지 않는 듯 비쳤기 때문이다. 아침 일찍 하루를 시작하고, 저녁 늦게까지 업무의 연속인 친구가 하루하루 지쳐가는 것이 내 눈에도 보였다.

힘들어하는 친구를 가끔 만나면, 나는 늘 "우리가 사는 목적은 행복하기 위함이야. 도대체 뭘 위해 사는 인생이야? 아무리 봐도 너 자신은 쏙 빠져버린 인생을 사는 것 같다. 너의 인생 중심에 회사, 가족이 아닌 너 자신을 가장 우선했으면 좋겠어. 자기 자신이 빠진 삶은 의미가 없는 삶이라고 생각해"라고 말했다. 이렇게 말하면 친구는 늘 "이렇게 안 살면 회사에서 잘린다. 방법이 없잖아"라고 말했다. 어깨가 무거운 40대 가장이자 직장인의 대표적 고충을 말하며 한숨을 쉬는 것이 어느새 그 친구의 일상이 되어버렸다. 아이들의 커가는 모습도 제대로 못 보고, 늘 과로와 스트레스, 그리고 잦은 술자리로 인해 친구는 병원 검진에서 여러 가지 이상소견도 통지받는 악순환을 반복하고 있다. 방법이 정말 없을지 안타까운 마음에 다시 한번 생각해보게 되는 친구의 삶이다.

남편을 허무하게 보내버리고, 나는 세상에서 누가 뭐라 해도 가장 중요한 사람은 바로 '나'라고 말한다. 힘들게 살면서 자신이 해보고 싶은 것 하나도 해보지 못하고 허무하게 우리 곁을 떠나버린 남편, 그런 남편을 보며 나는 절대 그렇게 살지 않을 것이라 다짐했다. 열심히는 살았을지언정, 특별한 삶을 살지는 못했다. 남편은 자신을 위한 것은 전혀 하지 않고, 오로지 나와 아이들을 위한 삶을 살았다. 남편이 좀 더 자신을 위한 삶을 살다 갔다면, 이렇게 마음 한구석이 무겁지는 않을 것이다. 내 인생에서 진정으로 '나'를 느끼며 사는 방법은 무엇일까? 그리고 특별한 삶을 사는 것은 어떤 것일까 고민해본다.

주변에는 열심히 사시는 분들이 차고 넘친다. 하지만 진정으로 행복을 느끼며 사는 사람은 잘 볼 수 없다. 우리가 살아가는 가장 궁극적인 목적은 바로 '행복 추구'다. 우리의 삶 속에서 '행복'이 빠져버린다면, 그것은 죽은 것이나 마찬가지다. 하루하루 지쳐가는 친구의 얼굴에서 점점 웃음이 사라져갔다. 처음 친구를 보았을 때는 누구보다도 환한 미소를 짓고 있었다. 자신감 넘치는 모습과 환한 미소가 그 친구의 장점이었다. 하지만 환한 미소는 사라지고, 어느 순간 푸념과 불만이 가득한 상태가 되어갔다. 그 여파는 주위 사람들에게 고스란히 전달되었다. 그 때문인지 나 또한 친구를 점점 멀리하게 되었다. 힘들어하는 친구의 모습에 나 역시 힘들어졌기 때문이다. 행복한 마음이 전염되듯이, 힘든 마음도 전염되는 바이러스였다.

아버지는 늘 입버릇처럼 우리에게 이런 말씀을 하셨다.

"아부지가 와 이렇게 죽도록 열심히 사는 줄 아나? 이게 다 너희들 때문이다. 너희가 밖에 나가서 기 안 죽게 할라꼬, 아부지가 이래 열심히 사는기다. 그라마, 너거는 뭐를 하마 되겠노? 너거는 아부지가 하라는 공부만 열심히 하마 된다. 공부 잘해서 미국 유학이라도 간다카마 아부지가 우째던지 보내줄 테니까 공부 열심히 해라. 알았제?"

아버지는 늘 우리 때문에 열심히 사는 거라고 말씀하셨고, 공부를 잘하지 못했던 나는 늘 죄인이 된 듯한 기분을 느껴야만 했다. 그래서 아버지와 눈을 마주치는 것이 싫었고, 자꾸만 아버지를 피하게 되었다. 어린 나의 눈으로 보았을 때 아버지는 순전히 아버지 자신을 위한 삶을 살고 계신다는 생각이 들었다. 우리 때문에 고생하신다는 아버지의 말씀은 도저히 이해가 되지도 않고, 마음으로 받아들여지지 않았다.

아버지께서 돈을 버는 이유 중에는 가족들을 풍요롭게 살 수 있도록 해주겠다는 염원이 있었을 것이다. 어릴 적에 겪었던 가난이 누구보다 싫으셨기 때문이다. 하지만 철부지 어린 나에게는 그런 아버지의 노력이 느껴지지 않았다. 내가 봐온 아버지 인생의 주인공은 늘 아버지 자신이셨다. 주인공으로 살아가는 삶 속에 감사하는 마음이 깔려 있었더라면 얼마나 좋았을까 하는 아쉬움이 많이 든다. 아버지를 내조해주는 엄마에 대한 감사, 건강하게 잘 자라고 있는 아이들에 대한 감사, 스무 살에 아버지와 인연이 되어 아직도 아버지를 모시고 있는 직원에 대한 감사, 남편을 일찍 잃었지만 씩씩하게 잘 살고 있는 딸에 대한 감사, 이런 모든 일상에 감사하는 마음이 아버지의 삶 속에 습관처럼 자리 잡고 있었다면, 진정으로 아버지의 삶은 특별해졌을 것이다.

어릴 적 우리에게 꿈을 심어주시고, 건강하게 잘 커주면 더 이상 바랄 것이 없겠다는 아버지의 마음을 전달해주셨더라면 어땠을까? 엄마에게 늘 당신이 해주는 음식이 최고라고 감사하는 마음을 표현했더라면 또 어땠을까? 분명 많은 것이 달라진 현재가 되었을 것이다. 엄마는 더욱 건강한 삶을 살고 계실 것이고,

아버지의 삶 또한 더욱 풍요로워지셨을 것이다. 누구보다 열심히 사신 아버지의 삶에 감사하는 마음이 습관이 되어 있었다면, 최고의 삶이자 특별한 삶이 되었을 것이다.

직접 아버지에게 하지 못하는 말을 글로 이렇게 적어본다. 나중에 나의 책을 읽어보시고, 딸의 간절한 마음이 아버지에게 꼭 전달되었으면 하는 마음으로 이 글을 쓴다. 글이 잘못 전달되어 오해를 사는 경우도 있다. 하지만 글은 대체로 좋은 효과를 낸다. 특히 마음을 표현하는 수단으로는 가장 으뜸이 아닐까 생각한다.

'말 안 해도 알겠지'라는 말은 틀린 말인 것 같다. 말 안 하면 모르는 것이 사실이다. 부부 관계, 부모. 자식 관계에서도 표현하지 않으면 상대는 절대 알 수 없다. 단지 짐작할 뿐이다. 하지만 미워하는 마음은 표현하지 않아도 바로 느낄 수 있다. 표정과 말투, 행동으로 표현되기 때문이다. 사랑하는 마음, 감사하는 마음은 표현하면 할수록 배가 된다. 하지만 가족끼리 건네기에는 어딘가 쑥스럽다. 그럴 때 글은 아주 멋진 전달 도구가 되어준다. 말이 어렵다면 글로라도 자신의 마음을 전달하도록 노력하자. 그러면 우리의 삶은 더욱 특별해질 것이다.

내가 생각하는 특별한 삶은 감사하는 삶이다. 주변 모든 것에 감사의 마음을 가지기 시작하면, 그 영향은 분명 부메랑이 되어 나에게로 돌아올 것이다. 부부에게는 더욱 사랑하는 마음이 되어 돌아오고, 자녀들에게는 사랑에 존경심이 더해져 돌아온다. 그리고 직원들에게는 신뢰와 존경심, 그리고 애사심이 되어 돌아온다. 이렇게 모든 것을 좋은 결과로 이끌어내는 선순환의 기본이 바로 감사의 마음이다. 내 나이 쉰 살이 되어서야 깨닫게 되었다. 평생을 못 깨닫고 살았더라면 어떠했을까 생각해 본다. 아마도 훗날 끔찍하고 외롭게 늙어가는 노인이 되어 있을 것 같다.

　일상 속에서 나는 매일 수많은 글을 쓰고 문자를 보낸다. 그 마지막에 '감사합니다. 사랑합니다'라고 적고 있다. 가식적이지 않고 진심을 담아서 쓰는 문장이다. 내 마음속에 감사함이 가득하도록 나는 의도적으로라도 생각하고 노력한다. 어쩌면 나의 뇌를 그렇게 느끼도록 세뇌시키고 있는 것인지도 모르겠다. 그러한 노력으로 나의 삶은 더욱 특별한 삶이 될 것이라 믿는다. 100억 부자, 100세 건강, 100명의 친구를 꿈꾸는 나를 위한 가장 핵심은 바로 감사하는 마음이다. 오늘도 감사합니다. 그리고 사랑합니다.

04
이 세상 최고의
우량주는 나 자신

       얼마 전 주식 전문가의 유튜브 방송을 보았다. 불과 몇 년 전 코스피 지수가 3,000을 넘었다. 그 당시 할머니, 할아버지의 쌈짓돈까지 주식 시장으로 몰려들었다. 뜨거워질 때로 뜨거워진 주식 시장은 어느 순간 다시 얼어붙기 시작해 현재는 2,300선까지 떨어져버렸다. 최고점에 주식 시장에 발을 들여놓은 개미들이 다시 우르르 떠나고 있는 순간이다.

  주식 초보들이 들고 온 돈은 모두 수업료로 다 나간다는 주식 전문가의 이야기가 현실이 되는 순간이었다. 수많은 초보들의 주머니를 털어내고, 눈물을 흘리게 만든 주식 시장이 요즘 다시 빨갛게 고개를 들고 있다. 주식은 뉴스에 의해서 움직이는 것이 아니라, 시세의 원리로 움직인다는 말이 너무나도 피부로 느껴지는 시간이다.

전문가의 표현을 빌리자면 향후 10년 동안 우상향의 곡선을 그리며 우리를 부자로 만들어줄 주식은 '저평가된 우량주'라고 했다. 분석할 것도 없는 좋은 기업임에도 주식 가치는 굉장히 저평가되어 있는 회사의 주식을 찾아서 포트폴리오에 조금씩 담아보라고 했다. 시세의 원리란 알면 알수록 참 재미있다. 주식을 다른 시각으로 바라볼 수 있는 눈을 키워야만 시세의 원리가 보이는 것 같다.

우리는 많은 곳에 투자하며 살아간다. 부동산, 경매, 주식, 그리고 요즘은 코인까지, 수많은 곳에 자신의 소중한 돈을 투자하고, 수익 실현보다는 손실의 경험을 더 많이 하고 있다. 이는 나의 이야기이며, 내 주변 지인들의 이야기다. "어린것들(주식 초보)이 남의 돈을 그저 먹으려는 도둑놈 심보를 버려"라고 말씀하시는 고수분의 이야기가 생각이 난다. 욕심을 가지고 투자에 덤벼들기 때문에, 초보는 돈을 벌 수가 없는 것이다. 모든 투자는 시세의 원리가 있다는 것을 돈을 잃고 나서야 경험으로 알게 된다.

하지만 끊임없이 투자해야 할 곳은 바로 '나'다. 진정으로 저평가된 우량주가 바로 '나'인 까닭이다. 보통의 사람들은 자신에게 투자하는 것을 무척이나 아까워한다. 책 한 권 사는 것조차 하지 않는 사람들이 의외로 주위에는 너무나 많다. 하지만 빠르게 변하는 세상에 발맞추기 위한 배움의 투자는 우리가 살아가는 동안 계속되어야 한다.

우리나라의 대표적 우량주는 누가 뭐라 해도 '삼성전자'다. 수십 년의 시간을 우상향 곡선을 그리며, 수많은 사람에게 희망을 안겨준 우량주다. 하지만 이런 삼성전자도 어느 타이밍에 주식을 매수하느냐에 따라 돈을 벌 수도 있고, 아니면 반대로 잃을 수도 있다. 전체 차트의 곡선은 분명 우상향을 향하고 있지만, 그 속을 들여다보면 수많은 깊고 얕은 골짜기가 있음을 알 수 있다. 그 골짜기 속에 수많은 사람의 돈과 눈물이 녹아 있다.

우량주는 골짜기가 깊어도 다시 상승으로 돌아서는 힘이 강한 것이 특징이다. 그리고 계속 상승해나간다. 이것을 믿고 장기 투자를 한다면 누구나 수익을 낼 수 있다. 무엇보다 회사를 믿는 마음이 가장 중요하다. 회사의 주주라는 마음으로 기다리면, 반드시 수익이라는 선물이 주어질 것이다.

골이 깊으면 상승 또한 높다는 것을 믿지 못하고, 얕게 얕게 살아가는 사람들도 많다. 골짜기 속에 주저앉아 나오지 못하는 사람들도 많다. 모두 자신에 대한 믿음이 없기에 일어나는 일이다. '나'라는 회사를 믿지 못하기 때문에 생기는 일인 것이다. 현실이 아무리 힘들고 어려워도 우리는 자신에 대한 믿음을 버려서는 안 된다. 세상 사람들이 다 의심해도 자기 자신은 믿어야 하는 것이다. 무조건 더 나은 삶을 살 것이라는 믿음을 강하게 심어야만 인생의 깊은 골짜기를 빠져나올 수 있다.

그러한 믿음을 갖기 위해서는 나 스스로가 훌륭한 우량주라는 것을 알아야 한다. 현재는 저평가되어 있지만, 분명 멋지게 상승곡선을 만들어낼 훌륭한 우량주임을 믿어야 한다. 먼저 '내가 하는 일이 다 그렇지', '잘될 턱이 없지', '어째서 신은 나만 미워할까?'와 같은 수많은 부정적인 생각을 버려야 한다. 가난을 부르는 부정적인 말이 결국은 자신을 골짜기 속에 가둔다. 자기 자신을 칭찬하고, 자신의 장점을 찾는 것에 집중하는 시간을 많이 가져보자. 부정보다는 긍정의 생각을 많이 해보는 것이다. 긍정의 생각은 분명 연습이 필요하다. 부정적 생각은 무의식적으로 쉽게 떠오르지만, 긍정의 생각은 연습하고 노력해야만 무의식 속에 자리 잡게 된다.

내가 주식을 처음 접하게 된 것은 2017년이다. 긴 시간은 아니지만, 그렇다고 짧은 시간도 아니다. 그동안 내가 느낀 것은 우리의 인생과 주식이 많이 닮았다는 것이다. 주식 차트를 유심히 바라보면, 그 속에 우리네 삶처럼 희로애락이 담겨 있음을 느낄 수 있다.

삼성전자가 작년 초 9만 원을 넘어가는 시점이 있었다. 동학개미라는 신조어까지 만들어내며, 수많은 사람이 삼성전자 주식을 사기 위해 몰려들었다. 매스컴에서도 '10만 전자 가자'를 외치며, 많은 사람을 주식 시장으로 불러 모으는 데 일조했다. 주식을 하지 않던 사람들도 그 시점에 엄청나게 시작했다. 당시 고등학생 조카도 용돈을 털어 삼성전자를 매수했다. 하지만 그 때부터 흘러내리던 삼성전자 주식은 현재 6만 원 선도 무너져 끝없이 내려가고 있다. 물론 나는 나의 멘토의 말씀을 듣고 일찍 매도할 수 있었다.

살면서 누구를 만나는지에 따라, 그리고 어떤 사람의 말에 귀를 기울이는지에 따라 우리 삶의 방향이 달라진다. 우리는 늘 누군가의 말에 귀 기울이며 살아간다. 하지만 대부분의 사람들이 전문가가 아닌, 비전문가의 말을 듣고 판단한다. 많은 사람들이 너무나 안정적으로 오를 것만 같았던 삼성전자 주식을 믿고, 주변 사람들과 매스컴의 말만 듣고 자신의 소중한 돈을 갖다 바친 것이다.

건강도 마찬가지다. 살다가 혹여라도 암이라는 병에 걸리면, 그 순간부터 사람들은 자기 몸의 주인이 아닌 노예가 되어버린다. 병원과 의사의 말에 모든 것을 맡겨버리고, 한 치의 의심도 없이 믿어버리는 것이다. 나는 밑도 끝도 없는 그 믿음으로 인해 많은 사람이 자신의 타고난 수명을 다 살지도 못하고, 귀한 목숨을 잃고 있다고 생각한다. 암 진단을 받은 후 우왕좌왕하다 보면 어느새 죽음의 문 앞에 서 있는 경우를 많이 보게 된다. 나의 남편도 그랬고, 수많은 지인이 그랬다. 죽음의 문 앞에서 후회해봐도 이미 때가 늦어버린 것이다.

재산과 건강은 지킬 수 있을 때 스스로 지켜내야 한다. 그 누구도 나를 대신해주지 않는다. 내 인생의 주인공은 분명 나다. 내 몸의 주인도 바로 나다. 주인이라는 믿음은 자기 자신이 가치 있는 우량주라는 강한 믿음이 있을 때 생기는 마음이다. 인생의 골짜기 속에 빠져 한 치 앞을 볼 수 없는 상황이 오면, 누구나 이성적이고 현명한 판단을 할 수 없게 된다. 나무를 보지 말고 숲을 보라는 말이 생긴 이유일 것이다. 깊은 골짜기에서는 산을 벗어날 수 없을 것 같은 생각이 든다. 하지만 곧 그곳을 벗어나 넓은 평지로 나가게 된다. 이는 자신에 대한 믿음과 용기가 있을 때 가능한 것이다.

'나는 날마다 모든 면에서 점점 더 나아지고 있다'라는 성공 확언을 매일 외쳐보라. 내 인생이 현재 힘들다면, 스스로 긍정의 확언으로 열정을 끌어올려야만 한다. 운전하는 차 안에서 나는 있는 힘껏 외쳐본다.
"나는 날마다 모든 면에서 점점 더 좋아지고 있다."
"나는 날마다 모든 면에서 점점 더 나아지고 있다."
"나는 날마다 모든 면에서 점점 더 성장하고 있다."

세 번의 강한 외침은 나의 마음속에 뜨거운 덩어리를 만들어준다. 순간 용기가 솟아나는 것을 느낀다. 바로, 신념이 생기는 것이다. 글 속에 강한 에너지가 느껴진다. 나는 그 에너지를 나에게 심어주는 외침을 한 것이다. 나는 현재 수많은 골짜기를 지나 넓은 평야를 지나 정상을 향하고 있다고 믿기 시작한 순간이었다.

죽을 것같이 힘든 날들도 시간이 지나고 보면, 상승으로 가기 위한 골짜기였음을 알 수 있다. 지난 차트를 보면 모든 것이 눈에 보이듯이, 나의 과거 역시 지나고 나니 저점과 고점이 보인다. 물론 당시엔 다시는 회복되지 않는, 죽음의 협곡으로만 느껴졌다. 아무도 없는 깜깜한 깊은 계곡에서 길을 잃은 듯한 공포에 죽을 만큼 힘들었다. 하지만 그곳에 주저앉을 수 없었기에 나는 열심히 정상을 향해 걸어가고 있다. 저곳에 정상이 있다는 것을 믿고, 저곳에 갈 수 있는 나 자신을 믿고 나아간다. 나는 그 어떤 것과도 비교할 수 없는 최고의 우량주임을 강하게 믿는다.

05
프랑스 여자처럼
살기

나이가 들어가면서 대부분의 여성은 예쁘다는 말보다 우아하다는 칭찬을 더 좋아한다. 진정한 우아함은 내면의 깊이가 있을 때 자연스럽게 드러나는 것이다. 우아한 척할 수는 있다. 하지만 입을 여는 순간, 우아함과는 거리가 멀어지는 사람들도 종종 보게 된다.

나 또한 우아하다는 표현이 더 듣고 싶은 쉰 살의 여자다. 40대와 50대는 조금 다른 느낌으로 다가온다. 누군가 쉰 살은 행복으로 접어드는 길이라고 표현한다. 나이 드는 것을 무척 싫어하는 사람들도 많다. 그들은 과학과 의학의 힘을 빌리며, 조금이라도 더 젊어 보이기 위해 애를 쓴다. 하지만 그 모든 것이 자기만족이라는 것도 얼마 지나지 않아 느끼게 될 것이다.

나는 쉰 살인 지금, 내 나이가 어느 때보다도 좋다. 치열했던 내 인생에서 약간은 내려놓은 듯한 여유마저 느낀다. 쉰 살을 왜 행복으로 접어드는 길이라고 표현하는지 조금은 알 것 같기도 하다. 무엇보다 좋은 것은 누구 엄마, 누구 아내의 삶이 아닌, '정문교'라는 내 이름으로 살 수 있다는 점이다. 내가 잘한 것 중 하나를 꼽으라면, 육아에서 조금 젊은 나이에 해방된 것이다. 오롯이 이제는 나 자신에게 집중하며 살아갈 수 있다. 각자의 길을 잘 찾아서 가고 있는 아이들 덕분이다. 나의 아이들에게 다시 한번 감사함을 느낀다.

하루 24시간 나를 위한 시간이 하나도 없을 때도 있었다. 하루하루 벼랑 끝 치열한 삶에서 아이들의 엄마, 한 남자의 아내, 그리고 한 집안의 며느리로만 살았던 시간이다. 1년에 아홉 번 제사를 지내는 며느리의 삶이 참 힘들었다. 장손이 없는 상황에도 그 많은 제사는 장손의 아내인 나의 몫이었다. 때로는 화가 났다. '남편도 없는데 내가 왜 이 집안 제사를 계속 지내야 하나?'라는 생각이 들었다. 어린 나의 아들이 또다시 장손이라는 이유로 아빠의 역할을 대신해 제사상에 술잔을 올리고 절을 하는 것이 보기가 싫었던 것이었다.

하지만 자손들이 잘되기 위함이라는 생각으로 이내 마음을 고쳐먹고, 묵묵히 며느리의 역할을 했다. 그러다가 코로나 시국을 겪으며 집에서 손수 많은 음식을 하고, 밤 12시에 제사를 지내던 것을 이제는 납골당에 가서 과일 몇 가지와 떡만 올려놓고 간단하게 인사하는 것으로 바꾸었다. 제사를 지내지 않으면 큰일 날 것 같았지만, 아무 일도 일어나지 않았다. 모든 것이 마음먹기에 달렸다는 것을 다시 한번 느끼게 되었다.

나는 프랑스 여자처럼 살고 싶다. 자유로운 영혼, 그리고 우아함의 상징인 듯한 프랑스 여자처럼 살고 싶다. 나이 들어감을 자연스럽게 받아들이고, 스스로를 그 어떤 것으로도 구속하고 싶지 않다. 지금처럼 앞으로도 주도적으로 살아가고 싶다. 주도적인 삶을 살기 위해 가장 중요한 것은 바로 건강이다. 내면의 건강과 외면의 건강이 조화를 이루는 것이 가장 먼저 우선되어야 한다. 돈은 그다음 문제다. 건강이 없다면 돈은 아무런 소용이 없다. 정신이 건강하지 않으면, 자기밖에 모르는 고집 센 노인으로 늙어간다. 고집 센 노인의 마지막은 외로움과의 싸움이다. 자식들조차도 외면하는 외로운 노인을 나의 시아버지를 통해 보게 되었다. 늘 칼날 같으셨던 분이었지만, 마지막은 초라하고, 누구보다 외로운 노인이셨다. 아버님의 칼날에 많은 상처를 받은 자식들과 손자·손녀들, 그리고 친척들 그 누구도 곁에 가려고 하지 않았다. 아버님의 마지막 모습이 나에게 많은 생각을 하게끔 했다.

육체가 건강하지 않으면 점점 누군가에게 의지하는 삶을 살게 된다. 사람은 누구나 자신의 의지와 오감으로 행동하며 살기를 원한다. 정신적 건강과 육체적 건강, 이 두 가지는 모든 사람들이 바라는 희망이다. 하지만 조화로운 삶을 살지 못하는 사람들을 주위에서 많이 보게 된다.

정신적인 건강을 위해 나는 꾸준히 독서를 한다. 하루 10~20분 정도의 독서를 짬짬이 한다. 한 권의 책을 처음부터 끝까지 다 읽는 것이 아니고, 여러 권의 책을 한 단락씩 뽑아서 발췌 독서를 한다. 물론, 그중에는 처음부터 끝까지 다 읽는 책들도 있다. 쉽게 읽히면서도 강한 메시지를 주는 책이 그러한 책이다. 최근에도 두 권 정도의 책을 바로 다 읽어버렸다.

아침에 눈을 뜨면 반드시 책을 읽고 하루를 시작하라고 권하고 싶다. 자기계발 도서를 아침에 읽는다면 분명 희망찬 하루가 될 것이다. 눈을 뜨고 매일 5분 만이라도 책을 읽는 습관을 들여보자. 그리고 필사를 해보자. 짧지만 강한 메시지를 줄 수 있는 문장을 필사하는 것이다. 부드러운 펜으로 한 단어씩 또박또박 써보면, 어느새 글귀는 자신의 마음에 새겨진다. 이 두 가지를 매일 꾸준히 하다 보면, 어느 순간 자기 내면의 또 다른 힘을 느낄 수 있을 것이다. 그것은 바로 자신감이다. 그 힘으로 나는 현재 책 쓰기까지 도전하게 되었다. 꾸준함의 힘은 참으로 대단하다. '낙수가 바위를 뚫는다'라는 말이 그냥 생긴 것이 아님을 체험하게 되었다.

꾸준히 어떤 행동을 반복하느냐에 따라 나의 5년 뒤, 10년 뒤가 달라진다. 현재의 사소한 작은 행동이 꾸준함이라는 반복적인 행동이 되면, 그것은 사소함이 아닌 강력한 힘으로 발휘된다. 그 첫 시작은 5분으로 시작할 것을 강조한다. 시작함과 동시에 지쳐버리지 않게 하기 위함이다. 하루 정리 5분의 힘, 하루 독서 5분 등은 모두 습관 들이기를 먼저 하라는 의미다. 인생을 바꿀 수 있는 것은 작은 습관임을 잊지 말아야 할 것이다. 나의 뇌가 힘들다고 기억할 수 없는 시간 5분. 힘들다는 기억이 뇌에 새겨지면 포기해버릴 확률이 그만큼 높아지기 때문이다.

꾸준함의 힘으로 현재 내가 반년 이상 하고 있는 것은 요가 수련이다. 좀 더 솔직하게 이야기하면, 아직은 요가라기보다는 스트레칭 수준이다. 운동하는 것을 누구보다 싫어하는 나는 어떠한 운동이라도 꾸준히 하는 것이 없었다. 수영을 배울 때도 '자유형' 다음 코스로 넘어가지를 못했다. '만보 걷기'에 도전했지만, 며칠 하지도 못하고 포기했다. 그러다 '줌바 댄스'를 배워보겠다고 시작했다가 한 달 만에 또 포기했다. 상·하체가 어쩜 그리도 따로따로 노는지 신기할 정도였다.

그러다 도전한 것이 실내 암벽등반이었다. 등 근육이 매력적으로 잡힌다는 말에 시작했다. 하지만 나의 한계는 역시나 한 달이었다. 이번에는 의지박약이라기보다는 코로나가 문제였다. 그러다가 마지막으로 요가를 시작했다. 유튜브에서 '요가은 요가'를 알게 되었다. 매일 아침 6시에 15분 정도 하는 모닝요가 미션에 참여하게 된 것이 시작이다. 처음부터 1시간을 채우고 땀을 뻘뻘 흘리는 강도 높은 운동으로 시작했더라면 결과는 불을 보듯 뻔하다. 며칠을 못 하고 나의 뇌는 힘들다는 기억을 나의 온몸에 전달했을 것이다. 하지만 하루 15분은 내가 충분히 따라 할 수 있는 강도였다. 하고 나면 아침 시간 나의 몸이 훨씬 개운해지는 것을 느낄 수 있었다. 기분 좋은 약간의 힘듦이 기억되어 나의 몸은 아침마다 요가를 할 수 있는 몸으로 바뀌어갔다.

미션이 끝나고도 나는 매일 15분 정도의 영상을 찾아서 나의 몸의 가동범위에 맞는 요가를 하게 되었다. 요즘은 30분 정도의 수련도 따라 하고 있다. 숨이 차오르고 근육이 찢어질 듯한 순간이 있지만, 나의 뇌는 힘듦보다는 하고 난 뒤의 개운함과 뿌듯함을 기억한다. 선생님의 차분한 목소리도 나를 붙잡아두는 하나의 요소였다. "할 수 있어요", "참 잘했어요"라고 응원의 한마디를 해주실 때마다 더 이를 꽉 깨물고 수련에 집중하게 된다. 물론 아직도 내 몸은 유연함이 많이 부족하다. 하지만 처음보다 조금씩 더 유연해지고 있다는 것을 스스로 느끼고 있다.

요가를 통해서 근육을 유연하게 만드는 것 외에도 나만의 건강을 지키는 비법이 또 한 가지 있다. 바로 부항을 하는 것이다. 부항을 제대로 사용하면 몸의 자가 치유도 가능하다. 다만 몸에 부항의 흔적이 며칠 남는 것이 단점이다. 나의 정신건강과 육체의 건강을 지켜주는 것은 건강검진도 아니고 의사도 아니다. 오로지 작은 생활 속 습관이 나를 지켜주는 것이다.

독서 5분의 힘과 요가 수련 15분의 힘은 나의 인생을 서서히 바꾸고 있다. 꾸준함이라는 습관이 생기면 인생의 변화를 경험하게 된다. 하나씩 습관으로 자리 잡는 행동들이 모여 나의 하루를 만들어나간다. 좋은 습관들이 나의 하루를 충만하게 만들어준다. 하루하루가 충만한 시간으로 가득할 때, 나는 비로소 행복함을 느끼게 된다. 프랑스 여자와 같은 우아하고 멋진 삶을 살고 싶은 욕망은 나의 습관 변화를 위한 꾸준함으로 이어지고 있다.

06
나의 당당함의 힘은
'가족'이다

　　인생을 살아가는 데 반드시 필요한 기본자세가 몇 가지 있다. 그중 가장 필요한 것은 당당함이 아닐까 생각한다. 꼿꼿하게 허리를 펴고, 세상과 맞설 수 있는 당당함은 무엇보다 중요하다. 하지만 당당한 외적 자세는 그냥 갖춰지지 않는다. 나의 생각과 의식이 바로 섰을 때 가능하다. 목표가 뚜렷하고 긍정적 생각을 할 수 있을 때 당당한 행동이 밖으로 표출될 수 있다. 그리고 또 하나, 나의 응원군이 늘 함께할 때 더욱더 나답게 당당할 수 있는 용기가 생긴다.

　　한 줌 가루로 변해버린 남편의 유골함을 아들이 품에 안았다. 아직 유골함의 열기가 고스란히 느껴졌다. 천년만년 살 것처럼 살았지만, 남는 것은 오로지 한 줌의 가루라는 것이 그렇게 허무할 수가 없었다. 아버지를 안아주듯이 아들은 따뜻한 유골함을 품에 꼭 끌어안고 화장터에서 납골당까지 이동했다. 3일 동안 아들은 평소 어리게만 봐왔던 내 아들이 아니었다. 우리 집안의 장남이었고, 나와 딸의 보호자였다. 아들은 장례식의 마지막 순간까지도 장손의 대견한 모습을 보여주었다.

대구 팔공산에 위치한 '도림사'라는 절의 납골당에 남편을 안치했다. 그중에서도 밖이 훤히 보이는 제일 좋은 자리로 했다. 넓은 창밖으로 환하게 펼쳐진 하늘을 마음껏 보라는 의미로 가장 비싼 장소였지만 그곳을 선택했다. 그 선택은 물론 남아 있는 우리의 만족감이었다. 며칠 동안의 장례 절차를 모두 마치고, 나와 아이들은 힘없이 집으로 돌아왔다. 남편이 없는 집이 우리에게 무척이나 낯설게 느껴졌다. 이제 남편이 없다는 게 도저히 믿어지지 않았다.

우리는 각자의 방에서 말없이 한참을 있었다. 잠시 후 친정 동생들과 친정 부모님이 찾아오셨다. 친정 부모님은 사위도 자식인지라 자식을 먼저 보내는 장례식장에는 차마 오시지 못하셨다. 집에서 마음으로 좋은 곳으로 가기를 함께 기도해주셨다. 집에 들어오시자마자 아버지께서 나를 꼭 안아주셨다. 그리고 "아부지가 있으니까 아무 걱정하지 마라"라는 말씀과 함께 등을 토닥여주셨다. 나는 또다시 흐르는 눈물을 감출 수가 없었다.

남편을 먼저 보내고 내가 당당하게 버틸 수 있는 힘은 바로 가족이었다. 가족은 때로는 가장 상처를 많이 주기도 한다. 하지만 큰일이 생겼을 때는 힘을 모아주는 최고의 응원군이다. 가족의 소중함은 어리석게도 큰일을 겪었을 때 알 수 있다. 누군가의 아내로 살았던 19년의 시간을 접고, 나는 다시 부모님의 딸로 돌아간 것 같다는 생각이 들었다. 부모님이 바람막이처럼 뒤에 계신다는 생각만으로 나는 무척 든든했다. 나에게 부모님이 계시지 않았다면, 그때의 힘겨움을 이겨내기가 어려웠을 것이다.

나의 보호자 역할을 하던 아들은 어느새 자라서 이제 어엿한 스물네 살 청년이, 그리고 딸은 스물여섯 살 아가씨로 성장했다. 지난 세월 동안 두 아이에게 나는 늘 감사한 마음을 가지며 살아왔다. 아빠가 아팠을 때 중학생이던 아들은 한참 사춘기를 겪고 있을 나이였다. 하지만 아들은 한 번도 사춘기인 것을 드러내지 않았다. 너무나 알아서 자기 할 일을 잘하는 착한 학생이었다. 공부를 그다지 열심히 하지는 않았지만, 여느 사춘기 아이들처럼 엄마, 아빠를 속상하게 만든 적이 한 번도 없다. 아빠로 인해 힘든 엄마에게 자기까지 엄마를 힘들게 만들고 싶지 않았다는 이야기를 나중에서야 털어놓았다.

아빠를 보내고 난 후부터 아들은 공부를 굉장히 열심히 했다. 성적이 나날이 상승곡선을 그렸다. 고등학교를 졸업할 때는 영어와 물리 과목에서 전교 1등을 할 정도로 집중력을 보여주었다. 너무나 신기했다. 다들 머리 싸매고 공부하는 고등학교 시절에 내신등급을 2등급 이상 끌어올리는 것은 엄청난 사건이었다. 고등학교 1학년 때 4등급의 내신이었던 아들이 졸업 때는 내신 1등급으로 졸업했다. 어느 날 너무나 대견하다고 칭찬하는 나에게 아들이 말했다.

"엄마, 공부 별로 안 하던 내가 왜 그렇게 열심히 공부했는지 아나?"
"아니. 왜 그렇게 열심히 했는데?"
"엄마 기죽지 말라고 내가 열심히 공부했다. 밖에 나가서 엄마 기죽을까 봐. 그래서 더 열심히 공부했다. 하다 보니까 성적이 오르고 그래서 재미가 나서 더 열심히 했다."

기특한 아들의 말을 듣고 나는 속으로 눈물을 삼켰다. 대견스러운 아들의 말이 굉장히 감동적이었다. 아들이 아빠가 없어 기죽을 것을 엄마인 내가 신경을 써야 하는데, 반대로 아들이 엄마를 더 신경 쓰고 있었던 것이었다. 물론 나 또한 아빠 몫까지 다하려고 굉장히 애를 썼다. 하지만 아빠처럼 함께 야구를 해줄 수도 없었고, 함께 몸으로 뒹굴며 씨름을 할 수도 없었다. 무엇보다 아빠처럼 같이 목욕탕에 가서 등도 한번 밀어줄 수 없었다. 사소한 일상이 그렇게 소중한 것임을 지나고 나니 느낄 수 있었다. 매일매일 사소한 것까지 감사함을 느껴야 하는 이유다. 고3이 되어도 나는 고3 엄마라는 생각이 한 번도 들지 않았다. 너무나 알아서 잘하는 아들 덕분이었다.

아들은 원하는 과에 원서를 넣었고, 무난히 합격했다. 그리고 2년 동안 장학금을 받고 학교에 다녔다. 아들은 엄마가 학비 걱정하는 것이 싫었고, 무엇보다 학기당 500만 원 정도의 등록금을 다 내고, 학교에 다니는 것이 너무나 아깝다고 생각해 고3 때도 하지 않던 밤샘 공부를 하며 줄곧 과 수석을 놓치지 않았다. 그리고 이제 그 아들은 미국 유학을 준비하고 있다.

일 때문에 알게 되었지만, 오랜 시간 나와 인연을 맺고 계신 두 분이 계시다. 부부인 두 어른은 아들 둘을 미국에서 어렵게 공부시키고, 지금은 아들들이 아주 훌륭한 어른이 되어 미국에서 생활하고 있다고 한다. 미국에서도 상위 1%의 삶을 사는 두 아들이 무척이나 부러웠다. 두 분은 나의 아이들에게도 영어 공부의 중요성을 늘 강조하셨다. 그리고 만날 때마다 아이들에게 미국 유학의 꿈을 심어주셨다. 그 영향으로 아들은 대학원서를 쓰기 바로 전에 진로를 바꾸었다. 성적에 맞추어 학교를 선택하지 않고, 자신의 적성에 맞는 과를 선택한 것이었다. 한국에 있는 대학교에서 2년을 다니고, 미국에 있는 대학교에서 졸업하는 과정이다. 아들이 선택한 학교는 미국 시애틀에 있는 '디지

펜 공대'다. 세계적인 IT 회사들이 모여 있는 '디지펜 공대'는 졸업과 동시에 근처 IT 회사로의 취업이 80~90% 정도 이루어지는 학교다.

그곳에서 나머지 2년의 공부를 하기 위해 아들은 곧 미국행 비행기를 탄다. 그 생각을 하면 벌써 마음이 울컥해진다. 스무 살이 된 아들을 군대 보낼 때도 무척이나 많이 울었다. 아들은 빠른 제대를 위해 해병대 운전병으로 지원해서 갔다. 연병장에 빡빡머리 아들을 두고 나올 때 하염없이 눈물이 흘렀다. 아들이 군대 갈 때까지만이라도 살았으면 좋겠다던 남편 생각이 나서 더 눈물이 났다. 여러 가지 감정으로 좀처럼 그치지 않는 눈물을 닦으며 나는 집으로 돌아왔다. 그때 흘렸던 그 눈물을 얼마 후면 또 흘려야만 한다. 남편의 빈자리가 또 한없이 느껴질 것 같다. 대견스러운 아들을 남편과 함께 바라볼 수 있다면 얼마나 좋을까 하는 아쉬움이 가득하다. 누구보다도 좋아할 남편의 얼굴이 눈에 선하게 그려진다.

엄마 기죽을까 봐 열심히 공부한다는 아들의 말에 힘을 얻고, 나는 누구보다 당당히 살아가고 있다. 아들은 이미 세상의 성공 원리를 몸으로 터득하는 중이다. 자신이 원하는 목표를 정해놓고, 그 목표를 이루기 위해 피나는 노력을 하고 있다. 학교 공부를 하며 혼자 가는 성공이 아닌, 함께 가는 성공을 터득하고 있다. 같은 과 친구들의 공부도 도우며 함께 원하는 목표를 이루어가고 있다. 혼자 가면 빨리 가고, 함께 가면 멀리 간다는 것을 깨우치고 있다.

아들을 보며 오히려 엄마이자 어른인 내가 동기부여를 받을 때가 많다. 열심히 노력하고 성취하는 아들의 모습이 나에게도 자극이 된다. 밤잠 안 자고 공부하는 아들에게서 동기부여를 받고, 나는 다시 딸에게 자신의 꿈을 키울 수 있도록 동기부여를 해준다. 빠른 속도는 아니지만, 나의 딸도 자신의 속도에 맞춰 꿈을 향해 걸어가고 있다. 자신이 좋아하는 것을 찾고 그것을 평생 할 수 있다면, 그것만큼 행복한 삶도 없을 것이다. 나는 나의 아이들이 자신이 좋아하는 길을 찾아가는 행복한 삶을 살아가기를 간절히 기도한다.

모든 가정이 서로에게 동기부여를 해주며 살지는 않는다. 부정적인 말 한마디로 남편이 아내에게 상처를 주고, 아내는 또다시 아이들에게 상처를 주며, 아이들은 상처받은 그 이상으로 다시 부모에게 되돌려주는 악순환이 반복되는 가정이 의외로 주위에 많다.

물은 반드시 위에서 아래로 흐르는 것이다. 어른들이 평소 긍정의 말과 행동을 보여주면, 아이들도 그 영향을 분명히 받는다. 이러한 노력으로 나는 아이들에게서 힘을 얻고, 또 나의 부모,

형제들에게서 힘을 얻으며 살아가고 있다. 서로에게 힘이 되어 주는 가족이 되려면 가족 구성원 각자가 긍정적인 말과 행동, 그리고 주어진 자리에서 최선을 다하는 모습을 보여주어야 한다. 가족들의 응원으로 나는 오늘도 당당한 하루를 보낸다.

07
나는 진정한 부자로
살기로 마음먹었다

"부자가 되고 싶다고 바라는 것은 절대 나쁜 것이 아닙니다. 돈을 위해서 돈을 원하는 것은 안 되지만, 부자가 되고 싶다고 생각하는 것은 더 유복하고 완벽한 인생을 바라는 것이기에 이 바람은 칭찬의 가치가 있습니다."

월러스 워틀스(Wallace Wattles)가 《부자가 되는 과학적 방법 (The science of Getting Rich)》에서 한 말이다.

우리는 어릴 때부터 은연중에 '돈은 나쁜 것'이라는 생각의 풍조 속에서 자랐다. "돈이 인생의 전부인가?", "돈돈 하면 오히려 돈이 더 멀어진다", "사람 나고 돈 났지, 돈 나고 사람 났나?" 등 돈에 대한 많은 말들을 듣고 자란다. 안타깝게도 돈에 대한 표현에는 부정적인 표현이 더 많다. 하지만 돈 자체는 결코 선도

악도 아니다. 돈은 무언가를 손에 넣기 위한 교환권일 뿐이다.

오래전에는 돈이 아닌 금이 교환의 수단이자 부의 상징이었다. 하지만 부피의 문제점을 해결하는 과정에서 우리는 돈이라는 교환권을 생활 속에서 사용하고 있다. 그마저도 요즘은 신용카드에 자리를 뺏겨 실제로 화폐를 손으로 만지는 일은 점점 더 없어지고 있다. 교환권인 돈은 사랑하는 가족들을 기쁘게 해주기 위한 선물을 살 때나 지금보다 더 나은 생활을 하기 위해서 절대적으로 필요하다. 또한, 어려움에 처한 누군가에게 도움을 줄 때도 필요하고, 누군가에게 감사와 고마움을 표시하기 위해서도 필요하다. 부자의 삶, 풍요의 삶을 살기 위해 꼭 필요한 수단임에도 우리는 단 한 번도 돈 공부, 즉 부자 공부를 학교에서나 사회에서 배우지 못한다.

내가 초등학교 시절, 학교에서는 의무적으로 저축통장을 만들었다. 그리고 매달 일정 금액의 돈을 학교에 가지고 가서 담임선생님께 드리고, 그 돈은 나의 통장에 차곡차곡 저축되었다. 물론 이자도 거의 없는 저축이었다. 학기가 끝날 때쯤에는 '저축상'도 수여해 아이들은 용돈을 모으고, 그 돈으로 저축을 더 하려고 애를 썼다. 지금 생각해보면 똑똑한 은행의 마케팅이었다. 전교생을 대상으로 매달 받아가는 저축금액은 상당히 큰 액수의 목돈이고, 은행은 그 돈으로 더 큰 수익을 남기는 곳에 투자했을 것이다.

　선생님들도 그 시절 이런 사실을 몰랐을 것이다. 다만, 저축하는 습관을 아이들에게 만들어주기 위해서 하게 되었을 것이다. 당시 그 누구도 저축을 해야 하는 이유를 아이들에게 설명해주지 않았다. 단지 돈을 모으는 것에만 집중하도록 가르쳤다. 전교생의 저축 장려는 돈 교육이 전무했던 시절, 나의 기억에 남아 있는 부자가 될 수 없는 교육의 대표적 사례다.

　가정에서도 무지하긴 마찬가지였다. 나의 아버지는 가난에서 벗어나 부자의 삶을 살기 위해 무척 노력하며 사셨다. 하지만 정작 자식들에게는 부자의 삶에 필수인 돈을 멀리하도록 늘 말씀하셨다. "어린아이가 돈을 밝히면 안 된다. 버릇 나빠진다"라는 전혀 근거 없는 말씀을 늘 하셨다. 당시 유독 돈을 좋아했던 나의 사촌 동생은 늘 집안 어른들에게 돈을 밝히는 버릇없는 아이로 부정적인 낙인이 찍혀 있었다. 버릇없고 예의 없는 아이가 되지 않기 위해, 나는 어른들이 용돈을 주시면 잘 받지도 못하고 우물쭈물했다. "감사합니다"라며 공손히 인사하고 주시는 돈을 받으면 되는데, 그 행동을 하기가 힘들었던 것이었다.

　어쩌다 어른들께 용돈이라도 받으면, 그마저도 모두 아버지께 드려야만 했다. 아이들이 돈을 가지고 있으면 버릇 나빠진다는 이유였다. 지금 생각하면 너무나 순진한 생각이었다. 용돈으로 사고 싶은 것이 있었지만, 나는 참는 것을 먼저 배운 것이었다. 돈을 잘 모으는 습관을 들이고, 그 돈으로 내가 원하는 무엇인가를 가졌을 때의 기쁨을 누릴 수 있도록 가르쳐주시기보다는 아버지는 늘 그 반대의 교육을 하셨다. 돈을 좋아하면 버릇이 나빠지고, 근검절약하는 생활을 실천하도록 강요하셨다. 요즘의 아이들에게는 절대로 통하지 않을 교육이다.

내가 첫 사회생활을 시작하고 월급을 받았을 때도 나는 교통비를 포함해 기본적인 생활비만 남겨두고 모두 아버지께 드렸다. 그 월급은 아버지께서 적금 형태로 모으고 계셨다. 4년 정도 모은 후, 그 돈은 당시 힘들었던 아버지의 사업자금에 보태게 되었다. 내가 직접 돈 관리를 하고 그 돈을 아버지의 사업을 위해 쓰시도록 드렸다면, 나는 아버지께 도움을 드렸다는 기쁨을 느꼈을 것이다. 그리고 효도를 했다는 뿌듯함도 가졌을 것이다. 하지만 한 번도 본 적이 없었던 나의 통장이었기에 그 돈이 어떻게 쓰이든지 나와는 별로 상관이 없다는 생각마저 들었다. 직접 돈을 벌기 시작했어도 내가 번 돈으로 뭔가를 해보고 싶다는 욕망을 가져볼 수가 없었던 것이다.

어릴 적부터 돈은 멀리해야 한다는 교육을 받고 자라면서 내가 부자가 된다는 생각을 전혀 할 수가 없었다. 돈을 그렇게 좋아해서 어른들에게 버릇없는 아이로 낙인이 찍혔던 사촌 동생도 성인이 되어 부자로 살아가지는 못했다. 동생은 돈을 모으는 데만 치중할 뿐, 그 돈으로 무엇을 할 것이라는 목표가 없었던 것이었다. 돈을 쓰는 즐거움과 기쁨을 배우지 못한 것이었다.

잘못된 어릴 적 돈 교육으로 결혼 후에도 목적도 없이 나는 일정 금액의 돈을 은행에 모으기만 하고 살았다. 하지만 내가 그 돈으로 무엇을 할 것인지 명확한 목표가 없고, 나의 욕구가 배제된 채 모으기만 하는 돈은 그냥 숫자에 불과했다.

부자가 되기 위한 가장 근본은 바로 '꿈'을 갖는 것이다. '꿈'이 없다면 욕망이라도 열심히 찾고 그것을 이루려고 해야 한다. 하지만 꿈을 가지고, 욕망을 가지는 것도 하나의 습관이다. 어릴 적부터 나에게 주어진 것들에 만족하고 소극적 행동을 했던 나는 꿈이나 욕망을 가지는 것이 어려웠다. 그래서 꿈을 가져본 적도 없고, 부자가 되어보겠다는 생각도 하지 않은 채 하루하루 안주하며 살았다. '이 정도면 되겠지'라는 생각을 하며, 우물 안 개구리가 되어 살고 있었다.

데이비드 슈워츠(David Schwartz)의 《크게 생각할수록 크게 이룬다》, 나폴레온 힐(Napoleon Hill)의 《놓치고 싶지 않은 나의 꿈, 나의 인생》 등 꿈 관련 성공도서는 무수히 많다. 그만큼 꿈은 부자가 되기 위한 첫 번째 관문이기 때문이다. 진정한 부자들은 "간절한 꿈을 가져라. 그리고 절대로 자신의 돈을 은행에 잠재워두지 말라"라고 말한다. 돈이 나를 위해 일할 수 있는 성공시스템을 만들어야만 진정한 부자가 된다고 수많은 부자가 이야기한다.

또한, 돈을 벌기 위해 가장 우선되어야 하는 것은 돈에 대한 부정적인 나의 감정을 없애는 것이라고 한다. 돈에 대한 부정적인 감정이나 안 좋은 기억을 가지고 있다면, 절대 돈이 나에게 오지 않는다는 것이다. 그 기억을 잠재의식 속에서 지워버리는 연습을 하고, 돈에 대한 감사의 마음을 가졌을 때 어느 순간 돈은 나에게로 온다는 것이다. 어릴 때부터 나의 잠재의식 속에 새겨진 돈에 대한 생각을 버려야만 내가 부자가 된다는 것이었다.

한 번도 내가 부자로 살고 싶다는 생각을 한 적이 없다는 것을 어느 순간 깨닫게 되었다. 예전 리더십 교육에서 '내가 생각하는 성공이란 무엇인가?'라는 질문을 받은 적이 있다. 그때 나는 '내가 원하는 것을 다 할 수 있는 자유'라고 말했던 기억이 난다. 내가 그때 생각했던 자유는 돈의 자유가 아닌, 행동의 자유였다. 남편에게 간섭받지 않고, 그 누구에게도 간섭받지 않으며 오롯이 내 생각대로 누리는 행동의 자유를 생각했던 것이었다. 생각해보면 현재 나의 그 바람은 이루어졌다.

내 생각이 현실에 이루어진다는 것을 다시 한번 느끼는 순간이다. 그 대답이 결코 부자의 삶을 원하는 대답이 아니었기에 나는 그동안 풍요와 거리가 먼 힘든 시간을 보내야만 했던 것이다. 부자의 삶을 원하지 않았으니, 나의 삶이 지극히 평범하고 때로 힘든 삶이 되는 것은 너무나 당연한 것이었다. 한때 '나는 평범하게 사는 게 최고다'라는 말도 안 되는 소리를 하곤 했다. 무식함이 용감하다는 말이 딱 맞는 상황이다.

이제 나는 "100억 부자가 되겠다"라고 입 밖으로 외치고 있다. 내가 원하는 부자의 삶을 위해 나는 구체적 액수인 100억 원을 명확한 기간을 설정해 외치고 있다. 인스타그램과 100번 쓰기 노트에도 적고 있다. 만나는 사람들에게도 "나는 100억 부자가 될거야"라고 외치고 있다. 핸드폰의 바탕화면에도 보이도록 해놓고, 계속해서 100억 부자를 나의 잠재의식 속에 심어주고 있다. 처음에는 어색하기만 하던 100억 원이라는 단어가 어느새 자연스럽게 나의 입에 붙기 시작했다. 나의 마음도 자연스럽게 100억 원을 받아들이고 있음을 느낀다. 의심하는 마음이 없어지고 100억 부자가 된 나를 그대로 믿기 시작한 것이다. 어쩌면 내가 생각한 것보다 더 빠르게 100억 부자가 될지도 모른다는 생각도 해본다. 우주가 나의 생각, 나의 바람대로 움직이고 있음을 나는 믿는다. 그리고, 느낀다.

내가 생각하는 대로 내 삶이 흘러간다는 것을 나는 이제 누구보다 잘 알고 있다. 그래서 나는 100억 부자의 삶을 산다는 것을 의심하지 않는다. 지금 이 순간에도 나는 1%의 의심도 없이 아주 강력하게 100억 부자를 끌어당기고 있다. 나의 잠재의식이라는 큰 배를 움직일 수 있는 선장은 바로 현재, 나의 의식이라는 것을 절대로 잊어서는 안 된다.

08
나는 누군가의
희망 멘토이고 싶다

오늘을 살아가는 이유는 내일의 희망이 있기 때문이다. 내일의 희망이 없다면 오늘을 살아갈 이유도 없다. 지나고 보면 눈 깜짝할 만큼 빨리 지나가버리는 것이 인생이다. 얼마 산 것 같지도 않지만, 내 나이 쉰 살을 넘어가고 있다. 인생이라는 긴 터널을 지나는 동안 누구나 한 번쯤은 희망이 단절되는 경험을 하게 된다. 자의든, 타의든 우리는 희망이 멈춰버릴 때 삶의 위기를 겪게 된다. 때로는 멈춰진 희망이 누군가의 목숨과 맞바꿔지기도 할 만큼 우리에게 희망은 아주 중요한 것이다. 살아가는 힘이라 해도 과언이 아니다.

나에게는 기억하고 싶지 않은 몇 년의 시간이 있다. 30대 후반부터 40대 중반까지의 몇 년의 시간은 지우개로 지워버리고 싶을 정도다. 누군가가 10년 전으로 다시 시간을 돌려준다고 해도 나는 한사코 사양할 것이다. 그 시간은 떠올리기도 싫을 만큼 힘들었기 때문이다. 그 시절 나를 힘들게 했던 것은 더 나아질 수 있다는 희망이 없다는 것이었다. 경제적으로도 희망이 없었고, 남편의 건강도 실낱같은 희망이 느껴지지 않았다. 100일 동안 혼자서 매일 산행을 하며, 다시 건강해지고자 애를 쓰던 남편을 하루아침에 무너뜨린 것도 바로 그 희망이었다. 간에서 복막으로 암세포가 걷잡을 수 없을 만큼 퍼졌다는 의사의 말 한마디에 남편은 모든 희망의 끈을 놓아버렸다. 희망은 남편이 하루하루 살아갈 수 있는 힘이었지만, 그 희망이 없어져버리자 남편은 얼마 견디지 못하고 우리 곁을 떠나가버렸다.

남편이 암투병을 하는 동안 나는 굉장히 외롭고 무서웠다. 누구에게도 말할 수 없는 외로움과 두려움을 나는 혼자서 이겨내야만 했다. 나보다도 남편은 더 많이 외롭고 두려웠을 것이다. 죽음의 공포가 눈앞까지 와 있을 때 그것을 담담하게 받아들일 수 있는 사람이 과연 얼마나 있을까? 서울 S병원에서 수술을 받고 입원해 있는 동안 나는 세상 속에 철저히 혼자 고립된 느낌마저 들었다. 내 마음을 알아줄 사람은 이 세상 어디에도 없다는 생각이 들었다. 나는 외로움과 공포를 이겨내고자 혼자 몸부림을 쳐야만 했다. 누구에게도 말할 수 없는 외로움과 공포, 그리고 슬픔을 혼자 견뎌야만 했던 시간이었다.

어느 날, 문득 나는 기회가 된다면 암환자를 가족으로 둔 보호자들의 마음을 어루만져주는 일을 하고 싶다는 생각이 들었다. 또한, 환자 당사자에게도 희망을 심어줄 수 있는 희망 메신저가 되고 싶다는 생각이 들었다. 구체적이지 않지만, 막연하게 나는 그런 바람을 가지게 되었다. 그만큼 나는 희망이 간절했다.

남편이 마지막 며칠 동안 입원해 있었던 병원 옆 침대에 남편과 비슷한 나이대의 남자분이 입원했다. 커튼 하나를 사이에 두고 있는 병동이라 옆에서 나누는 대화를 들을 수 있었다. 옆 환자분은 며칠 전 우연히 병원에 건강검진을 왔다가 간의 3분의 2가 암세포로 덮여 있다는 것을 처음 발견했다고 한다. 그분들의 가정에 하루아침에 날벼락이 떨어진 것이었다. 응급으로 병원에 입원하고, 의료진들은 치료 방법을 찾느라 분주히 오갔다. 간의 3분의 2가 암세포로 덮여 있다고 했지만, 그 남자분은 평소 소화에도 아무런 문제를 못 느꼈고, 일상생활에 전혀 불편함을 느낀 적이 없었다고 말했다. 건강검진에서 발견되지 않았다면, 자신은 그냥 불편함 없이 생활하고 있었을 것이라고 이야기했다. 하지만 검사 결과가 중요한 병원에서 환자 본인의 평소 느낌은 그다지 중요하지 않았다. 병원에서 그분은 바로 중증환자가 되었다. 멀쩡했던 나의 남편이 중증환자로 바로 등록되었던 것처럼.

간암이 생기면 병원에서는 세 가지 치료 방법을 선택한다. 수술, 고주파 치료, 그리고 약물요법이다. 그중 한 가지 방법을 현재의 상태에 따라 선택하는 것이다. 그 남자분은 암의 크기가 간의 너무 많은 부분을 차지하고 있었던 터라 병원에서 섣불리 치료 방법을 결정 지을 수가 없는 상태였다. 그 상황에서 대구의 병원에서 제시한 방법은 간이식이었다. 아내의 간 일부를 떼어 남편에게 이식하자는 이야기를 꺼내는 것이었다. 간이식 기술이 도입된 지 얼마 되지 않은 병원 측에서 그분들에게 제시하는 방법을 듣고 있자니 화가 났다. 우리 일도 아니었지만, 나는 우리 일인 양 화가 났다. 이미 2년 동안 병원과 의사들에게 나는 신뢰를 모두 잃어버린 상태였기 때문이었다. 병원 복도에 서 있다가 그 남자분과 대화를 나눌 수 있는 시간이 잠시 주어졌다. 나는 그분에게 그동안 남편의 투병 생활을 이야기해주었다. 아주 초기라서 복 받은 상태라는 말까지 듣고 수술을 했지만, 2년이 조금 지난 지금 남편은 생사의 기로에 서 있다는 것을 설명했다. 그리고 나는 그분에게 그 어떤 것도 간을 좋게 만드는 병원 치료는 없다고 말했다.

그리고 가능하다면 공기 좋은 곳에 가서 편안하게 1년이 될지, 10년이 될지 모르는 남은 시간을 보내라고 이야기해드렸다. 삶의 질을 떨어뜨리지 않고, 살아가는 방법을 선택하시라고 나는 조언을 드렸다. 나의 이야기를 듣고, 그분 또한 그렇게 하고 싶다는 간절한 바람을 이야기하셨다. 하지만 가족들의 반대로 결국 그분은 서울에 있는 병원으로 가게 되었다. 그리고 간이식이 아닌, 약물요법인 색전술을 하게 되었다고 나에게 연락이 왔다. 그리고 얼마 후 그분과 연락이 닿지 않게 되었다. 나의 짐작이 맞다면 그분도 내 남편과 비슷한 시기에 하늘나라로 가셨으리라는 생각이 든다. 그분의 간 상태에 어떠한 치료도 의미가 없다는 것을 누구보다도 병원 의사들이 잘 알고 있을 것이다. 고통스러운 병원 치료를 안내하기 전에 삶의 질을 우선적으로 생각할 수 있도록 안내해준다면 얼마나 좋을까 하는 아쉬움이 많이 남는다. 사실은 많이 화가 난다.

그 환자분의 가족들은 갑자기 닥친 날벼락 같은 소식에 우왕좌왕 정신을 차릴 수 없는 상태에 놓여 있었다. 환자 본인은 더 당황스럽고 공포스러운 상황이었다. 병원에서 제시하는 치료법이 간이식이라는 말에 모든 가족들은 거의 초상집 분위기였다. 그 와중에 나와의 대화는 그분에게 희망과 용기를 주었다. 병원 치료를 거부할 수 있는 용기를 가지고, 자신의 삶의 질을 지키려 했지만, 결국 사랑이라는 이름으로 포장된 가족들의 성화를 못 이기고, 그분은 병원 치료를 받으며 힘들게 버티다가 생을 마감하셨다. 제대로 공부하지 않은 상태에서 가족의 사랑은 더 이상 사랑이 아닌 독이 되어버린다는 것을, 그분을 통해서 볼 수가 있었다.

남편이 투병하는 동안 나는 수많은 암 관련 서적을 읽었다. 그 중 가장 나에게 많은 도움을 주었던 책은 안드레아스 모리츠의 《암은 병이 아니다》였다. 그 책을 읽고 나는 더욱 확신했다. 남편을 빠르게 죽음까지 이르게 만든 것은 간암이 아니라 두 번의 간암 수술이라는 것을.

안드레아스 모리츠의 《암은 병이 아니다》 외에도 윤태호 작가의 《암, 산소에 답이 있다》, 곤도 마코토(近藤誠)의 《의사에게 살해당하지 않는 47가지 방법》, 한상도 작가의 《사라진 암》, 이충원 작가의 《건강검진, 종합검진 함부로 받지 마라》 등 수많은 책이 메시지를 전달하고 있다. 코로나 시대가 끝나가고 있는 요즘, 유독 주변에 암 환자가 급증하고 있다. 암치료라는 이름으로 많은 사람이 고통받고, 더 나아가 목숨까지 잃는 상황이 너무나도 안타깝다. 누구나 갑자기 암이라는 이야기를 듣고 나면 삶의 희망을 순간 잃어버린다. 그리고 지푸라기라도 잡는 심정으로 병원에 매달리고, 의사에게 매달린다.

'평소에 암 관련 서적을 한 권이라도 읽었더라면 좀 더 현명하게 대처할 수 있을 텐데'라는 아쉬움이 많이 든다. 남의 일이 아닌, 나의 일이 될 수도 있기에 우리는 평소 공부를 해야만 한다. 적어도 병원의 치료 행위 후, 목숨을 잃지 않기 위해서는 더욱 공부해야만 한다. 수술을 권유한 의사가 "우리가 생각했던 시나

리오대로 가고 있네요"라는 말을 쉽게 할 수 없도록 우리 스스로 공부가 필요한 것이다. 의사의 권유는 곧 답이다. 환자가 절대로 "왜?"라고 물어볼 수도 없는 답을 내린 것이다. 정답인지 오답인지 생각하지도 않고, 그들에게 자신의 하나뿐인 목숨을 맡겨버린다. 하지만 내가 경험해보니 그것은 정답이 아니었다. 그것을 알리고 싶어 이 글을 쓴다. 그리고 반드시 알려야만 한다는 사명감마저 든다.

내가 감히 치료에 관련된 방법론적인 조언을 해줄 수는 없다. 그렇지만, 나의 경험을 이야기해줄 수는 있다. 나의 이야기를 듣고 누군가 희망을 갖고, 그 희망이 좋은 결과를 가져올 수 있었으면 한다. 그리고 과거에 힘든 일을 겪고 난 후 당당하게 삶을 살아가는 내 모습이 누군가에게 희망이 되었으면 하는 것이 나의 바람이다.

09
꿈이 있는 엄마는
아름답다

2025년 12월 31일

'한책협' 소속 작가들과 함께 김태광 대표님과 권동희 대표님을 모시고 크루즈 여행을 왔다. 해마다 1년의 마지막을 크루즈 여행으로 보내고 있다. 어느새 3년이 되어간다. 열심히 살아온 지난 1년을 마무리하고, 새해를 다짐해보는 이 시간이 진정한 행복이고 축복이다. 3박 4일간의 이번 여행이 너무나 기대가 된다.

편안한 의자에 기대어 향기 좋은 커피 한 잔을 마시며, 지난 3년의 세월을 떠올려본다. 내 평생 가장 바쁘게, 그리고 가장 행복하게 보낸 시간이었다. 대구 근교의 공단으로 이전한 공장은 이제 매출과 제품 생산, 배송, 그리고 현장 시공까지 모든 시스템이 안정적으로 자리를 잡아가고 있다. 너무나 좋은 기회로 1,000평 규모의 공장을 인수하고, 그곳으로 이전할 수 있었기에 지금의 매출이 가능하게 된 것이다. 현재 매출이 월 2억 원을 넘어가고 있다. 오랜 시간 함께해온 나의 제부인 정 이사님 덕분이다. 수많은 분들과의 만남으로 오늘의 회사가 존재하게 된 것이다. 역시나 인연이 중요함을 다시 한번 느낀다.

이제는 얼마 전 계약을 마치고, 공장 설비를 준비 중인 경기도의 제2공장에 나의 열정을 쏟을 때다. 경기도 제2공장을 기반으로 나는 수도권의 모든 아파트 승강기를 공략할 수 있을 것이다.

이번 여행으로 나는 또다시 나의 멘토에게 늘 그랬던 것처럼 어마어마한 의식성장을 선물받을 것이다. 멘토님의 선물을 받아 나는 한 단계 더 성장할 것이다. 그동안 나는 두 권의 책을 출간했다. 두 권 모두 베스트셀러가 되었다. 너무나 감사한 일이다. 얼마 전 세 번째 책을 출판사와 계약했다. 처음부터 나와 인연이 된 출판사와의 계약이었다. 2월 중순까지는 초고를 완성해서 출판사로 넘길 예정이다. 책이 한 권, 두 권 세상에 나올 때마다 나의 삶은 더욱 성숙되어감을 느낀다.

내가 누군가의 삶에 희망이 될 때 나는 진정으로 살아 있는 삶을 살고 있다는 생각마저 든다. 작년부터 운영하는 '희망 북카페'에는 매일 사람들의 발길이 이어지고 있다. 희망 북카페는 단순히 책을 읽으며 힐링을 하고 가시는 분, 미리 예약하고 나와 차를 마시며 자신의 고민을 상담받으시는 분, 그리고 월 1회 진행하는 나의 희망강연을 듣고 가시는 분 등 다양한 분들의 희망 공간이 되고 있다. 이 모든 것이 나에게는 너무나 감사한 일이다. 불과 몇 년 전에는 상상할 수 없었던 일을 나는 하고 있는 것이다. 감사를 생활화할수록 더욱더 감사할 일이 일상 속에 많아지는 것을 실감한다. 세상에 남편의 이름을 알리겠다던 남편과의 마지막 약속을 나는 열심히 지키고 있다. 그리고 소중한 나와의 약속도 함께 지키는 삶을 살아가고 있다. 그래서 나는 진심으로 행복한 사람이다.

이번 여행이 끝나면 오랜만에 사랑하는 나의 가족들이 모두 모인다. 전국으로 기타 공연을 다니며 자신의 꿈을 이루어나가는 딸과 미국에 있는 아들, 그리고 엄마인 내가 오랜만에 함께하는 것이다. 아들은 미국에서 작년에 과수석으로 졸업하고, 곧바로 마이크로소프트사에 채용되었다. 자신의 사업을 하기 위해 경험을 쌓아야 하는 시간이라 누구보다도 바쁜 아들이다. 운 좋게 이번에 휴가가 길어져서 오랜만에 한국을 다녀갈 수 있게 되었다. 3년 만의 귀국이다. 할머니, 할아버지의 건강한 모습도 볼 수 있고, 이제 곧 초등학생이 되는 사촌 동생도 만나게 된다. 오랜만에 아들을 만나 많은 이야기를 나눌 생각에 나는 벌써 흥분이 된다. 아들을 머나먼 미국 땅에 보내고 눈물로 며칠을 보냈던 것이 엊그제 같은데 벌써 3년이 지났다. 얼마나 더 멋있게 변했을지 너무 궁금하고 보고 싶다.

저쪽 테이블에서 두 분 대표님이 나에게 오라고 손을 흔드신다. 혼자 있지 말고 함께하자고 부르시는 것 같다. 2022년 4월, 김태광 대표님과의 만남이 없었더라면 오늘의 정문교는 없었을 것이다. 자신감 없이 나이 들어가는 나에게 자신감과 용기를 심어주신 고마운 분이다. 그리고 무엇보다 내가 작가의 삶을 살 수 있도록 만들어주신 분이다. 다시 한번 감사를 드리며 잠시 후 갖게 될 대표님과의 송년의 밤이 너무나 기대가 된다. 준비해온 진초록의 멋진 드레스를 입을 생각을 하니 더욱더 설렌다. 한 살씩 나이를 먹어가며, 더욱 행복해지는 삶을 살 수 있음에 오늘도 감사한 시간이다.

얼마 전부터 쓰고 있는 나의 미래일기다. 우리가 평소 쓰는 일기는 과거를 반성하는 글이다. 1시간, 1분 전도 과거의 시간이다. 지나간 과거의 일을 쓰고, 반성을 하는 것이 일기를 쓰는 목적이다. 하지만 나는 상상하는 미래를 쓰는 것이 일기 쓰기의 진정한 의미가 아닌가 생각한다.

3년 뒤의 일기를 쓰다 보면, 시간이 갈수록 더욱 구체적인 나의 미래가 머릿속에 그려진다. 내가 미래에 만나는 사람들의 표정까지도 그려질 만큼 구체적이다. 이것이 바로 '꿈 시각화'다. 꿈을 생생하게 시각화하는 데 미래일기만큼 좋은 것은 없는 것 같다. 쓰면 쓸수록 행복감이 차오른다. 그리고 이미 내가 원하는 모습의 내가 되어 있는 듯한 착각마저 든다.

미래의 내 모습을 의심하지 않고 생생하게 상상하는 것이 '부의 비밀'이다. 또한, '성공의 비밀'이다. 많은 성공자가 자신의 꿈과 목표를 100번씩 쓰고, 시각화하라는 말을 한다. 모두 같은 이유다. 생생하게 자신의 잠재의식 속에 새겨놓기 위해서다. 잠재의식에 온전히 새겨 넣기 위한 방법으로, 나는 미래일기 쓰기를 선택했다. 그리고 잠들기 전, 다시 한번 미래의 내 모습을 생생하게 떠올리며 잠이 든다.

미래일기를 쓰기 시작하면, 현재 내가 무엇을 해야 하는지가 명확해진다. 우리는 보이지 않는다는 이유로 미래의 시간을 상상하지 않기 때문에, 어제도 똑같고 오늘도 똑같은 하루를 보내며 시간을 낭비하고 있다. 미래일기를 쓰면서 나는 점점 더 자신감이 넘쳐난다. 미래를 만들기 위한 시작이 지금 현재라는 생각을 하며, 하루하루 충만한 삶을 살고 있다. 목소리에도 어느 순간 힘이 넘쳐난다. 얼굴도 모르고 나와 전화상담을 하는 고객들에게 나의 자신감이 전달되는 것이 느껴진다. 계약이라는 결과가 말해준다. 현재의 고민은 고민이 아님을 깨닫게 된다. 미래를 향해 살아가면 현재의 고민은 모두 없어진다는 것을 믿게 되었다.

내가 가장 좋아하는 문장이 하나 있다. '이 또한 지나가리라'다. 현재의 모든 불행은 언젠가는 끝이 난다는 말이다. 하지만 나의 상상 속에 빛나는 미래가 없다면, 그 불행은 늘 현재진행형이다. 늘 빚에 쪼들리는 사람이 미래의 풍요로움을 믿지 않고, 현실에서 신세 한탄만 하고 산다면 어떨까? 현재 건강이 좋지 않은 사람이 건강해진 자신의 미래 모습을 믿지 않고, 늘 걱정만 하고 산다면 또 어떨까? 결과는 불을 보듯 뻔할 것이다.

빛나는 미래를 꿈꿀 때, 현재는 나에게 선물이 된다. 과거가 현재의 나를 만들고, 현재가 미래의 나를 만든다. 지금 이 글을 읽고 있다면 당장 최고로 멋진 일기장을 주문하기 바란다. 그리고 글이 예쁘게 잘 써지는 펜도 꼭 같이 주문하길 바란다. 그리고 자신의 3년 뒤 일기를 일기장에 정성껏 써볼 것을 권한다. 처음에는 잘 써지지 않을 것이다. 몇 줄 쓰지 않아도 더 이상 쓸 말이 없어질 것이다. 상상하는 힘이 부족하기 때문이다. 하지만 다음 날도, 또 그다음 날도 같은 내용의 일기를 계속 쓰다 보면, 어느새 자신이 미래일기 속의 주인공이 되어 있음을 느낄 것이다. 아주 행복하게 일기를 쓰고 있는 자신을 발견할 수 있게 될 것이다. 그렇게 서서히 다음 날 아침이 달라질 것이다.

출근 시간에 쫓기는 내가 아닌, 평소보다 3시간 일찍 일어나는 나로 바뀌어나갈 것이다. 미래의 내 모습을 이루기 위해 지금 해야 할 일이 분명히 있기 때문이다. 먼저 의식의 변화를 위한 책을 읽을 것이다. 그리고 내면의 충만함을 위한 글쓰기도 할 것이다. 몇 년 뒤, 더 건강하고 아름다워질 자신을 상상하며 아침 운동도 반드시 할 것이다. 건강한 하루의 시작을 위해 건강식 아침도 챙기게 될 것이다. 그리고 열정을 끌어 올릴 수 있는 강의도 하나 들을 것이다.

이 모든 것은 현재 나의 아침 시간이다. 꿈이 있는 풍요로운 나의 미래를 생각하다 보니 아침 시간을 아무렇게나 보낼 수가 없게 된 것이다. 기업의 CEO 모임이 조찬 모임인 것과 같은 이유다. 아침 시간 3시간의 활용이 나의 인생을 바꾸고, 나의 미래를 바꿔준다. 나의 습관이 바뀌면 아이의 습관 역시 자동적으로 바뀌게 된다. 아침에 늦잠 자는 아이를 깨우기 위해 씨름하지 않아도 될 것이다. 엄마는 하지 않으면서 나한테만 하라고 한다며 투덜거리는 아이의 모습을 더 이상 보지 않아도 되는 것이다. 부모라는 이유로 우리는 얼마나 아이들에게 많은 이율배반적인 모습을 보이고 있는가. 아이와 함께 TV 드라마 주인공에게 푹 빠져 있다가 느닷없이 아이에게는 들어가서 공부하라고 소리치는 부모. 엄마는 스마트폰에 빠져 있으면서 아이에게 폰 좀 그만 보고 책을 읽으라고 소리치는 엄마. 이제는 달라져야 한다.

엄마의 꿈이 명확해지면 어느 순간 아이의 '꿈 코치', 더 나아가 전문 '꿈 빌더'가 되어갈 것이다.

3년 뒤, 10년 뒤뿐만 아니라, 백 살이 되고, 마지막 임종의 순간까지도 나는 생생하게 꿈꾸는 삶을 살아갈 것이다. 미래일기 쓰기가 나의 꿈꾸기를 가능하게 만들어줄 것이라 믿는다. 그리고 내가 꿈꾸는 것은 반드시 이루어진다는 것을 다시 한번 믿는다. 꿈이 있는 엄마는 언제나 아름답다.

평범한 주부였던 제가
사업가가 되었습니다

제1판 1쇄 2022년 11월 25일

지은이 정문교
펴낸이 최경선 **펴낸곳** 매경출판㈜
기획제작 ㈜두드림미디어
책임편집 최윤경, 배성분 **디자인** 디자인 뜰채 apexmino@hanmail.net
마케팅 김성현, 한동우, 장하라

매경출판㈜
등　록 2003년 4월 24일(No. 2-3759)
주　소 (04557) 서울시 중구 충무로 2(필동 1가) 매일경제 별관 2층 매경출판㈜
홈페이지 www.mkbook.co.kr
전　화 02)333-3577
이메일 dodreamedia@naver.com(원고 투고 및 출판 관련 문의)
인쇄·제본 ㈜M-print 031)8071-0961
ISBN 979-11-6484-478-4 (03810)